Kerstin Engel, geboren 1965, studierte Germanistik und arbeitete als Regie- und Dramaturgieassistentin am Theater. Später verschlug es sie zum Fernsehen. Heute lebt sie als freie Autorin in Groß-Gerau.

Kerstin Engel

Wünsch dich glücklich

Roman

Rowohlt Taschenbuch Verlag

Originalausgabe
Veröffentlicht im Rowohlt Taschenbuch Verlag,
Reinbek bei Hamburg, Dezember 2018

Die Liedzeilen auf Seite 96 entstammen dem Song
«Maneater» von Daryl Hall, John Oates und Sara Allen.
Umschlaggestaltung FAVORITBUERO, München
Umschlagabbildung lushik / iStock
Satz Dante MT
Gesamtherstellung CPI books GmbH, Leck, Germany
ISBN 978 3 499 26904 2

Wünsche sind nie klug.
Das ist sogar das Beste an ihnen.

Charles Dickens

KAPITEL 1

Alles war Azur. Der Himmel. Das Meer. Seine Augen. Rosalie atmete diesen tief-tiefblauen Augenblick ein, als könnte es ihr letzter sein. Sie war so glücklich, dass es weh tat.

Till hatte sie mit diesem Segeltörn überrascht. «Ein kleiner Trost», hatte er an einem Abend im März gesagt und das Flugticket über den Restauranttisch geschoben, «weil wir die Ostertage nicht miteinander verbringen können.» In seinem Maklerbüro war Hochsaison gewesen. Neue Wohnungen suche man nicht gerne im Winter, hatte er ihr erklärt. Stimmt. Auch sie war im Frühjahr umgezogen. Vor genau einem Jahr. Da hatte sie ihn kennengelernt. Es war der beste Neuanfang in einer fremden Stadt gewesen, den sie je gehabt hatte. Denn Till war nicht nur ihr unglaublich gutaussehender und umwerfend charmanter Vermieter. Er gab ihr auch noch zwanzig Prozent Mietnachlass. Einfach so.

Sie hatte sich fast augenblicklich in ihn verliebt. Doch sie ließ ihn noch eine Weile schmoren. Er sollte nicht denken, dass sie leicht zu haben war. Obwohl das, offen gestanden, zutraf. Ronnie, ihr Vater, nannte sie leicht entzündbar. Aber sie war Mitte dreißig und wild entschlossen, aus ihren – zugegeben – dramatisch vielen Fehltritten zu lernen. Fast drei Wochen ließ sie Till zappeln. Das war wirklich hartes Brot für sie. Ronnie hatte gewettet, dass sie es keine Woche durchhalten würde. Ihre Gefühle zurückzuhalten und zu taktieren war, wie einen wilden Tiger zu zähmen – und sie war weder Siegfried noch Roy.

Glücklicherweise war die Zeit der Dressur vorbei. Till lag neben ihr auf dem Sonnendeck der Yacht und hielt sie fest im

Arm. Sie konnte ihn küssen sooft sie wollte. Sie konnte ihn anfassen, ihn zärtlich an den Haaren ziehen oder in die Nase beißen. Sie musste nichts mehr zurückhalten.

«Till, ich liebe dich.» Das hatte sie ihm bisher noch nicht gesagt.

Er setzte sich auf. Sie erschrak. Hätte sie damit doch noch warten sollen? War sie wieder zu forsch gewesen?

«Rosalie …»

Sie hielt die Luft an. Gleich würde die kalte Dusche kommen.

«Rosalie», begann er von neuem, «eigentlich wollte ich das erst an unserem letzten Abend … Ach egal.» Er fuhr mit der Hand in die Tasche seiner Shorts. Zur Faust geschlossen, kam die Hand wieder hervor und öffnete sich vor ihren Augen. Ein bezaubernder Ring strahlte sie an, Till strahlte sie an, und wahrscheinlich strahlte jede einzelne ihrer Körperzellen zurück. Sie fiel ihm um den Hals.

«Ja, ja, ja. Ich will!» Ein Heiratsantrag war die unerwartete Krönung dieses azurblauen Bilderbuchtages.

«Nur nicht so stürmisch», lachte Till. «Du kriegst ihn ja.» Er steckte ihr den Ring an den Finger.

Rosalie schenkte ihm einen gespielt zerknirschten Blick. «Ich war wieder zu schnell. Wollen wir es noch einmal ganz formvollendet machen?»

Till blickte sie verständnislos an.

«Du kniest nieder? Stellst die Frage?»

Till sah so süß aus, wenn er verwirrt war. Sie hätte ihn auf der Stelle fressen können.

«Welche Frage?»

Da dämmerte es ihr. «O mein Gott, das war gar kein …»

Auch bei Till fiel der Groschen. «Heiratsantrag?»

Wie peinlich. Am liebsten wäre sie sofort von Bord gesprungen und bis Australien durchgetaucht.

Till nahm sie bei den Händen. «Süße, das tut mir ja so leid. Glaub mir, ich würde dich heiraten, wenn ich könnte.»

«Du würdest, wenn du könntest? Was soll das heißen?»

Till biss sich auf die Lippe. Offensichtlich war ihm da etwas herausgerutscht.

«Till, was heißt das?»

Er schaute von ihr weg, hinaus aufs Meer. «Irgendwann musst du es ja doch erfahren.» Sein Blick klebte am Horizont, vertiefte sich in diese scheiß azurblaue Kitschfilmkulisse. Denn mehr war es nicht. Das wusste sie, bevor er es aussprach.

«Ich bin schon verheiratet.»

Verfluchter Mist! Musste es jedes Mal so enden? Rosalie trat das Gaspedal durch, als wollte sie es für immer am Boden festnageln. Doch ihr Fluchtauto, ein mit ihrem Hausrat vollbeladener Kleinbus, brachte es gerade mal auf hundertdreißig Kilometer in der Stunde. Sie warf einen hektischen Blick in den Rückspiegel. Ihr Verfolger war schon in Sichtweite. Sie musste sich etwas einfallen lassen. James Bond drückte in solchen Momenten immer irgendeinen Spezialknopf, und hinter ihm explodierte eine Gaswolke, oder eine Cruise-Missile torpedierte den Verfolger. Tja, bei ihr funktionierte leider nicht einmal der Schalter für die Scheibenwischerspritzanlage. Die Wirklichkeit war eben eine traurige und phantasielose Angelegenheit. Nicht mal die einfachsten Wünsche gingen in Erfüllung, wie zum Beispiel, dass sie pünktlich und ohne Scherereien zu einem Vorstellungsgespräch kam.

Da! In fünfhundert Metern kam eine Tankstelle. Das war auch eine Option. Möglicherweise sogar die Rettung. Rosalie scherte zwischen zwei Lkws ein, gab Gas und fuhr auf den Seitenstreifen, um mit dem Lkw vor ihr auf gleiche Höhe zu kommen. Eine gute Deckung, wie sie hoffte. Es war ein XL-Lastwagen mit der ermunternden Aufschrift «Think Big – Get More». Wenn sie Massel hatte, rauschte Till mit seinem SUV an ihr und dem Laster vorbei, ohne sie zu bemerken, geschweige denn zu ahnen, was sie vorhatte.

Die Tankstelle war weniger gut besucht, als sie gehofft hatte. Eilig parkte sie ihren Bus und schnappte sich ihre große Beuteltasche, in der alles verstaut war, was sie benötigte, um ein, zwei Tage in einer fremden Stadt zu überleben. Sie versuchte ihr Glück gleich bei dem smarten Mittdreißiger an Zapfsäule drei. Sein Business-Benz hatte ein Frankfurter Kennzeichen – hoffentlich wollte der Fahrer auch dorthin. Rosalie warf die langen Locken zurück und setzte ihr schönstes Lächeln auf. Wenn sie wollte, konnte sie strahlen wie eine Supernova. Diese Fähigkeit, charismatisch zu funkeln, war, wie sie fand, ein gerechter Ausgleich für ihre etwas zu groß geratene Nase.

«Hallo», zwitscherte sie so fröhlich, wie sie es in ihrer Notlage konnte. «Sie fahren nicht zufällig nach Frankfurt? Ich spendiere auch einen Kaffee aus meiner Thermoskanne und lese Ihnen aus dem Wirtschaftsteil Ihrer Zeitung vor.» Sie deutete auf die zusammengefaltete FAZ, die unter dem Arm ihres potenziellen Retters klemmte.

Er blinzelte, sicher wegen der Supernova-Wirkung. «Würden Sie auch singen?»

«Die Zeitungsartikel?» Jetzt musste sie blinzeln.

«Ich dachte mehr an ein paar Radiohits.» Der Mann lächelte sie an. Er sah gut aus. An seiner Hand blitzte ein Ehering – war ja klar. «Tut mir wirklich leid. Ich muss zu einem Kunden – nicht in Frankfurt.»

Rosalie seufzte still. «Ich kann eh nur AC / DC, und glauben Sie mir, ohne E-Gitarren und Drums hört sich das scheußlich an.» Sie ließ die Supernova noch einmal kurz aufleuchten, dann eilte sie auf das Tankstellengebäude zu.

Dabei scannte sie die Umgebung. Till war noch nicht aufgekreuzt. Ob sie ihn mit ihrem kleinen Manöver abgehängt hatte? Sie konnte es nur hoffen. Die Zeit drängte. In einer Stunde hatte sie den Termin in der Frankfurter Unibibliothek, und so, wie es im Moment aussah, war ihr Plan, das Fluchtauto zu wechseln, nicht sehr aussichtsreich. Nur zwei weitere Wagen standen an den Zapfsäulen, ein Cabrio mit einer scheußlichen lila Speziallackierung und offenem Verdeck und ein alter Opel. Die Fahrer waren sicher drinnen. Rosalie hechtete ins Tankstellengebäude.

Ein Rentnerpärchen bezahlte gerade seinen Reiseproviant an der Kasse. Sie sahen aus wie Menschen, die man um einen Gefallen bitten konnte. Bestimmt gehörte ihnen der Opel.

«Entschuldigen Sie, mein Auto hat gerade den Geist aufgegeben, und ich muss dringend zu einem Vorstellungsgespräch. Sie fahren nicht zufällig nach Frankfurt?»

Die Frau schüttelte bedauernd den blondierten Kurzhaarschopf. Der Mann schob seine karierte Mütze in den Nacken und legte den Arm um seine Frau. «Tut mir leid», sagte er zufrieden lächelnd, «wir machen eine Busreise nach Rom.»

«Ganz unter uns», Rosalie neigte sich verschwörerisch dem Paar zu, «Rom ist auch nicht mehr das, was es mal war. Kommen Sie, wir kidnappen den Busfahrer und trinken einen Sauergespritzten in Sachsenhausen.» Sie zwinkerte den beiden zu.

Die meisten Leute verstanden es nicht gleich, wenn sie scherzte, was hoffentlich nicht an ihren Witzen lag. Blondie und Mütze brauchten ebenfalls einen Moment, doch dann lachten sie herzlich. Im selben Augenblick rollte eine Woge lustig schwatzender Mittsiebziger aus dem angrenzenden Bistro, und im Nu war Rosalie umspült von einer Vielzahl blonder Kurzhaarträgerinnen und karierter Mützenfans, die sich auf Rom freuten. Ob sie wohl mit fünfundsiebzig ebenfalls ihre kastanienbraunen Locken gegen einen wasserstoffblonden Bubikopf eintauschen würde? Entscheidender war allerdings die Frage, ob so ein netter Mützenträger an ihrer Seite wäre. Wahrscheinlich würden die Männer ihrer Generation im Ruhestand eher selbstgehäkelte Beanies oder lustige kleine Strohhüte tragen. Doch wenn sie so weitermachte wie bisher, würden weder Mütze noch Beanie oder Strohhut ihren wie auch immer frisierten Schopf begleiten – ein betrüblicher Gedanke, der noch schwer und angsteinflößend zwischen ihren Hirnsynapsen hing, als ihre Augen bereits einen viel aktuelleren Schrecken erfassten: Tills SUV. Er parkte direkt vor der Tankstelle! Soweit sie es überblickte, hatte ihr Ex das Gebäude noch nicht betreten. Vielleicht suchte er erst die Parkplätze ab. Sie musste jetzt schnell handeln. Rosalie blickte sich um: Die junge Frau am Kaffeeautomaten sah nett aus, vielleicht eine Studentin. Hoffentlich hatte sie ein großes Herz und nahm sie ein Stück mit. Doch gerade als sie auf die Frau zugehen wollte, öffnete sich mit Schwung die Eingangstür. Till trat ein, gefolgt von seiner Frau, Furie Anna-Brenda – Anakonda wäre treffender. Nicht zu fassen, dass er sie dabeihatte. Aber wahrscheinlich ließ sie ihn keinen Meter mehr von der Leine. Jetzt, wo sie von seinem Seitensprung wusste. In gebückter Haltung stolperte Rosalie hinters Süßwarenregal und lief prompt in jemanden hinein.

«Hey! Geht's noch?» Es war die junge Frau, die sich inzwischen vom Kaffeeautomaten wegbewegt hatte. Der Cappuccino hing jetzt auf ihrer fliederfarbenen Nappalederjacke.

«Sie Trampeltier!», schimpfte sie mit so verrucht anmutigen und gurrend langgezogenen Rs, wie es nur eine Russin konnte. Angesichts der teuren Klamotten und des Topmodel-Looks – Wangenknochen so hoch wie die Beine lang – war sie wahrscheinlich doch keine Studentin, eher das nächste Bond-Girl oder die neue Heidi Klum.

«Das ist ein Notfall», flüsterte Rosalie. «Ich werde verfolgt, mein Auto hat einen Totalschaden, und ich muss dringend nach Frankfurt, meine Mutter …» Sie holte tief Luft und schickte einen innigen Gedanken zum Himmel, um ihre bereits vor vielen Jahren verstorbene Mutter um Verzeihung zu bitten. «Meine Mutter ist schwer krank und liegt in der Uniklinik. Sie stirbt. Bitte, könnten Sie mich zu ihr bringen? Ich muss sie unbedingt noch cinmal sehen.»

Eine Kaskade russischer Wörter prasselte auf Rosalie nieder. Dann klatschte ihr der Rest des glücklicherweise nur mäßig warmen Cappuccinos ins Gesicht. Keine Frage: Wer so schlecht log, hatte es nicht besser verdient. Sie wischte sich die Kaffeetränen von den Wangen und spähte vorsichtig ums Süßwarenregal herum. Die Russin stiefelte den Treppenabgang zu den Toiletten hinunter, und – welche Erleichterung – Till und die Anakonda schlugen denselben Weg ein. Nichts wie raus hier!

An Zapfsäule sieben stand immer noch das lila Cabrio. Rosalie überlegte nicht lange. Sie schwang sich auf die Rückbank und kauerte sich unter einem fliederfarbenen Trenchcoat zusammen.

KAPITEL 2

«Guten Morgen. Mein Name ist Henry Domros.» Er knöpfte seine Jacke auf. Der maßgeschneiderte Anzug schien ihm plötzlich viel zu eng. Er schwitzte. Damit war zu rechnen gewesen. Also atmete er tief durch, drehte sich zur Tafel um und schrieb seinen Namen in Großbuchstaben an. Das gab ihm einen Augenblick, um wieder einen normalen Puls zu bekommen. «DOMROS, bitte», sagte er mit fester, aufgeräumter Stimme, «und nicht etwa Dornröschen.»

Die Studenten lachten. Dieser Witz kam immer gut an, und er musste schließlich sehen, wie er hier punkten konnte. Sich einfach nur auf sein einigermaßen ansprechendes Aussehen zu verlassen und darauf, dass die Frauenquote in der Altphilologie sehr hoch war, schien ihm doch nicht ganz die richtige Strategie zu sein. Auch wenn dieser Ratschlag von Caro kam – blitzgescheite Literaturwissenschaftlerin und der Mensch, der ihn seit ihrer gemeinsamen Oberstufenzeit mit wertvollen Tipps zum Thema *Zwischenmenschliches* versorgte.

Sogenanntes gutes Aussehen und dessen Wirkungsweise waren ein Mysterium für Henry. Blickte er beispielsweise in den Spiegel, sah er lediglich einen großgewachsenen, schlanken Mann mit kräftigem Kinn, moderater Nase, etwas tiefliegenden grünblauen Augen, einer Brille und einem angemessenen Herrenhaarschnitt. Was an diesen Ingredienzen ihn zum attraktiven Mann, oder – wie Caro es auszudrücken pflegte – zur Sahneschnitte machte, gab ihm Rätsel auf. Schon damals auf dem Schulhof hatte er es nicht begriffen, geschweige denn geglaubt, was Caro ihm unermüdlich auseinanderzusetzen versuchte: dass all die hübschen Mädchen, die tuschelnd zu ihm herübersahen, in ihn verliebt seien. Er war fest davon überzeugt, dass sie tuschelten, weil sie ihn seltsam fanden – ein Superhirn mit steifen Umgangsformen. In jedem Fall waren ihre Blicke ihm unangenehm. Denn er war schrecklich schüchtern, und er hasste es, Aufsehen zu erregen.

Und er hasste unvorhersehbare Situationen wie diese.

«Ich werde in den nächsten Wochen Professor Lohmann vertreten, und Sie werden schon bald sehen, dass ich für diesen Job gänzlich ungeeignet bin.»

Wieder fröhliches Gelächter. Er räusperte sich und fuhr fort: «Mein Chef bestand darauf. Also geben Sie bitte ihm und nicht mir die Schuld, wenn Sie dieses Seminar unzufrieden verlassen.»

Erneut lachten alle, als machte er die besten Witze. Henry sah in ihre erwartungsfrohen Gesichter und wusste, dass sie ihm nicht glaubten. Das kannte er zur Genüge. Die Menschen dachten, er scherzte, wenn er es bitterernst meinte. Vielleicht hätte er den Gag mit Dornröschen lassen sollen.

Henry versuchte noch geschlagene zehn Minuten, den Studenten klarzumachen, welches Grauen sie erwartete, sagte ihnen unverblümt, dass er seine zwei Doktortitel in Altphilologie und Geschichte nicht erworben habe, um junge Menschen zu unterrichten. Dass er darüber hinaus weder das pädagogische Talent seines Vaters geerbt habe, der ein von seinen Schülern geschätzter Gymnasiallehrer gewesen war, noch im Geringsten darüber informiert sei, welcher Unterrichtsstoff in einem Erstsemesterseminar Altgriechisch erwartet wurde. Er vergaß ebenfalls nicht zu erwähnen, wie verärgert er darüber war, seine Arbeit als international geachteter Experte für mittelalterliches und antikes Schrifttum unterbrechen und sein geliebtes ruhiges Büro verlassen zu müssen. Er deutete sogar an, dass dieser Ärger möglicherweise Auswirkungen auf die Benotung der Hausarbeiten haben könnte. Doch immer noch stöhnte keiner, keiner protestierte oder verließ den Raum. Entweder war dieser Jahrgang bereits besondere Härten gewöhnt, oder er war besonders begriffsstutzig.

Henry warf mit dem Beamer einen Auszug aus dem *Phaidros* von Platon an die Wand. Der altgriechische Text galt als besonders schwer zu übersetzen. Da endlich ging ein Rumoren durch die Gruppe. Seufzer und Gejammer waren zu hören, und ein verzweifeltes «O Gott» war auch dabei.

«Versuchen Sie die Nuss zu knacken», sagte er heiter und setzte sich ans Pult. Die Köpfe der Studenten senkten sich über Wörterbücher und Grammatiken. Jetzt fühlte er sich besser.

Ansammlungen von mehr als fünf Menschen verunsicherten Henry. Als ihn heute Morgen die Hiobsbotschaft, unterrichten zu müssen, ereilt hatte, hätte er sich am liebsten krankgemeldet. Und es wäre noch nicht einmal gelogen gewesen. Der asthmatische Husten hatte fast sofort eingesetzt, als Dekan Geröllheimer – er hieß tatsächlich so wie Fred Feuersteins Freund und Nachbar Barney und sah auch ein bisschen so aus – ihn damit überfiel. Ausgerechnet beim Joggen. Das Asthma-Spray war in seiner Schreibtischschublade gewesen. Er brauchte es normalerweise nicht, wenn er sich an der frischen Luft aufhielt.

Im Nachhinein ärgerte sich Henry doppelt und dreifach, dass er nicht gleich seine Joggingstrecke in einen anderen Park verlegt hatte, als kurz nach Ostern plötzlich Geröllheimer auf seiner Runde aufgetaucht war, ihn keuchend einholte und kurzatmig, aber bestens gelaunt verkündete, sie seien jetzt Trainingspartner. Er schien ganz aus dem Häuschen über den Zufall, dass sie sich beim Frühsport trafen. Henry hängte ihn damals schnell ab. Geröllheimer war ein Macher und jovialer Networker, aber fachlich ein Neandertaler. Und Henry hatte nicht vor, dem präpotenten Jobgeplapper seines Chefs den Vorzug vor den Berliner Philharmonikern zu geben, die seine Playlist für ihn bereithielt.

Seit vier Wochen lieferten sie sich nun schon dieses dämliche Wettrennen. Henrys neueste Fitness-App leuchtete in den knalligsten Farben auf und feierte seine Trainingserfolge. Fettverbrennungs- und Herz-Kreislauf-Werte schwangen sich zu eleganten Kurven auf. Aber Henry konnte sich nicht darüber freuen. Denn jeden Morgen fragte er sich, warum es ihm so kolossal schwerfiel, einmal im Leben eine Kleinigkeit zu ändern. Einmal eine Gewohnheit über den Haufen zu werfen und etwas Neues anzufangen. Es ging doch bloß darum, ein neues Gelände zum Joggen zu finden. Er wollte ja nicht sein ganzes Leben ändern. Nein, da gab es nichts zu beanstanden. Alles im *Optimalbereich*, wie sämtliche seiner Self-Tracking-Apps ihm bestätigten. Aber mit seinem Chef jeden Morgen um die Wette zu laufen, das war ganz und gar nicht optimal.

Henry ließ seinen Blick über die Studenten gleiten. Sie ackerten. Gut. Es ärgerte ihn, dass seine Gedanken sofort wieder bei Geröllheimer waren. Von Woche zu Woche holte der auf. Es war verblüffend, wie viel Power in diesem kleinen quadratischen Mann steckte. Seit zwei Tagen hielt er nun schon jeweils zehn Minuten mit ihm Schritt, was dazu führte, dass Henry Geröllheimers langweilige Ausführungen zum diesjährigen Internationalen Kongress der Bibliothekare über sich ergehen lassen musste sowie seine noch faderen Für-und-Wider-Abwägungen darüber, ob er im nächsten Jahr den Vorsitz dieses Kongresses übernehmen sollte. Und natürlich bohrte er jeden Tag nach, ob Henry schon einen Buchrestaurator für die Van-Sanders-Bibliothek verpflichtet hatte. Als ob er nicht selbst wüsste, wie dringend diese Angelegenheit war und was dabei für die Universität auf dem Spiel stand.

Wie dumm, dass er Patrizia nicht längst schon um eine App gebeten hatte, die ihm Geröllheimer vom Hals hielt. Gab es nicht dieses Programm, mit dem man andere orten konnte? Er selbst hatte nicht die geringste Ahnung, wie all das funktionierte. Er hätte noch nicht einmal sagen können, wo man so eine App kaufte. Im Telekom-Shop? Diese Dinge erledigte Patrizia. Seine Frau war eine Königin der Organisation, und Apps waren ihre kleinen fleißigen Minister. Heute Morgen hätte er auf seinem Smartphone so einen Minister gebrauchen können. Der hätte ihm empfehlen sollen, das Joggen fünfzehn Minuten früher abzubrechen. Die Kalorien für das Nachmittags-Kuchenstück wären dann zwar nicht mehr drin gewesen, aber dafür hätte er sich den ganzen Tag darüber freuen können, dass er Geröllheimer ein Schnippchen geschlagen hatte.

Jetzt hatte er den Salat: ein Seminar voller Studenten und Bronchialschleimhäute voller Entzündungsherde. Der ganze Morgen war im Eimer gewesen. Eine Stunde hatte er über dem Inhalator gesessen. Für ein gesundes Frühstück – montags Dinkelmüsli mit extraviel Obst – blieb deshalb keine Zeit, und statt mit Patrizia wie gewohnt am Küchentisch die Wochenplanung durchzusprechen, musste er ihre Anfeuerungsrufe über sich ergehen lassen: «Herrgott, Liebling, du bist ein hochrangiger Wissenschaftler, und das sind nur kleine Studenten. Lass sie schwitzen!»

Gut, das hatte er jetzt wohl geschafft: Die Studenten schwitzten altgriechische Vokabeln aus und hofften auf seine Milde.

Hinter ihm kicherte es. Zwei Studentinnen, die beinahe aussahen wie Zwillinge – lange blonde Haare, große Augen –, tuschelten miteinander.

«Sie sind mit der Übersetzung schon fertig, nehme ich an?» Henry bemühte sich um Strenge in der Stimme.

«Nein. Wahrscheinlich in hundert Jahren noch nicht», sagte die etwas Größere gar nicht verlegen. «Wir haben uns gerade darüber unterhalten, an wen Sie uns erinnern.»

Henry wusste nicht, was er antworten sollte. Auf private Gespräche mit Studenten war er noch weniger vorbereitet als auf den Unterricht.

«Kennen Sie den Film *Is' was, Doc?*?» Die große Blonde strahlte ihn an, als hätte sie ihm soeben die Eine-Million-Euro-Frage gestellt.

«Tut mir leid, ich gehe nur selten ins Kino. Vielleicht könnten Sie sich jetzt wieder Platon –»

Die kleine Blonde unterbrach ihn: «Im Kino gibt's den schon lange nicht mehr. Der Film ist uralt.»

«Ich leih Ihnen gern die DVD», sagte die Große.

«Den müssen Sie sich unbedingt ansehen», setzte die Kleine nach. «Sie sehen original so aus wie Doctor Howard Bannister, nur Ihre Brille ist schicker.»

«Was? Wer?»

«Der ist sooo süß», flötete die Große.

«Ist das nicht der Film mit Barbra Streisand und Ryan O'Neal?», mischte sich eine dritte Studentin von weiter hinten ein.

Die beiden Blonden nickten wie zwei perfekt synchronisierte Wackeldackel.

«O'Neal spielt einen Professor, und er sieht so gut aus.» Die Große strich sich durch die Haare und sah Henry aufmerksam ins Gesicht.

Schnell blickte er auf seine Unterlagen. Von Caro hatte er gelernt, dass Frauen, die sich mit den Fingern durchs Haar fuhren, flirten wollten. Das war nun wirklich das Letzte, was er gebrauchen konnte.

«Vor allem in der Hotelszene», ergänzte die Kleine, «mit nacktem Oberkörper.» Sie schlug die Augen weit auf.

Die Große suchte beharrlich Blickkontakt. «Geben Sie eigentlich auch Privatunterricht?»

Jetzt war er vollends überfordert. Flirteten sie tatsächlich mit ihm, oder nahmen sie ihn auf den Arm? Oder war das ein harmloser Versuch, von mangelhaften Griechischkenntnissen abzulenken? Henry hatte stets Schwierigkeiten, in den Gesichtern fremder Menschen zu lesen. Es war einer der Gründe, warum er nicht besonders kontaktfreudig war. Der andere Grund war, dass neue Menschen erfahrungsgemäß Unordnung in sein Leben brachten. Und Unordnung, Chaos gar, war etwas, das er von Herzen verabscheute.

«Ich könnte wirklich Nachhilfe gebrauchen.» Die Pupillen der Großen waren geweitet. Ein untrügliches Zeichen für Verliebtheit – auch das hatte er von Caro.

Henry fühlte, wie er einen heißen Kopf bekam und seine Bronchien sich zusammenzogen. Schnell rettete er sich zum Fenster, inhalierte die frische Luft und antwortete schließlich, den Kopf noch im Freien: «Erstens: Ich gebe keine Privatstunden, was Sie hätten wissen können, hätten Sie meinen einleitenden Worten aufmerksam zugehört. Zweitens: Ich möchte Ihre DVD nicht leihen, egal, wie großartig der halbnackte Ryan O'Neal in diesem Film aussieht. Und drittens: Ich flirte nicht. Niemals.»

Gekicher, Gemurmel und Geflüster. Vielleicht war er mit seiner Ansage ein wenig übers Ziel hinausgeschossen? Ein Blick auf seine Armbanduhr erlöste ihn.

«Die Qual ...» Er räusperte sich. «Das Seminar ist für heute beendet.»

Er schaute noch aus dem Fenster, während sich in seinem Rücken bereits lebhafte Aufbruchsstimmung breitmachte. Auf der anderen Seite der Straße lag die Zentralbibliothek, sein Arbeitsplatz. Die Handschriftenabteilung befand sich im dritten

Stock. Henry zählte die Fenster ab – das elfte von links – und wusste, dass er dort gleich sitzen und in stiller Kontemplation lateinische Minuskeln entziffern würde. Er atmete auf. Bis ein schrilles Quietschen seine Trommelfelle malträtierte und ihn zwang, hinunter auf die Straße zu sehen: Ein lilafarbenes Cabriolet machte eine Vollbremsung, irrsinnigerweise direkt vor einer grünen Ampel. Ein anderes Auto fuhr auf. Es krachte grässlich. Henry schüttelte den Kopf. Das Chaos war überall. Gut, dass er gleich zur Ordnung der Buchstaben zurückkehren konnte.

KAPITEL 3

Rosalie hatte eigentlich vorgehabt, mit einem eleganten Sprung aus dem offenen Cabrio zu hüpfen und schon auf der anderen Straßenseite zu sein, wenn die Russin kapierte, was los war. Doch dann sprang die Ampel auf Grün. Die Russin fuhr an, als Rosalie gerade unter dem fliederfarbenen Trenchcoat hervorkam. Ein fliederfarbener Pumps haute auf die Bremse, und der Mercedes hinter ihnen knallte ins Heck. Rosalie fand sich auf dem Schoß der kreischenden Russin wieder.

«Entschuldigung, aber es handelt sich *wirklich* um einen Notfall.» Rosalie versuchte ein entschuldigendes Lächeln und stieg über die schmalen russischen Hüften, garantiert Size Zero – Neid!

«Du bleibst schön hier!» Perfekt manikürte Finger schlossen sich erstaunlich fest um Rosalies Handgelenk. «So lange, bis die Polizei dich abholt und ins Irrenhaus bringt.» Ihr Ohr hatte die Russin schon am Handy, während die Rs in «Irrenhaus» knurrend durch ihre Kehle rollten.

Rosalie zerrte an ihrer Hand. Auf keinen Fall würde sie ihr Vorstellungsgespräch von einer Polizeiwache aus absagen.

«Ihr'n Labbe habbe se wohl im Loddo gewonne.» Der Mercedesfahrer, ein dicker zornesroter Frankfurter, baute sich neben der Fahrertür auf. Ihr Retter.

Der Griff des Supermodels löste sich, und Rosalie sprang aus dem Cabrio. Das russische Geschrei verfolgte sie noch bis auf die andere Straßenseite. Aber der wütende Frankfurter sorgte dafür, dass die langen Beine der Zimtzicke nicht nachkommen konnten.

Minuten später stand Rosalie in der Damentoilette der Zentralbibliothek, wusch sich ihr Gesicht, in dem noch Reste vom Tankstellen-Cappuccino klebten, und wunderte sich über ihr unerwartetes Glück im Unglück: Das lila Cabrio hätte schließlich wer weiß wohin fahren können. Und da sie gerade eine ihrer üblichen Pechsträhnen hatte, war sie darauf gefasst gewesen, sich Stunden später irgendwo kurz vor den Alpen wiederzufinden. Unter dem fliederfarbenen Trenchcoat hatte sie den Navigator ihres Handys keine Sekunde aus den Augen gelassen und sich fast in die Hose gemacht vor Freude, als sie mit jedem Kilometer der Frankfurter Uni näher kam. Sogar Till und seine Anakonda war sie los. Jetzt musste es nur noch mit dem neuen Job klappen. Danach würde sie ihre Schulden bei Till begleichen, obwohl er es eigentlich nicht verdient hatte. Und obwohl es genau genommen gar keine Schulden waren. Die zwanzig Prozent Mietnachlass hatte er ihr aus freien Stücken angeboten. Und die Werkstattkosten für ihren altersschwachen VW-Bus waren ein Weihnachtsgeschenk gewesen. Anakonda sah das natürlich anders. Egal. Sie wollte Till sowieso nichts schuldig bleiben. Sie würde ein ganz neues Leben anfangen. Wieder einmal.

Tja, *wieder einmal*. Zwei kleine Wörter mit heftiger Wirkung. Plötzlich wurde sie unsagbar traurig. Köln hätte ihre Stadt werden können. Und Till ihr Mann. Rosalie blickte in den Spiegel, sah die Augenringe, die die letzten durchwachten Nächte ihrem Gesicht eingeprägt hatten. Sie sah furchtbar aus. Eine Nomadin war sie, die von Stadt zu Stadt zog auf der Suche nach dem Glück. Wie oft hatte sie in ihrem Leben eigentlich schon neu begonnen? Sie konnte es nicht sagen. Schon mit ihrem Vater, der Schauspieler war, hatte sie dieses Zigeunerleben geführt. Ronnie war mit ihr von Bühne zu Bühne gezogen. Ein Engagement dauerte selten länger als ein Jahr, unterbrochen von

Dreharbeiten in München, Hamburg oder Berlin. Auch Auslandsaufenthalte gab es viele. Einmal tourten sie ein halbes Jahr durch Südfrankreich und Spanien. Kann sie deshalb nirgendwo Wurzeln schlagen? Ihr Vater meint, das sei Quatsch. Wurzeln trage man in sich und könne sie an jedem x-beliebigen Ort ausbringen. Wahrscheinlich hatte er recht. Ronnie besaß die Weisheit eines Zen-Buddhisten und war zudem ein ausgebuffter Lebenskünstler, der jede Situation von ihrer Sonnenseite sah. Wenn sie früher manchmal so abgebrannt waren, dass es beim Einkauf nur noch für eine Großpackung Reis reichte, grinste er sie fröhlich an: «Zeit für eine ayurvedische Fastenwoche. Danach passen mir meine alten Jeans wieder, und du bist die Pickel los.»

Meistens konnte sie das auch: die Sonnenseite sehen. Darin war sie Spezialistin, fast so wie Ronnie. Sie musste sich nur zusammenreißen. Tapfer sein. War es nicht besser, den Scherbenhaufen hinter sich zu lassen, als ihn zu einem brüchigen Mosaik zusammenzukleben? Ein kaputtes Lebensglück ließ sich nicht aus seinen alten Bestandteilen neu zusammensetzen, so, wie sie es täglich in ihrer Restaurationswerkstatt mit beschädigten Büchern machte. Sie musste ganz neu anfangen, auch wenn das allmählich anstrengend wurde. Die Entscheidung, Till zu verlassen, war richtig gewesen.

Rosalie betrachtete eingehend ihre Augenringe. Einmal richtig ausschlafen, und sie würden wieder verschwinden. Sie tupfte Concealer unter die Augen und etwas von dem neuen glitzernden Puder aufs Lid. Dann zwinkerte sie ihrem Spiegelbild zu. Frankfurt konnte genauso gut ihre Stadt werden wie Köln. Warum auch nicht?

«Und diesmal mache ich alles richtig.» Es laut auszusprechen tat gut. Rosalie fühlte, wie sie neuen Schwung bekam. Entschlossen steckte sie ihre wirren Locken zu einem ordentlichen

Dutt zusammen, zupfte eine Strähne heraus – zu ordentlich war auch nicht schön – und stiefelte mit frischem Mut aus dem Waschraum.

Sie musste in den dritten Stock, Zimmer 311. Aufzug oder Treppe? Die russische Size-Zero-Hüfte kam ihr in den Sinn. Rosalie nahm die Treppe.

Doch kaum hatte sie den Fuß auf der ersten Stufe, hörte sie Stimmen, die ihr erschreckend bekannt vorkamen: «Ich hab dir gesagt, die versteckt sich noch in der Tanke.» Die Zischelstimme der Anakonda. Unmöglich. Die Stimmen waren zwei oder drei Treppenabsätze über ihr. Wahrscheinlich täuschte sie sich.

«So'n Quatsch.» Genervtes männliches Brummen. Till?

«Wieso Quatsch?»

«Du kennst sie eben nicht.» Till!

«Brüstest du dich jetzt etwa damit, wie gut du sie kennst? Brüstest du dich, brüstest du dich …» Ein dumpfes Klatschen hallte durchs Treppenhaus.

«Au! Spinnst du?»

Rosalie flitzte zurück zum Aufzug und hämmerte auf den Knopf, das Treppenhaus fest im Blick. Mach schon! Es dauerte genau einen Wimpernschlag zu lange, bis die silberne Tür aufging – ihre Verfolger nahmen bereits die letzte Treppenbiegung. Rosalie stockte der Atem. Für den Bruchteil einer Sekunde trafen sich ihre Blicke, Tills scheiß azurblauer und ihrer, müde abgekämpft. Schnell schaute sie weg. Aber sie hatte noch gesehen, dass sie zu viert waren. Im Schlepptau der Anakonda waren die beiden Jungs, Tills Jungs, die er ihr verschwiegen hatte, genauso wie die Tatsache, dass seine Ehe keineswegs gescheitert war. Die Frau war schwanger! Deutlich nahm Rosalie die Wölbung ihres Bauches war. Also hatten sie doch noch Sex.

Dabei hatte Till ihr nach seinem Geständnis weismachen

wollen, dass er in einem Rosenkrieg lebte. Rosalie sprang in den Aufzug und sah – und das war nun wirklich der Gipfel aller Zumutungen –, dass der Papagei auch dabei war. Dieses lästige Vieh aus dem Kölner Stadtgarten, das Till mit Futter angelockt hatte und das ihr seitdem den Balkon zuschiss. Grün wie eine geschälte Kiwi flog der Halsbandsittich über ihre Köpfe und krächzte: «Rosalie, mein Schatz, gib Bützje!» Das hatte Till ihm beigebracht. Anakondas kackbraune Handtasche schleuderte durch die Luft und verfehlte den Vogel nur knapp. Die Kinder weinten und kreischten. Inzwischen hatte das Schauspiel mindestens zwanzig Studenten angelockt. Immerhin verstopften sie den unteren Treppenabsatz und behinderten so den Durchgang zum Fahrstuhl, der endlich seine Türen schloss.

Oben angekommen, schoss Rosalie auf Zimmer 311 zu. Dritte Tür rechts, gleich neben dem Sekretariat. Wie gut, dass sie sich das aufgeschrieben hatte. Sie war fünfzehn Minuten zu früh. Egal. Sie klopfte. Keiner antwortete. Im Treppenhaus hörte sie Till schreien: «Lass mich das, verdammt noch mal, alleine regeln!»

«Nein!», schrie die Anakonda zurück.

Rosalie klopfte ein zweites Mal. Wieder nichts. Der Papagei erreichte als Erster den Flur und flatterte auf sie zu. Wenn sie nicht gleich von einer der hässlichsten Handtaschen, die Louis Vuitton je hergestellt hatte, erschlagen werden wollte, musste sie etwas tun. Rosalie drückte die Klinke hinunter und überließ alles Weitere ihrem Überlebensinstinkt.

Schon war sie im Raum und zog die Tür hinter sich zu. Wie von selbst drehten ihre Finger den Schlüssel und schlossen die Bürotür von innen ab. Noch im selben Atemzug griff sie sich einen Stuhl und stellte ihn mit der Lehne direkt unter die Klinke, zur Sicherheit. Der Mann am Schreibtisch sprang auf.

Verdammte Hacke! Rosalie sank verblüfft in den Stuhl. Was

für eine Starbesetzung! Wie kam ein solcher Mann in diese staubtrockene Umgebung, verborgen hinter Büchertürmen, die seinen Schreibtisch umgaben wie eine Burganlage? Sollte er nicht eher auf irgendeinem Filmset stehen und mit Angelina Jolie um die Wette knutschen? Einen endlosen Moment lang starrten sie einander an. Rosalie tauchte in seine grünblauen Augen, die Sekunden dehnten sich, ihre Blicke wurden tiefer … Da blinzelte er, und sie registrierte schlagartig, dass er gar nicht sie angeschaut hatte, sondern irgendetwas über ihrem Kopf. Seine Augen weiteten sich vor Entsetzen, als sie eine Bewegung über sich verspürte. Einen Flügelschlag? Sie löste ihren Blick und entdeckte den Papagei, der im Sturzflug auf den Mann zuschoss.

«Verflixt!», rief der schöne Mann, was kurios klang und Rosalie irgendwie an alte Kinderbücher erinnerte. Dabei schlug er wild mit den Händen um sich. Wie ein Filmheld kam er ihr jetzt nicht mehr vor. Wahrscheinlich war er hinter seinen Büchern doch besser aufgehoben.

Der Papagei touchierte mit seinen Fittichen den Kopf des Mannes, der, nur wenn sie sehr viel Glück hatte, nicht Dr. Dr. phil. Domros war – der Mensch mit dem lukrativen Jobangebot. Laut krächzend zog der Papagei einen kiwigrünen Kreis durch den Raum, stoppte kurz auf der Klinke einer Seitentür und drohte dann mit einem neuen Angriff auf den Mann. Dessen Haare standen inzwischen wüst zu Berge. Mit einem weiteren «Verflixt!» verschwand ihr potenziell neuer Chef unter dem Schreibtisch. Obenauf landete der Papagei, stolzierte zwischen den überaus ordentlich aufgestapelten Büchern und Papieren herum und krächzte lauter, als ein Wachhund bellen konnte.

«Ich hatte Ihnen gesagt, beschweren Sie sich bei Dr. Geröllheimer, wenn Ihnen das Seminar nicht gefällt», tönte es unter dem Schreibtisch hervor. «Wirklich kein Grund, gleich mit Raubtieren auf mich loszugehen.»

«Was? Welches Seminar?»

«Sind Sie nicht hier, um sich zu beschweren?»

«Äh … nein. Ich …»

Die Klinke in ihrem Rücken bewegte sich. Dann rüttelte es an der Tür, und Till rief: «Mach auf! Ich weiß, dass du dadrin bist!»

«Du hast uns genug verarscht!», setzte die Anakonda nach.

«Zum Kuckuck, was ist denn jetzt schon wieder?», brummte der Schreibtisch.

Zum Kuckuck? Das hatte Rosalie zum letzten Mal bei der Augsburger Puppenkiste gehört.

Till haute abwechselnd gegen die Tür und rüttelte an der Klinke. Es klang wütend, doch nicht halb so wütend wie das peitschende Klatschen von Anakondas Handtasche.

«Wenn wir uns ruhig verhalten, gehen sie vielleicht wieder», flüsterte Rosalie.

«Wer sind die?», flüsterte der Schreibtisch zurück.

«Die, zu denen der Papagei gehört.»

«Dann machen Sie doch die Tür auf und lassen ihn zu Herrchen und Frauchen.»

«Geht nicht.» Sie flüsterten noch immer, während draußen weiter zwei Fäuste und eine Louis Vuitton gegen das Türblatt hämmerten.

«Warum nicht?»

Rosalie ging auf die Knie und krabbelte zu der Schreibtischburg hinüber. «Das sind böse Leute.»

Der zusammengekauerte Doktor-Doktor starrte sie an. «Und wer zum Teufel sind Sie?»

«Verrate ich Ihnen gleich. Könnten Sie mir vielleicht hundert Euro leihen?»

«Was? – Autsch!» Er rieb sich den Kopf. Leute seiner Größe sollten nicht unter Schreibtischen hocken.

«Besser wären zweihundert. Dann sind wir sie viell…» Sie räusperte sich. «Ich meine, dann sind wir sie bestimmt los.»

Rosalie sah ihn in die Gesäßtasche greifen. Respekt. Das hätte sie jetzt nicht erwartet. Zwei grüne Scheine wurden ihr entgegengestreckt. Der Doktor-Doktor war ein Mann mit Vertrauen. Ein Punkt für ihn. Rosalie nahm die Scheine und schob sie durch den Türschlitz. Noch immer wummerte und klatschte es.

«Schau mal auf deine Füße, du elender Dreckskerl!»

Endlich ließen sie die Tür in Ruhe.

«Du schuldest mir das Zehnfache.»

«Uns! Uns schuldet sie das Zehnfache», geiferte die Anakonda. «Ich schick dir meine Bluthunde auf den Hals!»

Bloß das nicht. Die Bluthunde waren zwei humorlose Mitarbeiter aus Anakondas Inkassobüro. Rosalie hatte bereits ihre Bekanntschaft gemacht. Tja, man sollte niemals Geld von einem Liebhaber annehmen, dessen Frau professionelle Schuldeneintreiberin war. Ein Umstand, der Rosalie, wie so ziemlich alles in dieser verfluchten Liebesgeschichte, viel zu spät zu Ohren gekommen war.

«Komm», hörte sie Till sagen.

Dann wurde es still.

«Sind sie weg?» Die Stimme unter dem Schreibtisch war erstaunlich fest.

Rosalie starrte auf die Türklinke. Sollten die zweihundert Mäuse wirklich gereicht haben? Wieder räusperte sie sich. «Ich glaube schon.» Sie legte jeden Nachdruck in ihre Stimme, den sie aufbringen konnte.

«Und der Vogel?»

«Sitzt friedlich auf der Vorhangstange.»

Der Mann robbte unter dem Tisch hervor, richtete sich zu

seiner ganzen stattlichen Größe auf, glättete sich notdürftig das volle dunkle Haar und rückte seine Brille zurecht. «Wer sind Sie?»

«Rosalie, mein Schatz, Rosalie, mein Schatz», krächzte der Papagei, «gib Bützje!»

KAPITEL 4

Henry lehnte sich in seinem Bürostuhl zurück, verschränkte die Arme vor der Brust und starrte die Frau an, die auf der anderen Seite seines Schreibtisches Platz genommen und eigenmächtig zwei seiner Bücherstapel zur Seite geschoben hatte.

Weiß Gott, er war kein Mann für spontane Entscheidungen. Das letzte Mal, dass Henry einen unüberlegten Entschluss gefasst hatte, war am Abend seines siebten Hochzeitstages vor drei Jahren gewesen. Er war mit Patrizia bei ihrem gemeinsamen Lieblingsitaliener und statt wie üblich die hausgemachten Ravioli mit Kalbsragout zu bestellen, ließ er sich von Küchenchef Sergio zu einer Muschelpfanne überreden. Bis dahin hatte Henry nicht gewusst, dass er gegen Muscheln allergisch war. Den Rest des Abends verbrachte er in der Notaufnahme. Er wäre beinahe erstickt.

Nein, Spontaneität war seine Sache nicht. Er würde dieser merkwürdigen Person noch zwei Minuten zuhören, bis er seinem ersten Impuls folgen und sie aus seinem Büro werfen würde, samt Papagei, versteht sich. Zwei Minuten. Mehr nicht. Auch wenn Bolz, der von ihm geschätzte Leiter der Restaurationswerkstatt der Universitätsbibliothek, behauptet hatte, sie wäre die Beste. Der sonst so nüchterne Mann hatte sich sogar zu den Worten hinreißen lassen, sie sei eine Meisterin mit magischen Händen. Ob Feuer- oder Wasserschaden oder die Verwüstungen durch Staub und Zeit, diese Restauratorin, sagte Bolz, bekomme jedes noch so kaputte Buch wieder hin. Doch Henry hatte erhebliche Zweifel.

Erneut musterte er die Frau – «Rosalie», wie der nervtötende Papagei immer wieder ungefragt dazwischenrief. Natürlich gehörte der Vogel zu ihr, mochte sie das noch so wortreich abstreiten. Seit er sie gefragt hatte, wer sie sei, plapperte sie wie ein von Schmelzwasser überströmender Gebirgsbach im Frühling. Was Bolz erzählte hatte, konnte er einfach nicht mit dieser Frau zusammenbringen. Die Kunst, Bücher zu restaurieren, erforderte Hingabe, Präzision, Ruhe und Geduld. Ganz ähnlich wie bei seiner eigenen Arbeit, der Entschlüsselung alter Schriften, brauchte es einen zu Konzentration und Kontemplation fähigen Menschen. Diese Person mit ihren wilden, in alle Richtungen fliegenden Locken kam ihm eher wie ein mythisches Ungeheuer vor, eine Medusa, die Schrecken und Chaos brachte. Da war Vorsicht geboten. Selbst der antike Held Perseus konnte ein solches Weib nur mit List und der Hilfe der Götter bezwingen.

«Na, wie finden Sie meinen Vorschlag?»

«Vorschlag? Welchen Vorschlag?» Er musste den Faden verloren haben. In den letzten dreißig Sekunden hatte die Medusa nicht nur Entschuldigungen hervorgesprudelt, sondern ebenso leidenschaftlich wie wortgewaltig geschildert, warum sie die Richtige für den Job sei. Dazwischen beteuerte sie immer wieder ihre Unschuld an dem Spektakel, das er gerade hatte erleben dürfen, und zählte zur Beweisführung die Eckdaten einer unglücklichen Liebschaft auf. Nicht dass er das hätte hören wollen. Aber er war ja nicht dazwischengekommen. Der Strom war über ihn hinweggerauscht, und irgendwo darunter musste ein Vorschlag gewesen sein.

«Ich hab vorgeschlagen, dass wir uns nächste Woche gleich auf den Weg machen und die Bibliothek besichtigen. Natürlich nur, wenn Sie mich einstellen.»

«Die Van-Sanders-Bibliothek?» Er spürte die Luft, die durch das gekippte Fenster zog, in seinem Nacken. Wieso war dieses Fenster überhaupt geöffnet? Er hatte Frau Füglein, die Sekretärin des Fachbereichs, mehrfach angewiesen, das Fenster geschlossen zu halten. Nicht nur einmal hatte er deswegen unter einem steifen Hals gelitten.

«Wenn das der Name dieser Privatbibliothek ist.» Die Frau nickte ihm zu.

«Aber wieso? Die kommt doch zu uns. Der Erblasser hat verfügt, dass alle Bücher an die Universität geschickt werden.»

«Deswegen sollten wir uns beeilen. Ich möchte meine Patienten in ihrer natürlichen Umgebung sehen.»

«Patienten?»

«Ich muss sehen, wie sie gelebt haben. Welche Behausung sie umgab. Welche Luft sie geatmet haben und ...»

«Welchen Staub sie geschluckt haben?»

«Genau.» Sie strahlte ihn an wie tausend Sonnen. Auch die Medusa soll vor ihrer Verwandlung zum Ungeheuer eine bezaubernde Frau gewesen sein.

«Wozu soll das gut sein? Ein Arzt sieht sich auch nicht in den vier Wänden der Kranken um.»

«Sollte er aber. Wenn ich ein Buch restauriere, dann möchte ich nicht nur, dass es wieder benutzbar wird. Seine Persönlichkeit soll neu erstrahlen. Es soll ganz und gar heil sein, verstehen Sie?» Sie beugte sich auf ihrem Stuhl vor und legte die Unterarme auf seinem Schreibtisch ab, mitten auf seine nach Dringlichkeit und Fachgebiet geordneten Papiere. «Seine Seele soll sich den Menschen wieder mitteilen können.»

Automatisch rollte er mit seinem Stuhl ein wenig zurück. «Sie glauben, dass Bücher eine Seele haben?»

«Sie nicht?»

«Ich bin mir nicht einmal sicher, ob Menschen eine haben.»

«Aber ...» Die langen Locken der Medusa schaukelten um

ihr entsetztes Gesicht, ihre Augen funkelten ihn an. Wenn er sie noch länger ansah, würde sie ihn in Stein verwandeln. Aber dazu kam es nicht.

Der vermaledeite Papagei rauschte auf ihn zu, schrie unverständliches Zeug und versuchte, auf seinem Kopf zu landen. Henry konnte sich gerade noch wegducken. Im selben Augenblick ging die Tür zum angrenzenden Büro der Sekretärin auf, und ein lärmender Haufen Menschen fiel ein.

«Halt!» Frau Füglein, Anfang sechzig und immer leicht überfordert, streckte abwehrend die Arme vor.

Umsonst.

Eine hysterische Matrone schwang ihre Handtasche wie Zeus seine Blitze. Zwei Jungen brüllten: «Mama!» Ein Zwei-Meter-Mann donnerte: «Anna-Brenda!» Und bevor Henry auch nur *Verflixt!* denken konnte, streifte die Handtasche sein Ohr und verfehlte die Medusa ebenso knapp wie ihn.

«Es tut mir so leid!», hörte er die Medusa in seinem Rücken rufen und traute seinen Augen nicht. Sie stand einen halben Meter über ihm auf dem Fensterbrett, öffnete mit einem Ruck das Fenster und sprang.

Die Stimmen um ihn herum überschlugen sich. Henry rannte zum Fenster und sah, dass sie auf einem Malergerüst einen halben Stock tiefer gelandet war.

«Ich will den Job wirklich!», rief sie ihm zu, den Kopf in den Nacken gelegt. «Auch wenn es im Moment nicht danach aussieht. Wirklich, wirklich!»

Er wollte etwas zurückrufen, doch ein giftgrüner Flügel rauschte haarscharf an seiner Wange vorbei.

«Rosalie», krächzte der Papagei und flog hinaus.

Ein jäher Luftzug wirbelte Papiere von seinem Schreibtisch auf. Ein paar wehten sogar dem Vogel hinterher.

«Tausend Höllenhunde!» Henry schob die Furie mit der

Handtasche zur Seite und schloss ärgerlich das Fenster. Dann drehte er sich um.

Der Zwei-Meter-Mann hatte den Stuhl weggeschoben und die verriegelte Bürotür geöffnet. Doch weiter kam er nicht. Im Türrahmen stand Patrizia.

«Was ist hier los?» Die aristokratische Stimme seiner Gattin schnitt durch die Luft. Jede Bewegung im Raum erstarrte.

«Wer sind diese Leute, Henry?»

Ihm fiel nichts Brauchbares dazu ein.

Frau Füglein stürzte händeringend auf Patrizia zu. «Die sind einfach hier reingestürmt.»

«Dann rufen Sie gefälligst den Sicherheitsdienst.» Kleopatra hätte es nicht gebieterischer befehlen können.

Doch Security-Männer waren nicht mehr nötig. Die hysterische Matrone nahm ihre Söhne an die Hand und drängte ihren schwangeren Bauch wie eine Kanonenkugel vor sich herschiebend an Patrizia vorbei. Der Zwei-Meter-Mann murmelte eine Entschuldigung und eilte hinter ihr her. Frau Füglein verzog sich schuldbewusst in ihr Büro.

«Du solltest deine Sekretärin endlich feuern.»

«Sie ist nicht *meine* Sekretärin. Sie ist für den ganzen Fachbereich zuständig. Ich kann sie nicht feuern.»

«Man kann alles.»

«*Du* kannst alles.» Er lächelte seine Frau an, aber sie lächelte nicht zurück. Henry schob das auf die Blasenentzündung, die Patrizia seit Wochen quälte und ihr eine schier endlose Abfolge unangenehmer Arztbesuche abverlangte. Da konnte man schon mal die gute Laune verlieren.

«Dein Handy. Du hast es heute Morgen vergessen.» Sie legte ihm die flache schwarze Wunderkiste auf den Schreibtisch und machte endlich ein etwas freundlicheres Gesicht. «Ist alles upgedatet. Und es gibt eine Änderung in unserem Kalender.

Ich muss am Zwölften zu Verhandlungen nach Hongkong. Wir können also nicht zu der Opernpremiere. Du hast doch die Tickets hier. Ich kann noch umbuchen.» Patrizia streckte die Hand aus.

Henry sah sich ratlos auf seinem Schreibtisch um. Alles war in Unordnung geraten. «Kann etwas dauern.»

Patrizia wandte sich zum Gehen. «Lass deine Sekretärin suchen. Und warte heute Abend nicht auf mich. Ich probiere einen neuen Urologen aus.»

«Sie ist nicht meine Sekretärin.» Patrizia hörte es nicht mehr.

Die Sekretärin, die nicht seine war, kam wie aufs Stichwort herein. Fügleins Stirn war sorgenumwölkt. «Schlechte Nachrichten: Herr Kokoschka ist inzwischen verstorben, und Herr Freud lebt seit einiger Zeit auf Madeira und meldet sich nicht.»

Kokoschka und Freud waren zwei der drei Buchrestauratoren, die van Sanders in seinem Testament vorgeschlagen hatte. Der dritte Name war Rosalie Prinz. Van Sanders hatte verfügt, dass die Universität seine Sammlung mittelalterlicher Handschriften nur dann erben würde, wenn sie dafür sorgte, dass die zum Teil erheblich beschädigten, aber unermesslich wertvollen Bücher von einer dieser drei Personen restauriert würden. Das war der Haken an der Sache.

«Wie oft haben Sie es bei diesem Freud versucht?»

«Fünfmal.»

«Versuchen Sie es hundertmal.»

«Was ist denn mit Rosalie Prinz?»

«Auf keinen Fall!»

Frau Füglein eilte hinaus. Sein ungewohnt heftiger Ton hatte sie offensichtlich erschreckt, und das tat ihm aufrichtig leid. Denn er mochte sie. Henry seufzte und warf einen beiläufigen Blick auf den Kalorienzähler seiner Smartwatch. War das möglich? In den letzten dreißig Minuten hatte er mehr Fett verbrannt als jemals auf seiner Joggingstrecke. Einigermaßen erschüttert ließ er sich in seinen Drehstuhl fallen. Dabei flog eine kiwigrüne Feder auf, und er musste niesen. Eine geschlagene Minute lang.

KAPITEL 5

Beherzt sprang Rosalie vom Gerüst. Zweieinhalb Meter tiefer kam sie in Hockstellung mit federnden Knien auf. Perfekt. Sie wollte sich schon freuen, dass sie es noch konnte – klettern, springen, federn –, und das, obwohl sie keinerlei Sport machte. Aber als sie sich aufrichten wollte, durchfuhr ein fürchterlicher Schmerz ihren Rücken. Gekrümmt wie die Karikatur eines unterwürfigen Dieners, blieb sie stehen und fasste sich an die schmerzende Stelle.

«Kann ich irgendwie helfen?» Die Stimme kam von rechts.

Rosalie drehte vorsichtig den Kopf, ohne dabei den Rücken zu bewegen. Eine Frau mit langen rotblonden Haaren, Indianerstirnband und einer buntbestickten, indisch anmutenden Tunika saß im Schneidersitz auf dem weitläufigen Campusrasen.

«Danke, es geht schon wieder.» Rosalie versuchte zu lächeln. Stattdessen schrie sie laut auf.

Die Frau war sofort bei ihr. «Tut's hier weh?»

«Ja.»

«Wir werden dich vorsichtig hinlegen.»

Eine Minute später drückte Rosalie ihr Gesicht in den sommerlich duftenden grünen Teppich. Grashalme kitzelten ihre Nase, und die kundigen Griffe der Frau, die sich ihr inzwischen als Stella Schamoni vorgestellt hatte, kneteten ihren Rücken.

«In welcher Praxis arbeitest du? Das nächste Mal komm ich mit Rezept.»

«Ich bin keine Physiotherapeutin.»

«Ach nein?» Rosalie hob den Kopf leicht an.

Stella hielt ihr eine Visitenkarte aus handgeschöpftem Papier mit Regenbogenaufdruck vor die Augen.

«*Four Dimension Healing*», las Rosalie laut. «Ist das was Esoterisches?»

«Ist wohl nicht dein Ding?»

War es nicht. Absolut nicht. «Ähm … So würde ich das nicht sagen.» Diplomatie war nie verkehrt, besonders wenn ein kräftiger Daumen auf dem Schmerzpunkt ihres widerspenstigen Lendenwirbels lag.

«Lügst du immer so schlecht?»

«Aber ich lüge nicht!» Sie wollte sich empört aufrichten, doch Stellas Hand drückte sie sanft nach unten. «Wirklich», beteuerte Rosalie, «ich hab's nur nicht so mit Räucherstäbchen. Ansonsten bin ich offen für alles.»

«Gelogen. Deine Aura verdunkelt sich.»

«Meine was?»

«Deine Aura. Oder etwas bodenständiger ausgedrückt: dein Energiefeld. Eben war es noch kunterbunt wie das Kinderprogramm im Disney Channel – abgesehen von dem kleinen Schatten über den Lendenwirbeln natürlich. Und jetzt ist es so schwarz wie Draculas Grab. Du kannst übrigens wieder aufstehen.»

«Oh, ganz bestimmt nicht.» Rosalie kannte ihren Rücken. Wenn der einmal rebellierte, war er mit ein paar Minuten Massage nicht zu besänftigen.

Hilfesuchend schaute sie zu Stella hoch. Doch die machte keinerlei Anstalten, ihr aufzuhelfen. Stattdessen funkelten ihre Augen belustigt, und ein feiner goldener Nasenring, den Rosalie erst jetzt bemerkte, blitzte im Sonnlicht auf, als wollte er ihr ein Startsignal geben.

«Auf deine Verantwortung.» Sie versuchte es ganz, ganz vorsichtig.

Stella grinste sie an. «Trau dich.»

«Wow! Das gibt's doch nicht.» Rosalie reckte und streckte sich nach allen Seiten. «Das letzte Mal, als ich das hatte, bin ich eine Woche am Stock gegangen. Also bist du doch eine Masseurin? Mit Aura-Schnickschnack eben.»

Stella legte den Kopf schief. Wahrscheinlich hatte sie ihr jetzt doch auf den Schlips, oder besser: auf die Tunika, getreten.

«Sorry, ich plappere manchmal einfach drauflos.»

Stella ignorierte die Entschuldigung. «Auf die Gefahr hin, dass du dein schönes Regenbogenlicht wieder ausschaltest. Ich bin Schamanin.»

«Eine Hexe?»

«Das sagst du bitte nur, wenn du mich ärgern willst.»

«Heilerin?»

«Klingt mir zu erhaben.»

«Therapeutin?» Rosalie sah, wie sich Stellas Gesicht plötzlich entspannte und ein Glitzern in ihre Augen trat.

Wie aus einem Mund platzte es aus ihnen beiden heraus: «Bloß nicht!» Sie prusteten los vor Lachen wie alte Freundinnen, die sich das Stichwort zu einem Insiderwitz gegeben hatten. Ein Blick in das Gesicht der anderen genügte, und die nächste Lachsalve explodierte. Rosalie rannen Tränen aus den Augen. Es war der erste schöne Moment an diesem Tag. Der erste schöne Moment seit Wochen.

«Wie viele Therapeuten hast du zerschlissen?», fragte Stella.

«Zerschlissen habe ich keinen. Ich hatte sie alle nach dem ersten Termin schon satt.»

«Anspruchsvoller Charakter.» Stella machte ein so anerkennendes Gesicht, als hätte Rosalie eine Olympiade gewonnen – im Therapeuten-Staffellauf.

«Danke, dass du nicht ‹hoffnungsloser Fall› gesagt hast. Studierst du hier?»

«Psychologie.»

«Nicht dein Ernst.»

«Ist nur ein Hobby.» Stella grinste über die ganze Breite ihres mondscheinhellen Gesichtes. Krähenfüße tanzten um ihre Augen, die, wie Rosalie bemerkte, auch bei entspanntem Ausdruck nicht ganz verschwanden. Sie musste älter sein, als ihre flippige Erscheinung vermuten ließ. Wahrscheinlich war sie ebenfalls schon über dem Zenit, wie Rosalie den Scheitelpunkt zwischen dreißig und vierzig ehrfurchtsvoll nannte.

«Und was ist mit dir? Hast du ein Buch geklaut?» Stella machte eine Kopfbewegung in Richtung Zentralbibliothek.

Wäre diese Retro-Hippiefrau nicht der verblüffend sympathische Engel gewesen, der sie im Handumdrehen von scheußlichen Schmerzen erlöst hatte, hätte Rosalie ihr jetzt etwas von tolldreisten Mutproben und studentischen Wetten erzählt. So aber berichtete sie ihr von der Pleite ihres Vorstellungsgespräches und ein bisschen was von der amourösen Vorgeschichte.

«Wäre ein kleines Wunder, wenn du den Job bekämst», resümierte Stella.

Dem war eigentlich nichts hinzuzufügen. Doch Rosalie spürte, dass Verzweiflung in ihr aufkam und der Drang, jemandem das Herz auszuschütten. Aber sie wollte nicht wie eine dieser einsamen Omas wirken, die einem ihre ungekürzte Lebensgeschichte zum Dank anboten, wenn man ihnen im Supermarkt etwas vom obersten Regal holte. Also fasste sie sich kurz: «Ein ganzes Feuerwerk an Wundern wäre schön.» Sie lächelte vage.

«Na ja, du hast ja meine Karte.»

«Ich bin eine Therapie-Abbrecherin, wie du weißt.»

«Und ich keine Therapeutin», konterte Stella.

Da mussten sie wieder lachen. Es tat so verdammt gut. «Kann ich dich auf einen Kaffee einladen?», fragte Rosalie. «Oder einen Kräutertee?»

«Tut mir leid, ich muss zum Seminar. Aber wie wäre es heute Nachmittag? Um fünf?»

Rosalie spürte, wie ihr Herz einen kleinen Hüpfer machte.

«Übrigens», sagte Stella, «ich bin ein Kaffeejunkie. Kräutertees sind was für magenkranke Langweiler.»

«Super Einstellung für eine Hexe.»

«Pass auf deine Aura auf, Ungläubige, und vergiss deine Opernkarten nicht.»

«Was?»

Stella deutete auf den Boden. Tatsächlich lagen dort zwei längliche Karten. Der Titel der Oper prangte in fetten Lettern auf dem weißen Papier: *Die Zauberflöte*.

«Die hast du bei deiner Flucht verloren.» Stella winkte ihr noch einmal zu, bevor sie in einem der Unigebäude verschwand.

Rosalie hob die Karten auf. Es waren sogar Premierentickets. *Domros* stand auf den Karten. Rosalie rutschte das Herz in die Hose. Unwillkürlich sah sie zu dem Fenster hinauf, aus dem sie vor ein paar Minuten gesprungen war. Es war geschlossen. Mit der Wucht eines Paukenschlags ließ ihre Erinnerung das Desaster wieder vollständig lebendig werden. Unmöglich konnte sie jetzt zurückgehen. Selbst wenn Till mit seiner Bagage bereits abgezogen wäre. Sie konnte auf gar keinen Fall dem Doktor-Doktor schon jetzt wieder unter die Augen treten. Ja, wenn sie es recht bedachte, konnte sie ihm nie wieder unter die Augen treten. Henry Domros war eine Autorität auf dem Gebiet der Paläographie, und sie hatte sich aufgeführt wie die durchgeknallte Hauptfigur aus einem der Boulevardstücke, die ihr Vater so gerne spielte. Im Theater war das einigermaßen komisch. Im richtigen Leben war das einfach nur peinlich und wahnsinnig deprimierend.

Hatte sie Domros wirklich zweihundert Euro abgeluchst? Ihr wurde beinahe schlecht bei dem Gedanken. Blinder Aktionismus, das war es, wohin ihre Spontaneität sie trieb, wenn sie ängstlich und verzweifelt war. Ronnie, von dem sie diese Eigenschaft wohl geerbt hatte, sagte immer, mit der Spontaneität sei es wie mit Rauschmitteln. Man dürfe davon nur Gebrauch machen, wenn es das Leben ohnehin gerade gut mit einem meine. Sonst riskiere man, ein Auto gegen die Wand zu fahren oder einen Sprung vom Hochhausdach. Wie recht er hatte! Wieder schaute Rosalie hinüber zum Fenster und zu dem Baugerüst, dessen Metallstäbe in der Sonne glänzten. Hätte sie heute Morgen nur einen Moment innegehalten. Dann wäre ihr klargeworden, dass sie den Vorstellungstermin hätte verschieben müssen. Sie hätte vorgeben können, krank zu sein, und dieser ganze verfluchte Mist wäre nicht passiert. *Gratulation, Rosalie! Du hast es schon wieder vermasselt.*

Rosalie sah auf die Opernkarten in ihrer Hand. Das letzte Mal, dass sie eine Opernaufführung besucht hatte, war Jahre her. Eigentlich schade, denn sie liebte klassische Musik. Aber mit wem hätte sie dieses Vergnügen auch teilen sollen? Wie auch immer, sie musste die Karten Domros zurückgeben, zusammen mit den zweihundert Euro. Erleichtert stellte sie fest, dass die Premiere erst in ein paar Wochen war. So konnte sie alles per Post schicken und brauchte dem Mann nie mehr gegenüberzutreten.

KAPITEL 6

Henry hatte eine Lupe vors Auge genommen. Mit gesenktem Kopf hing er über dem Vierfarbdruck einer Buchillustration aus dem 19. Jahrhundert, die Nase nur wenige Zentimeter vom dramatischen Bildgeschehen entfernt. Am liebsten wäre er hineingekrochen in diese Szene aus den letzten Lebensminuten der Hypatia von Alexandria. Das Bild zeigte die Ermordung dieser sagenumwobenen Wissenschaftlerin der Spätantike. Fanatische Christen sollen sie als Hexe verfolgt, in eine Kirche getrieben, ermordet und zerstückelt haben. Ihr Martyrium hatte der Lithograph detailgenau festgehalten: Die Kleider hingen ihr zerrissen vom nackten Leib, ein christlicher Mob wetzte Messer und Säbel, in der Altarecke brannten Hypatias Werke. Ein einziger Titel auf dem lodernden Scheiterhaufen war lesbar: *Mathematica*, stand in antikisierender Schrift auf dem Buchdeckel, den die Flammen verschont hatten.

Henry wusste natürlich, dass der Zeichner in erster Linie seiner Phantasie Ausdruck verliehen hatte und weniger um historische Genauigkeit bemüht gewesen war. So hatte er Hypatia als jugendliche Schönheit dargestellt und nicht als sechzigjährige Frau, die sie in Wahrheit zum Zeitpunkt ihrer Ermordung gewesen war. Auch dürfte ein Großteil ihrer Werke in Form von Schriftrollen existiert haben, da der Kodex, der Vorläufer der modernen Buchform, zu Hypatias Lebenszeit noch wenig verbreitet war. Und dennoch war es diese historisch fehlerhafte Darstellung eines in die Flammen geschleuderten Buches, die Henry auf eine interessante Spur gebracht hatte. Auf die Spur der *Mathematica*.

Nach jahrelanger, geradezu detektivischer Forschungsarbeit war er sich sicher, dass eine Abschrift dieses Textes tatsächlich irgendwo existierte. Es wäre das bisher einzige überlieferte Schriftstück dieser gelehrten Dame. Quasi das Buch eines weiblichen Platon. Würde er es finden, wäre es eine Sensation. Eigentlich schrecklich. Schon der Gedanke an die internationale Aufmerksamkeit, die ihn dann mit all ihrem Presserummel verfolgen würde, ließ Henry erschaudern. Unbehaglich rutschte er auf seinem Bürostuhl vor und zurück. Er sah sich schon reihenweise Interviews absagen, während Geröllheimer sauer wurde und ihn dazu drängte, sein Gesicht für die Universität zu Markte zu tragen und so viele Spendenschecks wie möglich einzusammeln. Leise stöhnte er auf. Gegen eine gewisse Medienpräsenz würde er sich wohl kaum wehren können. Wahrscheinlich war das sogar ein akzeptabler Preis für die Erfüllung eines Lebenstraums. Und überhaupt: Was waren das für unnütze Gedanken. Im Moment sah es kein bisschen danach aus, dass er sein Ziel bald erreichen würde. Er steckte fest.

Obwohl seine Recherchen schon Reihen von Aktenordnern im Wandschrank seines Büros und einen Gutteil seiner Computerfestplatte füllten, hatte er seit Monaten keinen Fortschritt mehr gemacht. Es war wie bei einem Tausend-Teile-Puzzle, bei dem das letzte Puzzlestück fehlte. Ohne dieses eine Teil war das ganze Puzzle wertlos. Würde er nicht den entscheidenden letzten Hinweis entdecken, der ihn das Buch der Hypatia, genauer: eine Abschrift davon, finden ließ, dann würde er seine gesamte Theorie nicht beweisen können. Eine Theorie, bei der es um weit mehr ging als um ein verschollenes Schriftstück aus der Antike.

Henry beugte sich wieder über das Bild. Zentimeter für Zentimeter untersuchte er die halbnackte Hypatia und ihre Umgebung. Das Bild hatte seiner Inspiration schon einmal gute

Dienste geleistet, und er hoffte, er könnte erneut irgendetwas darin finden, das ihm weiterhalf.

«Na, Sportsfreund, wieder mal in Pornos vertieft?»

Geröllheimer. Nie klopfte der an. Henry hatte ihn bestimmt schon hundertmal darum gebeten.

«Ist ja ein Prachtweib, Ihre Hypatia.» Geröllheimer stützte seine fleischigen Hände auf Henrys Schreibtisch. «Arsch und Titten vom Feinsten und dazu noch dieses Engelsgesicht. Versteh ich sofort, dass Sie von der nicht lassen können. Trotzdem, Henry, alter Knabe, Vorsicht! Versteigen Sie sich nicht in ein hoffnungsloses Projekt.»

«Wollen Sie etwa andeuten, das hier sei Verschwendung von Zeit und Steuergeldern?» Eigentlich wollte er Geröllheimer lieber fragen: *Warum gehen Sie mir so phänomenal auf die Nerven?* Doch der selbstverliebte Mann hätte es ohnehin nur als Scherz aufgefasst.

Geröllheimer lachte polternd. «So wollte ich es nicht formulieren, aber …»

Henry hielt ihm einen USB-Stick hin.

«Was ist das?»

«Der letzte Band des Katalogs der Dombibliothek zu Speyer.»

«Fertig?»

Henry grinste in sich hinein. Er wusste, dass Geröllheimer damit nicht gerechnet hatte. Die Katalogisierung alter Handschriften aus Bibliotheken in ganz Deutschland war das Kerngeschäft ihrer Abteilung, und Geröllheimer drehte regelmäßig durch, weil der von ihm vorgegebene Zeitrahmen nur selten eingehalten wurde. «Alle Handschriften sind erfasst. Den letzten Kommentar habe ich soeben fertiggestellt.»

«Das ist spitze.» Geröllheimer nahm den Stick und schlug ihm auf die Schulter. «Wirklich spitze, Sportsfreund!»

«War noch was?»

Geröllheimer schien zu überlegen, weswegen er eigentlich hergekommen war, und Henry wünschte inständig, es möge ihm für immer entfallen sein. Für heute war das Maß an Unannehmlichkeiten wirklich voll.

Da klingelte das Telefon. Am Apparat war Frau Füglein und kündigte den Besuch einer Praktikumsbewerberin an. Henry konnte sich nicht erinnern, eine Praktikantin eingeladen zu haben. Er stellte nie Praktikanten ein. Auch Frau Füglein schien ein wenig verwirrt. Sie konnte die Bewerbungsunterlagen der jungen Dame nicht finden und entschuldigte sich mehrfach dafür.

«Vielleicht ist es ja ein Missverständnis», versuchte Henry die Füglein und zugegebenermaßen auch sich selbst zu beruhigen. «Möglicherweise hat sie sich ja in einer ganz anderen Abteilung beworben.»

Das sei ganz ausgeschlossen, erwiderte die Sekretärin, die Dame behaupte nämlich, sie hätte sich mit ihrem Bewerbungsschreiben an ihn persönlich gewandt.

Henry überlegte. Es war durchaus möglich, dass er einen Bewerbungsbrief schnell wieder vergaß. Aber dass er sich nicht daran erinnern konnte, eine Praktikantin einstellen zu wollen, das kam ihm doch seltsam vor. War er wirklich derart zerstreut?

«Gut, sie soll reinkommen.» Alles war ihm recht, was ihn von Geröllheimers Anwesenheit befreite.

Die Tür schwang kraftvoll auf, fast so, als wollte die junge hochgewachsene Frau ein Ausrufezeichen setzen. Sie war kaum älter als seine Studenten, schien aber von deren lässigem Kleidungsstil nichts zu halten. Ein strenges dunkles Businesskostüm und ein kontrapunktisch dazu ausgewählter fliederfarbener Trenchcoat kleideten sie wie eine echte Erwachsene. Ohne jeden Zweifel war sie äußerst attraktiv. Henry, dem eine schöne

Frau kaum mehr auffiel als die wechselnden Blumengebinde, mit denen Patrizia die Anrichte im Esszimmer zu dekorieren pflegte, bemerkte es, weil er sah, wie Geröllheimer Haltung annahm. Das hatte er erst zweimal bei ihm erlebt. Einmal, als eine berühmte französische Schauspielerin die Universität besuchte, und das andere Mal, als Henry ihm Patrizia vorstellte. Geröllheimer schien um einige Zentimeter zu wachsen, und sein Bauchspeck verschwand diskret unter dem Jackett, das er sich eilig zuknöpfte, während er sich mit der freien Hand durch den Halbkranz seines Resthaars fuhr.

«Bernd Geröllheimer.» Er streckte die Hand in einer Weise nach der Bewerberin aus, dass man meinen könnte, er wollte gleich ein Tänzchen mit ihr wagen. «Ich leite diesen Fachbereich. Falls Herr Domros keine Verwendung für Sie hat, kommen Sie doch zu mir.»

«Tatjana Raskolnikow. Vielen Dank», erwiderte die junge Dame mit deutlich russischem Akzent. «Ich weiß das zu schätzen.»

Nehmen Sie sie doch gleich mit!, hätte Henry beinahe fröhlich dazwischengerufen, besann sich aber gerade noch. Unwillkürlich entfuhr ihm ein Seufzer. Höflichkeit konnte so verflixt umständlich sein. Jetzt musste er minutenlang ein sinnloses Bewerbungsgespräch führen, bevor er diese Raskolnikowa in Geröllheimers Büro abschieben konnte. Teufel auch! Wie konnte ihm nur so ein dummer Fehler unterlaufen? Henry seufzte noch einmal, diesmal so laut, dass die schöne Bewerberin irritiert eine Augenbraue hochzog. Vermutlich war ihm neben dem Seufzer ein «Verflixt!» herausgerutscht. Geröllheimer empfahl sich.

Die Raskolnikowa, wie er sie im Geiste nannte, zog ihren fliederfarbenen Mantel aus, und selbst Henry, der für solche Nebensächlichkeiten normalerweise kein Auge hatte, fiel auf, dass die fliederfarbene Bluse, die unter ihrer geöffneten Kostümjacke hervorschaute, fast durchsichtig war. Man konnte die zarte Spitze ihres BHs so gut erkennen wie ihren Bauchnabel. Henry heftete seinen Blick auf die Augen der Dame und beschloss, nicht lange drum herumzureden: «Ich habe gar keine Verwendung für Sie. Ich weiß, das ist misslich, denn ganz offensichtlich habe ich Sie ja eingeladen …»

«Hypatia von Alexandria?» Die Raskolnikowa beugte sich über seinen Schreibtisch und deutete auf die Illustration. Die Sicht auf den ebenfalls fliederfarbenen BH war nun vollends frei. Henry fiel ein, dass Patrizia stets weiße oder schwarze Dessous trug.

«Das ist sie doch, oder?» Die Frage war rhetorisch. Denn bevor Henry etwas erwidern konnte, saß die Raskolnikowa bereits auf seinem Besucherstuhl, kreuzte die schlanken Beine und legte los: «Hypatia, Tochter des griechischen Gelehrten Theon von Alexandria, geboren um 355 nach Christus, ermordet 415 oder 416 – eine exakte Datierung ist leider nicht möglich. Als weibliche Mathematikerin, Astronomin und Philosophin war sie eine Ausnahmeerscheinung im spätrömischen Reich. Von den Gelehrten ihrer Zeit hoch gerühmt, von den gesellschaftlichen Eliten hofiert, wunderschön und doch nie verheiratet, gibt ihr Leben einige Rätsel auf, besonders ihr dramatischer Tod, der gerne als Hexenjagd dargestellt wird, wahrscheinlich aber politisch motiviert war. Von ihren Werken ist bedauerlicherweise nichts erhalten geblieben. Aus historischen Quellen lässt sich aber schließen, dass Hypatia einen Mix aus neuplatonischem und kynischem Gedankengut vertrat.»

«Potz Blitz!»

«Bitte?»

«Eines meiner Lieblingswörter: potz Blitz – ein Ausdruck des Erstaunens.»

«Potz Blitz?», wiederholte die Russin.

Henry nickte.

«Habe ich noch nie gehört.»

«Es ist ein kleines Hobby von mir: Ich sammle vom Aussterben bedrohte Wörter und versuche, sie wiederzubeleben. *Potz Blitz, verflixt, phänomenal, kolossal, vermaledeit* – solche eben.» Henry lächelte verlegen.

Die Raskolnikowa lächelte zurück. «Das ist sehr edel von Ihnen. Sie sind ein Ritter der Sprache.»

So hatte das noch keiner gesehen.

Henry räusperte sich. «Erzählen Sie mir, wieso Sie sich so gut mit Hypatia auskennen?»

«Sie ist das Thema meiner Doktorarbeit. Und ich behaupte, ich habe mehr Informationen über sie gesammelt als jeder andere.»

Henry strahlte. Es war ein Strahlen von ganz tief innen heraus. Er konnte spüren, wie seine Wangen glühten. Wahrscheinlich zeigte er jetzt die typischen Rotbäckchen, die ihm in seiner Schulzeit den Namen *Leuchtboje* eingebracht hatten. Auch heute noch ärgerte ihn dieses überdeutliche Signal der Erregung in seinem Gesicht. Doch im Augenblick war es ihm einerlei. Er sprang auf. «Ich zeige Ihnen was.»

Henry öffnete die Doppeltür zu einem Wandschrank, der sich hinter seinem Schreibtisch befand und so tief war, dass ein kleines Badezimmer darin Platz gefunden hätte. Er nannte ihn seinen Hypatia-Schrein.

«Kommen Sie!» Ritterlich reichte er der Russin die Hand, damit sie über die Bücherstapel am Boden steigen konnte. Dann sah er gespannt zu, wie sie sein Allerheiligstes betrat. Nicht einmal seine Doktoranden kannten diese leuchtend bunte Schatzkammer, wo all seine Forschungsergebnisse nach Spektralfarben geordnet in Karteikästen, Ordnern und Schautafeln zusammenfanden.

Die Augen der jungen Frau weiteten sich, als sie alles in sich aufnahm.

«Na, was sagen Sie, Frau Raskolnikow?»

Sie trat an ihn heran, etwas zu nah, wie er fand, und raunte: «Potz Blitz!»

KAPITEL 7

Rosalie war erst einen halben Tag in Frankfurt, hatte aber das Gefühl, die Stadt schon ganz gut zu kennen. Wenn man etwas über den Charakter einer Stadt herausfinden wollte, musste man sich nur auf Wohnungssuche begeben. In den letzten vier Stunden hatte Rosalie sechs Wohnungsbesichtigungen hinter sich gebracht und dabei festgestellt, dass Frankfurt in Wahrheit sowohl kleiner als auch bodenständiger war, als seine hochglänzenden Bankentürme, das internationale Publikum und der riesige Flughafen vermuten ließen. Frankfurt war ein bisschen wie das nette Mädchen von nebenan, das einen Multimilliardär geheiratet hatte. Es wurde in Designerklamotten gesteckt, mit teurem Schmuck behängt und führte plötzlich ein Jetset-Leben. Aber eigentlich war es immer noch der Kumpel in Jeans und Turnschuhen, mit dem man Pferde stehlen konnte.

Gerne hätte Rosalie Freundschaft mit Frankfurt geschlossen. Doch wie es aussah, musste sie sich ganz hinten in der Schlange anstellen: keine Wohnungsbesichtigung ohne eine Armee von unerschrockenen Mitbewerbern, die selbst dann nicht schwankten, wenn sie erfuhren, dass die Nebenkosten hundertfünfzig Prozent höher ausfielen als gedacht (Makler: «Da hat sich doch glatt ein Zahlendreher in die Annonce geschlichen.»). Nicht mal ein Zucken glitt über ihre stoischen Mienen, wenn sie hörten, dass das Bad ein sogenanntes Frankfurter Bad war, was lediglich ein zusätzliches Waschbecken in der Küche bedeutete oder – in der Luxusversion – eine Küchen-Sitzbadewanne («Ach, hatte ich das am Telefon nicht erwähnt?»). Selbst die dunkle Souterrainbutze, in der sie jetzt stand, war ein Verkaufsschlager. Die ehemalige Katzenpension fand sofort Interessenten, obwohl sich alle die Hand vor die Nase hielten und der eigenwillige Mix aus Katzenpipi und billigen Raumdüften noch in zehn Jahren die Atemwege verätzen würde. Rosalie hielt es keine Sekunde mehr aus in diesem Muff. Sie schnorrte sich vom Makler eine Zigarette und eilte die Treppen hinauf ins Tageslicht. Das war definitiv genug für heute.

Im Innenhof fand sie eine Bank. Sie setzte sich und nahm gleich einen tiefen Zug. Eigentlich hatte sie aufgehört zu rauchen – gemeinsam mit Till. Grund genug, wieder anzufangen. Außerdem half es gegen ihre Katzenhaarallergie. Rosalie nahm gleich noch einen Zug und schaute sich um. Der Innenhof, von alten Stadthäusern umschlossen, war geradezu idyllisch: Kletter- und Kübelpflanzen, wilder Wein an alten roten Ziegelsteinmauern und sogar ein kleines Rasenstück mit einem großen Apfelbaum, unter dem ein Tisch und vier Stühle standen. Rosalies Blick blieb an einem einstöckigen Seitenanbau kleben, der den Hof am hinteren Ende des Rasenstücks abschloss. In einem der Fenster hing ein handgeschriebenes Schild, das sie auf die Entfernung nicht entziffern konnte. Neugierig geworden, drückte sie ihre Zigarette aus und ging hinüber.

Werkstatt mit Wohnung zu vermieten, stand auf dem Anschlag. Rosalie sah durch die hohen Fenster in die großen, hellen Räume der Werkstatt im Parterre. Darüber musste die Wohnung liegen. Sie trat ein paar Schritte zurück, um besser am Gebäude hochschauen zu können, und zählte vier Fenster. Der ganze Anbau bildete eine abgeschlossene Einheit. Wie es aussah, gab es keine weiteren Wohnungen darin. Sozusagen ein Haus für sich. Sofort hatte sie dieses prickelnde Gefühl, das ihr wohlbekannt war. Wie Champagner stieg es ihr vom Bauch in den Kopf und kündigte an, dass sie etwas unbedingt haben wollte. Die schicken, sündhaft teuren Sommerstiefeletten an ihren Füßen waren vor knapp einer Stunde, zwischen zwei deprimierenden Besichtigungen, auf dieselbe Weise zu ihr gelangt. Sommerstiefeletten! Wer brauchte Stiefel im Sommer?

«Interessiert?» Der Makler bog um den Apfelbaum und wedelte mit einem Schlüssel.

«Kann ich mir bestimmt nicht leisten. Schon das Katzenklo erschöpft meine Mittel.»

«Schauen kostet ja nichts.»

Rosalie biss sich auf die Unterlippe. Mit dem champagnerartigen Prickeln im Kopf wurde das Schauen meistens teuer.

«Nein, lieber nicht. Ich könnte schwach werden.»

«Das wollen wir natürlich nicht.» Er grinste sie an. Sein Lächeln war sympathisch. Intensive Augen, sinnlicher Mund.

«Nein, das wollen wir nicht.» Sie grinste zurück und wusste im selben Augenblick, dass zwischen ihnen etwas laufen könnte.

«Rauchen wir noch eine zusammen?» Er hielt ihr das Päckchen *Lucky Strike* hin. «Ich heiße übrigens Daniel.»

Rosalie nahm eine Zigarette und ließ sich Feuer geben. Sie hatte gerade den ersten Zug genommen, da verdunkelte sich der Himmel über ihnen, und ein heftiger Platzregen prasselte nieder. Fluchend flüchteten sie sich in den leerstehenden Anbau.

Alles Weitere war wohl Schicksal. Zumindest würde Rosalie es im Nachhinein gerne so sehen. Wen das Schicksal aufs Korn nahm, den traf keine Schuld.

Als der Regen vorüber war und die Sonne einen Regenbogen in den blankgeputzten Himmel malte, hatte Rosalie nicht nur den Mietvertrag für Wohnung samt Werkstatt unterschrieben. Sie hatte sich auch von Daniel küssen lassen. Er hatte sie mit dem Kuss überrascht, als sie ihm den Kugelschreiber zurückgab. Der Kuss war sanft und fordernd zugleich. Sofort war ihre Neugierde – ebenso leicht entzündbar wie ihre Leidenschaft –

geweckt, und sie ließ einen zweiten zu. Vor dem dritten Kuss verriet er ihr, dass er verheiratet war. Immerhin, im Vergleich zu Till war Daniel ein Gentleman.

Zum Abschied gab er ihr seine Handynummer, das halbvolle Päckchen *Lucky Strike* und die Wohnungsschlüssel. Sie konnte sofort einziehen, was ein echter Glücksfall war. Und: Sie hatte endlich wieder eine eigene Werkstatt. Seit einem Jahr warteten ihre teuren Maschinen in einer Kölner Lagerhalle darauf, ein neues Zuhause zu bekommen. Auch in diesem Punkt hatte Till ihr mehr versprochen, als er hatte halten können. Falls sie den Job an der Uni also nicht bekäme, und danach sah es ja wohl aus, dann würde sie sich einfach wieder selbständig machen. Das war doch eine vernünftige Perspektive, oder etwa nicht? Dagegen wog die Tatsache, dass die Miete fast doppelt so hoch war wie das, was sie sich leisten konnte, gar nicht mehr so schwer. Seufzend steckte sie sich eine Zigarette an, trat in ihren neuen teuren Stiefeletten ans Küchenfenster ihrer neuen teuren Wohnung über ihrer neuen teuren Werkstatt und blies den Rauch nach draußen in die tropfnassen Blätter des Apfelbaumes. Sie fühlte sich elend. Wie ein Süchtiger, der gerade rückfällig geworden war. Und das nicht nur wegen der Zigaretten. Diesmal hatte der Neustart in einer unbekannten Stadt keinen halben Tag gedauert, und sie fabrizierte schon wieder dieselben fatalen Fehler. Geradezu lächerlich, dass der Typ auch noch Makler war, genau wie Till. Es setzte ihrer Unverbesserlichkeit die Krone auf.

«Alles neu macht der Mai!» Ein Krächzen unterbrach ihre Gedanken, laut und nervtötend vertraut.

Mit zusammengekniffenen Augen suchte Rosalie den Baum ab. Da saß er. Kiwigrün mit leuchtend roten Klecksen auf den Flügeln.

«Alles neu macht der Mai!»

Wer hatte ihm nur diese bescheuerten Sprüche beigebracht? Till hatte es immer bestritten.

«Hast du den Rest der Bande etwa auch dabei?»

«Bande, Bande!», krächzte es aus den Zweigen. Aber von den anderen Verfolgern war keiner zu sehen.

Kurz war sie versucht, die Zigarettenpackung nach dem Papagei zu schmeißen. Doch sie konnte sich gerade noch zurückhalten. Wenigstens gab es hier keinen Balkon, den er vollkacken konnte.

Stella Schamoni war ein Schatz. Nachdem Rosalie das Kaffeetrinken wegen ihrer Odyssee durch den Frankfurter Wohnungsmarkt hatte absagen müssen, hatte Stella sie kurzerhand zum Abendessen zu sich nach Hause eingeladen. Einigermaßen überrascht stand Rosalie nun vor einer großzügigen Stadtvilla in bester Wohnlage und überlegte, ob sie sich in der Adresse geirrt hatte. Nach Psychologiestudentin mit schamanischen Nebeneinkünften sah das nicht aus, und Schamoni stand auch nicht auf dem Klingelknopf. Gerade als Rosalie Stellas Telefonnummer auf ihrem Handy suchte, ging die Haustür auf. Stella, die ihr Indianer-Stirnband gegen ein funkelndes Bindi ausgetauscht hatte, trat neben einer zweiten Frau auf die Schwelle.

«Rosalie! Gutes Timing. Komm rein. Ich verabschiede nur eben meine Patientin.»

Rosalie nickte der Dame kurz zu. Sie war klassisch-konservativ und ausgesprochen teuer gekleidet, was irgendwie nicht zu ihrem beseelten Gesichtsausdruck passte. Ihre Augen leuchteten, als wollte sie gleich die ganze Welt umarmen oder doch wenigstens ein paar Obdachlose aus dem U-Bahnhof.

Überschwänglich verabschiedete sie sich von Stella. «Vielen Dank. Sie sind ein Gottesgeschenk!» Dann schwebte sie davon.

«Du scheinst ja wirklich zaubern zu können.»

«Ein bisschen.» Stella grinste, und ihr hübscher goldener Nasenring blitzte auf.

«Und es lohnt sich.» Rosalie meinte die Villa.

Stella verstand sofort und lachte. «Oh nein. Mein Mann ist Arzt und verdient mit seiner Privatklinik mehr Asche, als er je ausgeben kann.»

Rosalie schluckte. Das klang nach einem wahr gewordenen Märchen. Ein Märchen, in dem die Hexe ein hübscher Engel war und den Prinzen abbekommen hatte. Verunsichert wanderte ihr Blick durch die weite Wohnlandschaft, die sich an die Diele anschloss. Designermöbel, edle Teppiche und moderne Kunst an den perlweißen Wänden.

«Du siehst mitgenommen aus», konstatierte Stella.

«Und ich dachte, mein Glitzerlidschatten und eine halbe Dose Rouge könnten das verbergen.» Rosalie lächelte schwach.

«Die Wohnungssuche war wohl erfolglos?»

«Schlimmer.»

«Schlimmer?»

«Eine Katastrophe. – Was ist das? Das riecht gut.» Rosalie ging dem sanft-würzigen Duft nach.

«Räucherharz aus Jaipur.»

Rosalie hielt ihre Nase in das Zimmer, das offenbar Stellas Behandlungsraum war. Im Gegensatz zum eher nüchternen Ambiente des Eingangsbereiches mutete seine Einrichtung indisch an – eine farbenfrohe ayurvedische Oase. Gerahmte Zertifikate mit englischen Texten und asiatischen Schriftzeichen wiesen Stella als Meisterin vielfacher Heilkünste aus. In der Mitte des Raumes waren große Sitzkissen zu einer Art Behandlungsliege aufgestapelt. Es sah gemütlich aus.

«Leg dich ruhig drauf, wenn du willst, und ruh dich ein bisschen aus. Ich mach uns einen schönen starken Kaffee.»

«Gedanken lesen kannst du auch. Ich bin beeindruckt.»

«Warte erst, bis ich dein Horoskop erstellt habe.»

Stella war schon auf dem Weg zur Küche, sonst hätte Rosalie ihr geantwortet, wie wenig sie daran glaubte, dass Himmelskörper, die längst nicht mehr existierten, etwas Vernünftiges über ihre Zukunft aussagen konnten. Sie zog die Stiefeletten aus und streckte sich genüsslich auf den Kissen aus.

Mit zwei dampfenden Tassen Kaffee kam Stella zurück, für die sie ihren Laptop als Tablett missbrauchte. «Also, ich bräuchte dein Geburtsdatum, den Geburtsort und die Geburtsstunde.»

«Ich denk nicht dran.»

«Sei nicht so langweilig. Es macht Spaß.» Stella setzte sich auf einen kleinen Holzhocker.

«Na gut. Aber nur, weil ich aus diesen wunderbaren Kissen sowieso nie wieder hochkomme. Und damit hast du auch schon deinen Text fürs Horoskop: Dein Traumbett findet dich, und du wirst glücklich darin versinken, bis zu deinem leider baldigen Ende.»

Stella reagierte nicht. Dafür, dass das Ganze Spaß machen sollte, war sie auf einmal erstaunlich ernst. Sie hatte den Laptop auf dem Schoß und blickte konzentriert auf den Bildschirm. Artig nannte Rosalie ihr die gewünschten Daten. Stella tippte sie ein, las, tippte noch etwas und las wieder. Auf einem Zettel machte sie sich Notizen, während sie die Computerseiten auf und ab scrollte. Schließlich nahm sie einen großen Schluck Kaffee und schaute auf.

«Die Lang- oder die Kurzversion?»

«Kurz.»

«Du gibst Geld aus, das du nicht hast.»

Rosalie hielt den Atem an.

«Und du liebst – ausschließlich – Männer, die schon vergeben sind.» Stella schaute noch einmal in ihre Notizen. «Verdammt viele Männer.»

Rosalie stieß den Atem so kräftig aus, dass der Rauch des Duftharzes auf dem Tischchen vor ihr Kapriolen schlug.

«Das Positive ist: Die Sterne stehen gut für einen Richtungswechsel.» Stella zwinkerte ihr aufmunternd zu, machte dann aber gleich wieder ein ernstes Gesicht. «Wenn du dein Verhalten nicht änderst, fährst du dein Leben gegen die Wand.»

Rosalie starrte Stella an. So etwas knallte man doch nicht einfach jemandem vor den Latz. Auch wenn es …

«Oh Gott, ich weiß!», platzte es aus ihr heraus. «Und heute ist es schon wieder passiert.» Sie holte tief Luft, und dann sprudelte alles aus ihr heraus: «Ich hab diese wahnsinnig tolle Wohnung gemietet, und da war dieser Makler und …»

«Stopp, stopp, stopp.»

Was denn nun?

«Sorry, dass ich so unsensibel dazwischenfunke, aber du musst jetzt eine Entscheidung treffen.» Stella beugte sich auf ihrem Hocker vor.

«Was für eine Entscheidung?»

«Möchtest du ein nettes Gespräch unter Freundinnen? Dann gehen wir nämlich ins Wohnzimmer, ich mache uns eine Flasche Wein auf, und es kostet dich nichts. Oder möchtest du eine Behandlung?»

Rosalie setzte sich auf. Wahrscheinlich guckte sie gerade wie ein Hase, wenn's blitzt.

Stella versuchte eine Erklärung: «Ich bin für die strikte Trennung von Beruf und Privatem.» Sie erhob sich und blickte gelassen auf Rosalie herab.

«Da ich mir gerade nicht so sicher bin, ob du als Freundin taugst, wähle ich die Schamanin. Was kostest du?» Rosalie war sauer und wollte Stella provozieren.

Doch die blieb völlig ruhig. «Hundert die Stunde, und ich nehme nur Bares.»

«Jetzt fühl ich mich wie ein Kerl in einem Stundenhotel.» Stöhnend ließ Rosalie sich in die seidigen Kissen zurückfallen.

«Du hast damit angefangen.»

«Ich hab keine Hundert.» Rosalies Blick glitt durch den Raum und blieb an einer goldglänzenden Statue hängen, die ihr gegenüber auf einer Kommode thronte, umgeben von Räucherstäbchen und Blumen. Ein Hausaltar? Im Lotussitz ruhend, hob die Figur vier goldene Arme empor, und in ihrem Gesicht hatte sie statt einer Nase einen Elefantenrüssel. Wahrscheinlich irgendeine indische Gottheit. Geheimnisvoll lächelte das Elefantenwesen sie an. Irgendwie weckte das ihren Trotz. «Auf Kredit machst du's wohl nicht?»

«Ausnahmsweise.»

Mist, damit hatte sie nicht gerechnet.

Stellas wasserblaue Augen funkelten sie herausfordernd an. «Ich vertraue dir, Rosalie, obwohl ich weiß, dass dein Schuldenberg um eine Mietkaution und diese mindestens dreihundert Euro teuren Schuhe angewachsen ist.» Sie hob eine der Stiefeletten hoch, schaute aufs Label und korrigierte sich: «Vierhundert Euro.» Dann ging sie hinüber zur Kommode, nahm aus einer rot lackierten Schatulle zwei dicke lange Zigarren, zündete sie an und zog an beiden gleichzeitig. Mit einem kurzen Reisigbesen verteilte sie wedelnd den stinkenden Qualm im ganzen Raum.

«Was machst du da?»

«Ich vertreibe den bösen Geist, der sich zwischen uns gestellt hat.»

Auf was hatte sie sich da nur eingelassen? Seufzend streckte sich Rosalie auf dem indischen Lager aus. Stella wischte weiter mit dem kleinen Besen durch die Luft, gab gurgelnde Laute von sich und schnipste mit den Fingern. Schließlich öffnete sie das Fenster sperrangelweit und entließ den ganzen Qualm mit großen Gesten und einem lauten, fast ekstatischen Seufzer. Rosalie schloss die Augen und drehte sich auf den Bauch. Sollte Stella doch machen, was sie für richtig und notwendig hielt. Erleichtert atmete sie die frische Luft ein, die jetzt aus dem Garten hereinwehte. Mit ihr schwebten die sanften Töne eines leichten Instrumentalstücks durchs Zimmer. Stella hatte Musik angemacht, fremdartige, schöne Musik. Und als sie das Fenster schloss, nahm Rosalie wieder den angenehm würzigen Duft des indischen Harzes wahr, der in einem kleinen Gefäß auf dem Tischchen neben ihr brannte. Plötzlich spürte sie Stellas Hand auf ihrem Rücken. Kurz spannten sich ihre Muskeln, aber dann ließ sie es zu, dass Stella sie mit sanftem Druck bearbeitete. Als sich die Finger über ihre Kopfhaut bewegten, bekam sie eine wohlige Gänsehaut. Spätestens jetzt war jeder Groll verflogen. Sie fühlte sich mit der ganzen Welt versöhnt und glitt wie von weichen Wellen getragen hinüber in eine nie zuvor gekannte tiefe Entspannung.

Als sie eine Stunde später aus diesem gütigen Meer des Friedens wieder auftauchte, war sie genau so erfrischt wie verblüfft. Stella lächelte sie freundlich an und pustete ihr noch einmal Zigarrenqualm ins Gesicht, diesmal von der wohlriechenden Sorte: vanilleartig, fruchtig – so lecker, dass Rosalie ihn am liebsten aufgegessen hätte. Auch der goldene Elefantengott bekam einen Puster ab. Dankend verneigte sich Stella vor ihm und sprach ein Gebet in einer fremden Sprache. Wahrscheinlich Sanskrit, dachte Rosalie und fand das schon gar nicht mehr befremdlich. Doch dann nahm Stella ein Amulett mit einem herzförmigen zart rosa Stein von ihrem Hausaltar, knüpfte es an ein Lederband und wollte es ihr umlegen.

«Sorry, so was trag ich nicht. Ist nicht mein Stil.»

«Du kannst den Stein auch in die Hosentasche stecken. Hauptsache, du hast ihn immer bei dir.»

«Was soll das denn bringen? Bitte versteh mich nicht falsch: Die Massage war klasse, du bist klasse. Die hundert Euro sind gut investiert. Aber an die Magie von Steinen glaube ich nun mal nicht, und wenn du mir noch hundertmal Qualm ins Gesicht pustest.»

«Wenn man eine Kreuzfahrt macht, sollte man nicht mitten auf dem Ozean von Bord gehen. Richtig?»

Da war wohl was dran. Rosalie sah zu, wie Stella ihr das Amulett mit dem Stein in die Hand legte und ihre Finger darum schloss.

«Dein Herz-Chakra ist blockiert. Deshalb wünschst du dir immer die falschen Dinge, wie zum Beispiel teure Schuhe. Der Rosenquarz hilft dir, die richtigen Dinge zu wünschen. Dinge, die deine Seele braucht.» Stella schaute sie aus völlig ernsten Augen an. Nicht der Hauch eines ironischen Zwinkerns.

«Der Stein zaubert mir also auch Mister Right herbei?»

«Ja.»

«Einen völlig unverheirateten Mister Right, ganz für mich allein? Einen Mister Right, der auch ganz bestimmt nicht irgendwo eine Freundin vor mir versteckt?»

«Ja.»

«Und am Ende sitze ich dann auch in so einem schönen Heim, glücklich verheiratet?»

«Ja.»

«Dein Ernst?»

«Ja. Wenn es das ist, was du dir wirklich aus tiefstem Herzen wünschst.»

Rosalie steckte den Stein in ihre rechte Hosentasche. Und ob sie sich das wünschte!

KAPITEL 8

Henry frohlockte. Er hatte die perfekte Praktikantin eingestellt. Eine Art dienstbaren Flaschengeist, einen Dschinn, der mit wunderbaren Fähigkeiten jede erdenkliche Aufgabe erledigte, sobald er, Henry, den Wunsch dazu äußerte. Begeistert blätterte er durch die erstaunliche Fülle an Informationen, die die Raskolnikowa in nur wenigen Stunden für ihn zusammengetragen hatte.

«Exzellent!»

Die Raskolnikowa stand vor seinem Schreibtisch und lächelte zufrieden.

Das Dossier in seinen Händen enthielt Informationen über das Kloster Sankt Michael in Thüringen, das während der Bauernkriege niedergebrannt war, dessen Bibliothek aber von den Mönchen gerettet und an einem geheimen, bis heute unentdeckten Ort versteckt worden war. Informationen also, an die man nicht mit einer Google-Suche und ein, zwei Tastenklicks herankam. Hierfür brauchte man detektivisches Gespür und ausgezeichnete Fachkenntnisse. Seine beiden Doktoranden hätten für denselben Output bestimmt eine halbe Woche gebraucht.

«Wirklich exzellent», wiederholte er, hatte aber das Gefühl, dass das noch nicht annähernd beschrieb, was er dachte. Dieses Kloster samt seiner Bibliothek war im Moment eine seiner heißesten Spuren zu Hypatia. «Sie scheinen Wunder wirken zu können.»

«Recherchieren ist meine Spezialität. Was immer Sie suchen, ich finde es.»

Henry schob das Dossier von rechts nach links. Was immer ich suche, dachte er.

«Auch Handynummern?»

«Kein Problem.»

Kurzerhand schrieb er ihr Namen, Adresse und Festnetznummer des Buchrestaurators auf, der auf Madeira weilte und schon den ganzen Tag nicht zu erreichen war.

Als sie den Zettel entgegennahm, zwinkerte sie ihm zu. «Ist so gut wie erledigt.» Leichtfüßig, einer Katze gleich, überquerte sie die Bücherstapel und Aktenordner, die seinen Schreibtisch umgaben, und verschwand nach nebenan.

Henry blickte ihr fasziniert nach. Mit ihren Wunderfähigkeiten hatte die Raskolnikowa alle Widrigkeiten dieses Tages überstrahlt. Die Russin war ein Kraftwerk an Arbeitseffizienz und womöglich sogar noch besser organisiert als Patrizia. Obwohl ihr Praktikum eigentlich erst in ein paar Tagen beginnen sollte, war sie einfach dageblieben und hatte sich gleich eine Arbeitsecke in Fügleins Büro eingerichtet. Ganz nebenbei war sie auch schon der Sekretärin zur Hand gegangen. Füglein schien genauso begeistert wie er.

«Sie ist toll!» Die Sekretärin stand in der Tür, hatte den Mantel an und die Tasche geschultert. Wahrscheinlich zum ersten Mal in ihrer vierzigjährigen Berufslaufbahn konnte sie pünktlich Feierabend machen, was ihr ein Lächeln und einen unerwartet jungen Ausdruck ins Gesicht zauberte. «Wirklich toll.» Sie reckte den Daumen nach oben wie ein Fußballcoach und schwebte mit einem «Tschü-hüss» auf den Lippen davon.

«Wer ist toll?» Typisch Caro. Sie gab sich mit Füglein die Klinke in die Hand. Henry kannte keinen neugierigeren Menschen als sie.

«Sag schon, von wem habt ihr geredet?»

Henry schloss die Tür zum Nachbarzimmer, wo er die Raskolnikowa noch leise tippen hörte. «Von meiner Praktikantin.»

«Unmöglich. Du hast eine Praktikantin?» Caro war seine beste Freundin, sein Kumpel seit fast fünfundzwanzig Jahren, und natürlich kannte sie alle seine Abneigungen. Entsprechend entgeistert guckte sie jetzt aus ihrem klaren, intelligenten Gesicht, das unter dem raspelkurzen Haar und einer schwarzen Schiffermütze noch jungenhafter wirkte als sonst.

«Tatjana Raskolnikow», ergänzte er und fühlte einen seltsamen Besitzerstolz in sich aufsteigen.

«Raskolnikow, wie der Verbrecher aus Dostojewskis Roman?»

«Mir nicht bekannt. Du weißt doch, ich lese …»

«… keine Romane», beendete Caro seinen Satz. «Solltest du aber.»

Es war ein ewiges Streitthema zwischen ihnen. Caro fand, dass Henry dringend Romane lesen müsse, um seinen psychologischen Horizont zu erweitern. Dass sein literarisches Interesse ausschließlich den Helden aus der antiken Mythologie galt, fand sie genauso bezeichnend wie bedauerlich. Seine eingeschränkte Sicht auf alles Zwischenmenschliche würde durch diese Geschichten noch verstärkt. Psychologie, so Caro, finde dort praktisch nicht statt. Odysseus und die gesamte griechisch-römische Götterwelt wüssten gar nicht, was ein echtes Gefühl sei, und in Sachen Beziehung seien sie alle vollkommene Blindfüchse. Bestimmt hatte sie recht, denn Caro war vom Fach. Sie war Professorin für Literaturwissenschaft und konnte ihr vernichtendes Urteil mit mehr Beweisen untermauern, als ein texanischer Richter für die Verhängung der Todesstrafe brauchte. Trotzdem, Romane waren langweilig.

«Einen wirst du lesen müssen», beharrte Caro, als hätte sie seine Gedanken mitverfolgt. Lässig nahm sie auf der Kante seines Schreibtisches Platz und schaute ihn herausfordernd an.

«Du bist doch nicht etwa fertig?»

Sie grinste. «Nein, aber es ist immer wieder schön, dich damit zu erschrecken.»

Caro schrieb seit einiger Zeit an einem Roman. Und er hatte sich verpflichtet, ihn als Erster zu lesen.

«Bereust du es etwa?», fragte Caro.

Henry hatte den Abend, an dem er ihr das Versprechen gegeben hatte, noch genau vor Augen. Es war ein bitterkalter Februar vor über zwanzig Jahren gewesen. Damals waren Caros Eltern übers Wochenende in die Berge gefahren, und Caro war mit einer vorgetäuschten Grippe zu Hause geblieben. Es war einer der aufregendsten Momente in seinem ansonsten vollkommen unspektakulären Teenagerleben gewesen.

«Es fing so romantisch an», erinnerte sich Caro mit übertrieben mädchenhafter Stimme. «Du hattest sogar Blumen mitgebracht.»

Henry grinste. «Es waren Margeriten.» Er war überrascht gewesen, dass die weißen Sommerblumen im Winter überhaupt verkauft wurden. «Ich weiß nicht, ob ich damit deine oder meine Unschuld betonen wollte.»

«Ja, und dann hast du beschlossen, dass wir lieber unschuldig bleiben sollen.»

«Das war ein gemeinsamer Beschluss.»

«Der Zungenkuss war wirklich eklig.» Caro schüttelte sich.

Henry lachte. Heute konnte er darüber lachen. «Deine Gedichte waren einfach besser», gab er zurück. Er erinnerte sich lebhaft daran, wie sie sich damals im Schein von fünfzig Kerzen, die Caro für den vermeintlich romantischen Abend angezündet hatte, feierlich geschworen hatten, niemals wieder einen Kuss zu tauschen, geschweige denn je in sexuelle Beziehung miteinander zu treten. Im Überschwang seiner Erleichterung hatte er darüber hinaus gelobt, jeden Vers zu lesen, der je aus Caros

Feder floss. Von Romanen war in jenen Tagen allerdings noch nicht die Rede gewesen.

«Wie viele Seiten wird er haben, dein Roman?»

«So tausend.»

«Himmel!»

«Du hast es versprochen.»

«Und ich halte mein Versprechen. Wie viele Seiten hast du inzwischen?»

«Fünfhundertzwanzig.»

«Wie geht das denn? Vor ein paar Wochen waren es noch keine zweihundert.»

Caro seufzte. «Claire ist mit ihrem Mann auf einer sechswöchigen Asienreise. Wenn ich nicht zur Trinkerin werden will, muss ich schreiben.»

«Tut mir ehrlich leid.»

«Das sollte es auch. Wer weiß, vielleicht wäre ich nie lesbisch geworden, wenn dein Kuss damals überzeugender gewesen wäre.» Es dauerte ein, zwei Sekunden, doch dann grinste Caro bis über beide Ohren.

Henry war erleichtert. Für einen Moment hatte er wirklich gedacht, sie meinte es ernst. Tatsächlich hatte Caro nämlich kurz nach ihrem gemeinsamen Romantik-Desaster festgestellt, dass sie Frauen ansprechender fand. Jung und unsicher, wie er war, hatte er eine Zeitlang geglaubt, er wäre schuld daran.

«Frauen sind einfach hübscher, Henry.» Sie grinste immer noch, weil er ihr wieder einmal so schön auf den Leim gegangen war.

Henry nahm ihr das nicht übel. Er wusste, dass Caro ihren Kummer stets mit gespielter Fröhlichkeit zu überdecken versuchte. Also öffnete er eine Schublade seines Schreibtisches und holte eine große Tafel Schokolade hervor. Caro griff begeistert zu.

«Muss es denn wirklich Claire sein?», fragte er. «Sie wird ihren Mann nie verlassen, und du weißt das.»

«Vielleicht liegt ja genau darin der Reiz?» Sie lächelte kauend. Doch vor Henry konnte sie den melancholischen Ausdruck in den Augen nicht verbergen.

«Reden wir lieber von dir.» Caro pfefferte ihre Mütze durch den Raum wie eine Frisbeescheibe. Treffsicher landete sie auf seiner Sokrates-Büste, die einen Ehrenplatz auf einer Stele neben der Tür hatte. «Was stimmt nicht mit dir und der Patrizierin?»

«Was soll mit uns nicht stimmen?»

«Es ist Montag, und du willst mit mir zum Billard statt mit der Patrizierin zum Italiener.»

Henry wollte gerade erwidern, dass alles in bester Ordnung sei, da öffnete sich die Seitentür, und die Raskolnikowa kam herein. Sie winkte mit einem Zettel.

«Ich habe die Handynummer.»

Für den Dschinn war keine Aufgabe zu schwer. Henry strahlte sie an.

«Darf ich?» Die Raskolnikowa deutete auf sein Telefon.

Henry nickte, und sie beugte sich neben ihm über den Schreibtisch und tippte die Zahlen ein. Er brauchte nur noch auf das Gespräch zu warten. Leider meldete sich lediglich die Mailbox. Henry bat den Buchrestaurator um dringenden Rückruf. Während er sprach, sah er, wie Caro unverhohlen auf den Spitzen-BH unter der transparenten Bluse seiner Praktikantin starrte.

«Woher willst du wissen, dass wir keinen Sex mehr haben?» Henry starrte an Caro vorbei auf den Billardtisch. Er spürte Ärger in sich aufsteigen.

«Weil es schon der dritte Montag in Folge ist, den du mit mir hier in der Bar verbringst.» Caro lehnte lässig an einem Stehtisch. In ihren puristischen schwarzen Comme-de-Garçon-Klamotten sah sie aus wie die junge Patti Smith, und die Achtziger-Jahre-Pubatmospäre bot ihr den perfekten Hintergrund. Henry mochte den Laden vor allem, weil es diesen Nebenraum mit den Billardtischen gab. Hier hatte man seine Ruhe. Das After-Work-Partyvolk, das sich im Schankraum aneinanderdrängte, war nur von ferne, durch die geöffnete Tür, zu sehen und zu hören.

«Wir haben nicht nur montags Sex.» Er warf ihr einen Spielstock zu.

Caro blinzelte kurz, fing den Queue aber geschickt auf. «Und ob. Die Patrizierin trägt es sogar in euren gemeinsamen Kalender ein.»

Er hatte sich wohl verhört.

Caro zuckte die Schulter. «Du lässt dein Handy ständig offen rumliegen.» Fachmännisch prüfte sie die Spitze ihres Queues und rieb sie mit blauer Billardkreide ein. «Wieso eigentlich montags?»

Er stöhnte. Billardspielen war für ihn normalerweise Entspannung pur. Aber heute drohte es, in Stress auszuarten. Der Liebeskummer hatte Caro offensichtlich in angriffslustige Stimmung versetzt. Er versuchte, ruhig zu bleiben und sich auf die Kugeln auf dem grünen Filz zu konzentrieren.

«Glaub mir, deine Frau verabschiedet sich ins vorgezogene Klimakterium.» Caro spielte auf die acht Jahre an, die Patrizia älter war als er.

Ärgerlich stellte Henry den Queue beiseite. «Hatten wir nicht vereinbart, dass wir nicht mehr über Patrizia streiten wollen?»

«Ich streite gar nicht. Ich mache mir Sorgen.»

«Um die Hormone meiner Frau?» Er griff nach dem Queue. Mit mehr Kraft, als er eigentlich hatte einsetzen wollen, stieß er ihn gegen die anvisierte Kugel, die daraufhin selbstverständlich von der Bande abprallte, anstatt geschmeidig ins Loch zu rollen.

«Es geht nicht um Pat.» Mühelos versenkte Caro drei Kugeln. «Ich mache mir Sorgen um dich.»

«Mir geht es gut.» Diesmal zielte er mit aller Gemütsruhe.

«Das stimmt nicht. Du steuerst auf eine Depression zu und merkst es nicht.»

«Was?» Er brach ab und starrte Caro an. Das war vollkommen absurd. «Ich hab keine Depression. Ich weiß gar nicht, was das ist.» Er legte den Queue wieder an und versenkte eine Kugel. Auch die nächsten zwei Kugeln räumte er ab. Dann lachte er Caro an. «Ich weiß, was du machst. Du versuchst, das Spiel mit Psychotricks zu gewinnen.»

Caro erwiderte nur: «Ich hol uns mal was zu trinken.»

Henry blickte Caro nach. Das Wort Depression echote in seinem Kopf, den er unwillkürlich schüttelte. Kokolores. Der Typ am Ende des Tresens, der hatte wahrscheinlich eine Depression. So, wie der mit leerem Blick in sein Glas starrte, als ob in der Dunkelheit des irischen Stouts die Antworten für sein Leben lägen. Oder die Frau in dem großblumigen Sommerkleid, die mit ihren schwatzenden Freundinnen zusammenstand und selbst kein Wort sagte. Ihre Niedergeschlagenheit war mit Händen zu greifen, dem fröhlichen Muster ihres Kleides zum Trotz. Wenn Caro sich als Psychologin versuchen wollte, dann sollte sie es doch mal mit denen probieren. Die Frau im Sommerkleid warf ihm ein Lächeln zu. Irritiert schaute er weg.

Mit unverändert ernstem Gesichtsausdruck kam Caro von der Bar zurück. Sie reichte ihm eine Flasche Bier. «Ich hab nicht gesagt, dass du eine Depression *hast*», griff sie das Gespräch wieder auf. «Ich sagte, du steuerst darauf zu. Das ist ein Unterschied.»

«Caro, was soll das?»

«Wann warst du das letzte Mal glücklich?»

«Definiere ‹glücklich›.»

«So sehr ins Leben verliebt zu sein, dass du den Augenblick für immer festhalten möchtest.» Sie hob prostend ihre Flasche. «Frei nach Goethe.»

Keine schlechte Definition, fand er und überlegte. Er nahm einen kräftigen Schluck von seinem Pils und versuchte, sich zu erinnern. Aber ihm fiel kein solcher Moment ein. «Wahrscheinlich kenne ich das gar nicht.»

«Doch. Du hast es nur vergessen, weil es so lange her ist.»

Caro nahm ihren Queue und versenkte blitzschnell zwei Kugeln, während er darüber nachdachte, ob sie recht hatte. War er stumpf geworden?

«Diese Russin ist übrigens ganz schön verschossen in dich.»

«Die Raskolnikowa?» Caro konnte das kaum ernst meinen.

«Selbst ein zerstreuter Professor wie du muss das merken.» Klack, klack. Weitere Kugeln verschwanden im Bauch des Tisches.

Henry trank seine Flasche in einem Zug leer und schaute sich den traurigen Rest der Kugeln auf dem grünen Filz an. Er überlegte, ob er die Partie noch gewinnen konnte. Sich darauf zu konzentrieren war jedenfalls erfolgversprechender, als über sein Lebensglück nachzudenken.

«Du hast doch nicht vergessen, was ich dir beigebracht habe? Die drei untrüglichen Signale, wenn eine Frau flirtet?»

Er stellte die Flasche auf den Stehtisch, brachte den Queue in Position und fokussierte eine Kugel. «Kulleraugen, Dauergrinsen, Hautkontakt.»

«Richtig, und deine Praktikantin serviert dir die ganze Palette.»

Henry versenkte die Kugel. Der nächste Versuch ging daneben.

«Und dann diese Bluse!» Caro stand vor ihm und machte ein verzücktes Gesicht. «Reizt dich das denn gar nicht?»

Er wusste nicht, was er darauf antworten sollte. Sein Blick streifte den einsamen Trinker am Tresen. Die Frau im Blumenkleid hatte sich zu ihm gesetzt. Sie unterhielten sich angeregt.

«Nur ein kleines Abenteuer?», setzte Caro nach.

«Mein Abenteuer heißt Hypatia. Das reicht mir.» Er brauchte keine sexuellen Aufreger. So etwas war kompliziert und anstrengend. Und mit Lebensglück hatte es auch nichts zu tun.

«Hypatia ist seit zweitausend Jahren tot», insistierte Caro.

«Es sind eintausendsechshundertzwei Jahre», korrigierte Henry, als ihn der Klingelton seines Handys ablenkte. Schnell überflog er die eingehende Nachricht. «Verflixt und zugenäht!»

«Was ist?»

«Der Buchrestaurator. Er will von seiner Insel nicht weg.» Fassungslos starrte Henry auf sein Handy. Am liebsten hätte er es gegen die Wand geschleudert.

«Ist das ein Problem?»

Henry seufzte. Er brauchte jetzt unbedingt etwas zu trinken, etwas Raues, Starkes. Etwas, das ihn gegen das Chaos wappnete. «Das Problem heißt Rosalie und hat einen Papagei.»

KAPITEL 9

Stella konnte kochen wie ein Küchenchef mit Stern, und Rosalie genoss es, sich verwöhnen zu lassen. Vergnügt saßen sie auf der Terrasse von Stellas wunderschönem Garten, köpften gerade die zweite Flasche eines irrsinnig teuren Rotweins und lauschten dem Papagei, der kiwigrün im lila Fliederbusch saß und halblaut vor sich hin brabbelte. Das meiste, was aus seinem Schnabel kam, war unverständliches Zeug. Es schien, als wäre er müde und wollte sich mit seinem Gebrabbel selbst in den Schlaf wiegen. Hin und wieder ertönte das vertraute «Rosalie, gib Bützje».

Stella war völlig fasziniert von dem Vogel. «Bützje, ist das Kölsch?»

Rosalie nickte zwischen zwei Schlucken dieses unfassbar köstlichen Weins. «Es heißt Küsschen.»

«Er muss dich sehr lieben.»

«Er plappert doch nur nach, was Till ihm beigebracht hat.»

«Das meine ich nicht. Der Vogel ist dir von Köln hierhergefolgt.»

«Till auch. Und alles, was er von mir wollte, war Geld. Käpt'n Kiwi will wahrscheinlich nur Futter.» Wie schön, dass sie selbst in diesem Moment nichts weiter wollte als ein weiteres Glas dieses 86er-Château-Mouton Rothschilds. Sie bediente sich.

«Käpt'n Kiwi, ist das sein Name?»

«Nein. Er hat keinen. Er heißt mal so, mal so.»

«Das ist herzlos.» Stella bedachte sie mit einem ehrlich entsetzten Blick.

«Ist es nicht. Ich will mich nicht an ihn binden.» Rosalie seufzte und nahm einen tiefen Schluck aus ihrem Glas, bevor sie es erklärte. «Er ist ein Freigänger, ein vogelfreier, wilder Piepmatz, und eines Tages wird er weg sein. Einfach w-w-weg, verst… verstehst du?» Lallte sie etwa schon? Hatten teure Weine etwa auch mehr Promille? Sie versuchte, deutlicher zu sprechen. «Vielleicht hockt er ja nur ein paar Straßen weiter in einem Baum, nur ein paar hundert Meter entfernt von mir. Und trotzdem wird er unendlich weit weg sein. Weil dort, so erinnert er sich plötzlich, sein richtiges Zuhause ist, sein Nest.» Rosalie merkte, wie sie in Fahrt kam. «Dort sind seine Lieblingsfernbedienung, dieses Universaldingsbums, außerdem das unverzichtbare Nackenstützkissen und die superleichte Schmusedecke, unter der er nicht schwitzt. Nicht zu vergessen der turbogeile Gasgrill, den er zum letzten Geburtstag bekommen hat, ach ja, und natürlich – last, not least – wären da auch noch sein Eheweib und die lieben Kinderchen, und er wird den Teufel tun und sich scheiden lassen.» Sie hatte so schnell geredet, dass sie nach Luft schnappen musste.

«Dieser Till ist ein Arschloch.» Stella ließ sich geräuschvoll in die dicken Leinenpolster ihres Terrassensessels sinken.

«Nein.» Rosalie schaute in die rubinrote Flüssigkeit in ihrem Glas, als wäre sie ein Spiegel. «Wenn er sich hätte scheiden lassen, dann wäre er eins gewesen.»

«Darauf trinken wir!»

Sie ließen die Gläser klirren. Als sie einen großen, samtigen Schluck genommen hatten, verfiel Rosalie ins Grübeln. «Wieso gehen die alle fremd?»

«Ich weiß es nicht.» Das helle Blau von Stellas Augen wurde eine Spur dunkler, und mitten auf der Stirn, da, wo das Bindi klebte, zeigte sich eine steile Falte.

«Der Makler heute, Daniel, war wirklich nett, aber er hätte beinahe seine Frau betrogen – mit mir. Ich bin ein schrecklicher Mensch.» Rosalie schluchzte.

Stella war sofort bei ihr und nahm sie in den Arm. «Das bist du ganz und gar nicht. Hast du den Stein?»

Sie nickte. Die Tränen liefen ihr aus den Augen, als müssten sie sich eilen, irgendwo anzukommen.

«Dann nimm ihn in die Hand und drück ihn ganz fest. Alles wird gut. Du findest ihn, deinen Mister Right. Irgendwo dadraußen ist er.» Stella strich ihr beruhigend über den Rücken. Das war so tröstlich und so rührend, dass nun ein ganzer Tränenteich über ihre Lidränder schwappte. Ausgerechnet jetzt klingelte ihr Handy.

Rosalie wollte gar nicht drangehen, zumal ihr die angezeigte Nummer unbekannt war. Doch irgendeine verrückte kleine Hoffnung flüsterte ihr zu, es könne der Doktor-Doktor aus der Unibibliothek sein.

Er war es.

«Sie haben den Job.»

«Was, wirklich?» Sie hörte sich furchtbar an.

«Unter einer Bedingung.»

Sie räusperte sich. «Ja?» Ein rotzüberlagertes Krächzen.

«Lassen Sie den Papagei zu Hause.»

Sie musste sich schnäuzen und konnte nicht gleich antworten. Es dauerte etwas.

«Frau Prinz?» Er klang bestürzt. «Weinen Sie etwa?»

«Oh. Nein, nein …» Es war zwecklos, bei dieser Reibeisenstimme. «Ja, doch», gab sie zu. «Ein wenig.»

«Das tut mir leid. Ich wollte nicht … Ich wusste nicht, dass der Papagei Ihnen so viel …»

«Ach was. Das ist ein Missverständnis», unterbrach sie ihn. «Der Papagei ist mir gar nicht wichtig. Ich weine, weil ich … äh, weil … weil ich so froh bin, die Stelle zu haben.»

Schweigen am anderen Ende der Leitung. Hatte sie zu dick aufgetragen? Fühlte er sich veräppelt? Rosalie musste grinsen, trotz aufgeweichten Gesichts. Dieses Wort, *veräppeln*, passte einfach zu gut zum Doktor-Doktor.

Er räusperte sich. «Ich möchte noch eine Bedingung stellen.»

«Ja?»

«Bitte lassen Sie auch Ihre Gefühle zu Hause. Schönen Abend.»

Er hatte aufgelegt.

Stella schaute sie mit funkelnden Augen an. «Glückwunsch, du wirst deine Miete bezahlen können.»

«Ja, das ist toll.» Rosalie suchte nach Worten, die ihr selbst und Stella erklären konnten, was sie gerade gehört hatte. «Aber wenn mich nicht alles täuscht, ist mein neuer Chef ein waschechter Soziopath.»

«Pst!» Der Laut zischte aus Stellas Mund wie Kohlensäure aus einer Cola-Dose. Sie legte den Finger an die Lippen und lauschte. Aus dem Haus war ein Geräusch zu hören. Ein Schlüssel, der sich im Schloss drehte. Augenblicklich pustete Stella die Kerzen auf dem Terrassentisch aus. «Scheiße!», rief sie leise und zog Rosalie hinter die Gartensessel. «Ich dachte, der kommt erst morgen vom Kongress zurück.»

«Dein Mann?»

«Pst.» Stella blieb die Antwort schuldig.

Im Wohnzimmer, das sie durch die großen Terrassenfenster bestens im Blick hatten, ging das Licht an. Eine attraktive Blondine in einem Businesskostüm lief schnurstracks zum Sofa, einer ausgedehnten L-förmigen Polsterlandschaft mitten im Raum, hob alle Kissen hoch und fuhr mit ihren Händen in sämtliche Ritzen. Dann schaute sie unter die Sitzelemente und tastete sogar den Teppich ab. Aber was sie suchte, fand sie offensichtlich nicht. Verblüfft bemerkte Rosalie, dass dieser Eindringling im Prada-Kostüm deutlich besser zu dem kühlen, statusstrotzenden Wohnambiente passte als Stella, die Hausherrin.

«Wer ist das?»

Stella blickte düster drein. «Wahrscheinlich die Neue von meinem Ex.»

«Deinem Ex?»

Die blonde Frau, die kurz im Flur verschwunden war, kam zurück. Prüfend ließ sie ihren Blick noch einmal durch den Wohnraum schweifen. Plötzlich schritt sie direkt auf die Terrassentür zu. Mit angehaltenem Atem drückten Rosalie und Stella sich an die Bodenplatten.

«Wenn sie jetzt rauskommt», raunte Stella, «spring ich sie an und kratz ihr die Augen aus.» Blitzschnell hielt Rosalie Stella den Mund zu und staunte darüber, dass ihre erleuchtete Schamanen-Freundin so wenig friedfertige Gedanken hatte.

Die blonde Frau legte ihre Hand auf den Griff der Terrassentür und sah hinaus in den dunklen Garten. Rosalie stockte der Atem. Sie spürte, wie sich Stellas Muskeln neben ihr spannten. Doch die Frau drehte lediglich den Griff und schloss die Tür.

Sie waren ausgeschlossen. Rosalie dachte an ihre Tasche, die noch im Behandlungszimmer lag. Mist!

Stella las ihre Gedanken. «Ich hab noch einen Schlüssel im Garten versteckt», flüsterte sie.

Langsam lösten sie sich von den Bodenplatten, Rosalie dehnte ihren Rücken ein wenig. Indessen untersuchte die Frau erneut das Sofa. Wie es aussah, wieder ohne Erfolg. Dann schien ihr etwas einzufallen. Sie ging auf ein Kunstobjekt zu, eine Plastik aus Holz, die annähernd an ein Pferd erinnerte. Sie war ziemlich groß und stand in der Nähe des Fensters. Rosalie und Stella duckten sich wieder. Völlig unnötig. Denn die Aufmerksamkeit der Frau wurde ganz und gar von etwas gefesselt, das offenbar an dem Kunstwerk hing. Sie nahm das Ding ab und hielt es gegen das Licht einer kleinen Lampe. Rosalie erkannte einen langen glitzernden Ohrring.

«Ich fass es nicht! Die hatten Sex auf Jolly Jumper!»

Das Licht im Wohnzimmer wurde gelöscht. Die Haustür fiel ins Schloss.

«Da kann man es ja gleich mit der Hauskatze treiben.» Stella war ganz blass im Gesicht, und Rosalie begann die Tragödie zu ahnen.

«Du wohnst gar nicht mehr hier, stimmt's?»

Stella zündete die Kerzen auf dem Gartentisch wieder an und erzählte von ihrer Scheidung. Die war erst ein paar Monate her und sehr, sehr böse verlaufen. Da sie sich von ihrem Exmann mies behandelt fühlte und aufgrund eines gleichfalls miesen Ehevertrags nach der Scheidung fast mittellos dastand, glaubte sie sich moralisch im Recht. Und so hatte sie keinerlei Skrupel, sich ihr altes Zuhause mit Hilfe eines Nachschlüssels ab und an *auszuleihen*.

«Dein Ex weiß nichts davon?»

«Nicht die Bohne.»

«Und dein Behandlungszimmer?»

«Es dauert nur zehn Minuten, die Sachen in einen Karton zu packen und in den Keller zu stellen.»

«Ich glaub's nicht.» Rosalie musste das erst mal verarbeiten.

Stella schenkte neuen Wein nach. Wein, der ihrem Exmann gehörte. «Wollen wir hier zusammen übernachten?»

«Das ist nicht dein Ernst.»

Stellas Augen blitzten verschwörerisch. «Es ist nicht das Verrückteste, das du heute angestellt hast.»

Da konnte Rosalie kaum widersprechen.

KAPITEL 10

Die Woche endet weitaus besser, als ihr Anfang es hat erwarten lassen, dachte Henry. Gut gelaunt saß er an diesem Freitagmittag in der Mensa. Normalerweise mied er diese neonhelle Abfertigungshalle: zu viele Menschen und vor allem zu viele Studenten. Die unzähligen Gesichter, Gesten, Geräusche und Gerüche – heute perlte das alles an ihm ab, als hielte die Göttin Pallas Athene persönlich ihren schlangenbewehrten Schild über ihn. Er gönnte sich eine Gemüselasagne mit Salat und feierte, dass dieser Vormittag, den er ein bisschen gefürchtet hatte, so über die Maßen erfolgreich verlaufen war.

Gefürchtet hatte er sich zum einen vor einer weiteren Vertretungsstunde in Professor Lohmanns Altgriechisch-Seminar. Aber die Studenten hatten ihn mit guter Mitarbeit überrascht, und er begann sich schon zu fragen, ob er nicht doch ein kleines Fünkchen Talent fürs Unterrichten besaß. Irritiert hatte ihn nur, dass sich die Anzahl der Frauen seit dem letzten Mal nahezu verdoppelt hatte. Doch alle waren konzentriert bei der Arbeit gewesen, keine neuen Flirtversuche. Nur ab und an etwas Getuschel und unterdrücktes Gekicher. Er hatte es stoisch ignoriert.

Weitaus größeres Unwohlsein hatte ihm das bereitet, was auf das Griechisch-Seminar folgte: ein erstes Arbeitsmeeting mit Rosalie Prinz. Er hatte versucht, sich zur Objektivität zu zwingen, sagte sich, dass die Frau wahrscheinlich nur einen schlechten Start gehabt hatte. Dass ihre ausgezeichneten Zeugnisse und Referenzen für sich sprachen et cetera pp. Doch tief im Inneren wusste er es besser. Diese Frau war eine Chaotin, voll von unnützem Gefühlsüberschwang und irrationalen Handlungsimpulsen. Eine Medusa eben. Mit einem Schlangenhaupt voll wirrer, aggressiver Emotionen. Wer hier nicht auf der Hut war, konnte leicht vom Tohuwabohu ihrer Vernichtungskräfte überrollt werden. Henry kannte sich aus mit den Kollateralschäden, die solche naturgewaltige Furien hinterließen. Am Ende stand man nackt, zitternd und schreiend in seinem Kinderbett und hatte sich eingenässt. Oder man hatte, im Fall seines Vaters, den Kummer erst in Arbeit erstickt und anschließend in Alkohol ertränkt. Die Medusa in Henrys Kindheit hieß Mama und war manisch-depressiv.

Mit entsprechend flauem Gefühl im Magen hatte Henry am Vormittag die Restaurationswerkstatt der Unibibliothek betreten. Rosalie Prinz war schon da, ebenso Werkstattleiter Bolz und seine Mitarbeiterin Frau Sacher. Außerdem Geröllheimer, der es sich nicht nehmen ließ, den «weiblichen Neuzugang» persönlich zu begrüßen. Der Ton war ungezwungen, man duzte sich bereits, wie Henry missmutig feststellte. Er fand es bedauerlich, dass die Anrede *Sie* allmählich aus dem deutschen Sprachgebrauch verschwand. War sie doch ein brauchbares Mittel, sich andere Menschen von der Pelle zu halten. Menschen wie Rosalie Prinz. Doch alle anderen schienen von ihr begeistert zu sein. Sie buhlten geradezu um sie. Selbst die sonst so nüchterne Frau Sacher schenkte der neuen Kollegin ein aufgekratztes Lachen. Henry hingegen war fest entschlossen, keine Miene zu verziehen. Auch seine Mutter war so ein Typ Mensch, den alle sofort ins Herz schlossen: lebhaft und lustig wie ein Rudel junger Hunde, charismatisch und charmant wie ein Filmstar. Aber das war eben nur die eine Seite der Medaille. Er kannte die andere und nahm sich in Acht. Umso größer war die Überraschung.

Nachdem sich das Gespräch vom üblichen Vorgeplänkel und dem Austausch überflüssiger Nettigkeiten wegbewegt hatte und endlich über die Van-Sanders-Bibliothek und die zu restaurierenden Bücher gesprochen wurde, erlebte Henry eine vollkommen andere Rosalie Prinz: konzentriert, kompetent, sachlich und souverän. Ein Vollprofi. Henry konnte der Versuchung nicht widerstehen, sich kräftig die Augen zu reiben, so als wäre er aus einem bösen Traum erwacht. Wenigstens gelang es ihm gerade noch, einen *Potz-Blitz*-Ausruf zu unterdrücken, während die Prinz die Einzelheiten ihres durch und durch soliden Zeit- und Kostenplans referierte. Inzwischen hatte er keinen Zweifel mehr, dass sie ihre Sache gut, ja sogar sehr gut machen würde. Er war so erleichtert, dass er sich sogar dazu hinreißen ließ, diese Frau, die er eben noch mit einem mythischen Ungeheuer verglichen hatte, anzulächeln und ihr zwar nicht das Du, aber doch immerhin die Anrede mit Vornamen zu gestatten.

Rosalie also. Henry lächelte zufrieden in die letzten Bissen seiner Gemüselasagne hinein. Automatisch blickte er auf seine Smartwatch und checkte seine Bio-Werte. Die App zeigte ihm, was er fühlte: alles im grünen Bereich. Auch der Blick auf den Kalorienverbrauch gab Anlass zur Freude: Ein Nachtisch war noch drin. Henry schlenderte zur Essensausgabe.

Er hatte sich gerade eine Portion Vanille- und Schokoladeneis geben lassen, da tippte ihn jemand von hinten an. Als er sich umdrehte, stieß er fast mit der Raskolnikowa zusammen, so dicht stand sie hinter ihm.

«Oh, Entschuldigung.» Er trat einen Schritt zurück.

«Nichts passiert.» Sie lächelte ihn an und ordnete dabei ihre Kleidung. Die Bluse war diesmal weiß und transparent. «Ich bin froh, dass ich Sie endlich gefunden habe.» Ihr russischer Akzent dehnte die Worte, als wären sie aus Gummi.

Henry fiel ein, dass seine Praktikantin heute ihren ersten offiziellen Arbeitstag hatte. «Tut mir leid, dass ich noch keine Zeit für Sie hatte. Wollen Sie auch ein Eis?»

Die Raskolnikowa warf einen Blick auf ihr Handgelenk.

Henry sah die Smartwatch und lächelte. «Sie haben auch eine.» Die Frau wurde ihm immer sympathischer.

«Ich kann ohne den kleinen Coach keinen Atemzug mehr tun», antwortete sie.

Henry nickte wissend. «Was sagt der Coach zum Eis?»

«Vanille.»

Er ließ sich von der Bedienung eine weitere Portion geben und reichte sie der Raskolnikowa. Während sie sich gemeinsam durch die Massen hungriger Studenten schlängelten, erzählte die Raskolnikowa, wie sehr sie es bedauere, dass Henry sie nicht in die Restaurationswerkstatt mitgenommen hatte. Sie beabsichtige, später einmal in einem großen Auktionshaus wie *Sotheby's* als Expertin für alte Schriften zu arbeiten. «Um Fälschungen erkennen zu können, muss man Buchbinderkenntnisse haben», erklärte sie. «Ein Praktikum bei einem guten Restaurator wäre sehr nützlich.»

«Den Besuch in der Werkstatt holen wir nach», versprach Henry und hielt Ausschau nach freien Sitzplätzen. Just in diesem Moment sah er Rosalie die Mensa betreten. Er winkte ihr. «Sie haben Glück», wandte er sich an die Raskolnikowa.

Doch Rosalie bremste plötzlich ab. Henry winkte ihr noch einmal. Er war sich sicher, dass sie ihn gesehen hatte. Aber sie drehte sich einfach um und ging zum Ausgang zurück.

«Rosalie, warten Sie, ich möchte Ihnen jemanden vorstellen», rief er ihr hinterher.

Aber sie eilte weiter. Doch noch bevor sich Henry ernsthaft darüber wundern konnte, warum Rosalie so offensichtlich vor ihm weglief, stolperte sie. Er überlegte nicht, sprang hinzu und fing sie auf.

Hätte er überlegt, hätte er sich eventuell an das Eis erinnert. Es sauste in hohem Bogen durch die Luft. Mit Rosalie im Arm drehte Henry sich um und sah, wie Schokolade und Vanille zielgenau auf der weißen Bluse der Raskolnikowa landeten.

Die Russin überhörte sein «Ach herrje!», stellte ihren Eisbecher ab und stemmte kampfbereit beide Hände in die Hüften, sah aber merkwürdigerweise nicht ihn, sondern Rosalie böse an.

Auch Rosalie straffte ihren Körper. «Bleiben Sie bloß in meiner Nähe», flüsterte sie ihm zu.

Er verstand nicht ganz, wie sie das meinte. Brauchte sie seinen Schutz? Vor der Raskolnikowa? Oder hatte er sich verhört? Er beschloss, das Gehörte zu ignorieren – genauso wie das Eis, das wie ein langsam schwindender Gletscher vom Busen der Russin tropfte.

«Das ist Rosalie Prinz», begann er das Vorstellungszeremoniell und ließ Rosalie los, als ihm auffiel, dass er sie noch immer im Arm hielt. «Rosalie, Tatjana Raskolnikow, meine Praktikantin.»

«Wie geht es der lieben Frau Mutter?» Die Raskolnikowa machte einen Schritt auf Rosalie zu, immer noch die Hände in die Hüften gestemmt. Von dem Papiertaschentuch, das er ihr hinhielt, nahm sie keine Notiz.

«Oh … danke der Nachfrage.» Rosalie rückte einen Schritt näher an ihn heran. «Ohne Ihre großzügige Hilfe hätte ich meine Mutter wohl nicht mehr gesprochen.»

«Sie kennen sich bereits?»

Die Damen ignorierten seine Frage, sahen ihn nicht einmal an.

«Sie ist friedlich in meinen Armen verstorben», fuhr Rosalie fort. Dabei trat sie einen halben Schritt hinter seinen Rücken, während die Raskolnikowa weiter vorrückte. Henry mochte ja ein Ahnungsloser auf dem Gebiet weiblicher Psychologie sein. Aber dass hier etwas nicht stimmte und es nicht um den bedauerlichen Tod von Rosalies Mutter ging, kapierte sogar er.

«Mein Beileid.» Die Worte seiner Praktikantin klirrten vor

Kälte. Sibirischer Winter. Henry hätte sich kaum gewundert, wenn die gelben und braunen Schmelzflüsse auf ihrer Bluse wieder zu Eis erstarrt wären. «Meine Lederjacke ist auch über den Jordan. Sagt man doch so. Tot. Kaputt. Nicht mehr zu gebrauchen. Genau wie die Bluse hier. Natürlich haben Sie eine Haftpflichtversicherung.» Faszinierend, wie gefährlich ein Wort wie Haftpflichtversicherung klingen konnte, wenn man es sehr langsam und mit rauchigem, russischem Akzent aussprach.

«Versicherung?», wiederholte Rosalie. «Äh … ja natürlich.» Stotternd verschwand sie fast ganz hinter seinem Rücken. «Schicken Sie mir doch einfach die Rechnung.»

«Die Bluse übernehme selbstverständlich ich», schaltete Henry sich ein.

«Nein», fauchte die Raskolnikowa, «sie bezahlt!»

«Klar, mach ich.» Rosalie gab die Deckung hinter seinem Rücken auf. «Schicken Sie mir einfach die Rechnung. Herr Domros gibt Ihnen meine Adresse. Ich muss jetzt wirklich los.» Sie straffte die Schultern und ging.

Am Ausgang drehte sie sich noch einmal um. Offensichtlich war es ihr wichtig, ihm noch ein entschuldigendes Lächeln zuzuwerfen. Multitasking war allerdings ganz offensichtlich nicht ihre Sache: Während sie ihn über die Schulter anlächelte und weiterlief, stieß sie mit einem Studenten zusammen. Der junge Mann machte eine geschickte Drehung, doch trat er dabei schwungvoll gegen einen Geschirrwagen. Henry sah die gestapelten Tabletts mit den Essensresten schon auf sich und die Raskolnikowa zu walzen. Studenten bremsten den Wagen – ein bisschen zu abrupt. Tassen und Teller flogen in die Luft, Scherben klirrten. Etwas traf Henry am Arm, riss sein Hemd auf. Er blutete! Schwindelig ging er zu Boden.

Als er einen Moment später wieder zu sich kam, lag er auf der Raskolnikowa. Sein Gesicht zwischen ihren Brüsten fühlte sich feucht und klebrig an. Es roch süß. Als er den Kopf hob, tropfte Vanilleeis von seiner Nase.

«Henry!» Es klang vertraut.

Er stützte sich auf den Arm und drehte sich um. Patrizia. Sie starrte ihn aus entsetzten Augen an. Und mit ihr starrten circa vierhundert Studentenaugen. Mindestens fünf Paar davon kannte er aus seinem Altgriechisch-Seminar.

«Könntest du mir bitte erklären, was du da machst?»

Er rappelte sich auf. Noch war ihm etwas schwummerig zumute, und er vermied es, auf die kleine blutige Stelle an seinem Ärmel zu gucken. «Ich bin umgekippt.» Er versuchte, sich zu erinnern. «Rosalie hat mal wieder alles durcheinandergebracht. Du weißt schon, diese verrückte Buchrestauratorin, von der ich dir erzählt habe.»

«*Das* war die Buchrestauratorin?», fragte die Raskolnikowa dazwischen. «Die die Van-Sanders-Bibliothek betreut?» Sie hatte sich neben ihm aufgerichtet. Ihre besudelte Bluse versuchte sie mit einem Arm zu bedecken.

«Aber ja», antwortete Henry. Er wandte sich wieder an Patrizia. «Sie hat sich außerordentlich seltsam verhalten.» Er musste unwillkürlich den Kopf schütteln. «Wo diese Frau hintritt, erblüht das Chaos.»

«Eigentlich war es meine Schuld», erklärte die Raskolnikowa plötzlich vollkommen aufgeräumt. «Ich wollte Rosalie unbedingt sprechen und bin dabei sehr ungeschickt vorgegangen.»

Henry traute seinen Ohren nicht. Die sibirische Wölfin, eben noch im Blutrausch, nahm ihre Rivalin in Schutz? Oder waren die beiden am Ende Freundinnen? Aber wieso wusste die Raskolnikowa dann nicht, welchen Beruf Rosalie ausübte? Er verstand die Frauen nicht.

«Ich kann ein echter Tollpatsch sein», beteuerte die Raskolnikowa und schenkte seiner Frau ein entwaffnendes Lächeln. Nur dass man Patrizia nicht entwaffnen konnte. Zumindest nicht mit einem Lächeln.

«Und wer sind Sie?»

«Entschuldige, ihr kennt euch ja noch gar nicht», bemerkte Henry. «Das ist Tatjana Raskolnikow, meine Praktikantin. Frau Raskolnikow, Patrizia Domros, meine Frau.»

Patrizia streckte ihr die Hand entgegen. «Sehr erfreut. Ich bin mir sicher, Henry gibt Ihnen den Rest des Tages frei, damit Sie sich etwas anderes zum Anziehen besorgen können.» Der Blick seiner Frau, auf Raskolnikowas transparente Bluse geheftet, ließ keinen Zweifel daran, dass es ihr nicht um die Eiscremeflecken ging.

«Oh, ich brauche nicht länger als eine Stunde», entgegnete die Raskolnikowa, lächelte und ging.

«Du hast mir gar nicht gesagt, dass du eine Praktikantin hast.» Patrizias Stimme schwankte zwischen Ärger und Sorge.

«Ich hab sie auch erst seit heute.»

Mit geübten Griffen machte Patrizia sich an seinem Hemdärmel zu schaffen, krempelte ihn auf, damit man den Riss und den Blutfleck nicht mehr sah. «Weißt du was? Wir sollten heute zum Italiener gehen.»

«Heute ist kein Montag.»

«Macht doch nichts.» Sie lächelte ihn an. «Wir können doch auch mal etwas anders machen.»

«Klar», stimmte Henry verwirrt zu.

Manchmal verstand er selbst seine eigene Frau nicht.

KAPITEL 11

«Wir fahren nicht!»

«Natürlich fahren wir.» Rosalie sagte es so resolut wie möglich. Henry Domros ging ihr allmählich auf die Nerven.

Sein Verhalten an diesem Morgen entsprach einem Mix aus hilflosem Kleinkind und anspruchsvoller Filmdiva. Beides äußerst strapaziös. Rosalie fragte sich, ob dieser Mann außerhalb der Uni überhaupt lebensfähig war. Der Frankfurter Hauptbahnhof war jedenfalls nicht sein Element. Wie ein Fisch auf dem Trockenen schnappte er ständig nach Luft. Und er stöhnte. Laut und geräuschvoll. Man hörte sogar seine Bronchien pfeifen. Er stöhnte über die frühmorgendliche Abfahrtszeit, über die vielen Menschen, die Züge, die Geschäfte, ja, sogar über die Spatzen, die angeblich den Reisenden den «Proviant» (O-Ton Sir Henry) aus den Taschen klauten. Er schwor, es mit eigenen Augen gesehen zu haben. Und dann ein Oberstöhner, quasi orkanartig, weil: Zugausfall.

«Ich fahre nicht mit irgendeinem Bummelzug ohne Speisewagen und steige zehnmal um. Entweder der hier», er wedelte mit seinem Onlineticket, «oder gar keiner. War sowieso eine Schnapsidee: diese Büchervisite in Hinteroberdingsda.»

«Hinteroberfurtlingen.»

«Wie auch immer! In ein paar Tagen sind die Bücher allesamt in der Uni. Reine Zeitverschwendung.» Wieder ein Stöhnen, so laut und scheppernd, dass andere Reisende sich umdrehten.

Rosalie ließ sich nicht beirren. Sie würden heute in die Pfalz fahren. Punkt. Kurz überlegte sie, ob sie dem gnädigen Herrn vorschlagen sollte, die kleine Reise mit ihrem VW-Bus zu machen. Aber sie verwarf es sofort wieder. Die Vorstellung, seine Launen ertragen zu müssen, während sie sich auf einer überfüllten Autobahn zwischen übermüdeten Lkw-Fahrern und gehetzten Managern aufs nackte Überleben konzentrierte, war einfach zu abschreckend. Außerdem hatte sie den Verdacht, dass der Doktor-Doktor zu den Menschen gehörte, die keinen Fahrstil unkommentiert lassen konnten. Es musste eine andere Möglichkeit geben. Rosalie schaute sich auf dem Gleis um und entdeckte einen Schaffner. Im Handumdrehen hatte sie eine neue Verbindung.

«In zwanzig Minuten von Gleis 11. Kommen Sie, Henry, wir trinken noch einen Kaffee.»

«Das kann nicht sein. Der nächste Zug geht frühestens in einer Stunde.»

«Sagt wer?»

«Meine App.»

«Deswegen bitte ich lieber Menschen um Rat.»

«Menschen machen Fehler. Der Mann hat sich geirrt. Sicher eine Aushilfskraft. Die machen so einen sechswöchigen Kurs, und dann lässt man sie auf die Menschhei...»

Ihr Stöhnen, absichtlich dramatischer als seins, unterbrach ihn. Rosalie hatte genug von der Miesmuschel. Der nächste Bistrostand war nur ein paar Meter entfernt. Sie zog los. Henry kam nicht mit. Auch egal.

Die kleine Kaffeebar verströmte einen kräftigen, herzerwärmenden Duft. Zwanzig Sorten bester Bohnen und ein fröhlicher Barista machten den nicht mal fünf Quadratmeter großen Glaskubus auf dem staubigen Querbahnsteig zu einer Oase der Entspannung. Von ihrem Stehtisch aus blinzelte Rosalie in die Morgensonne, die ihre Leuchtkraft und Wärme ungehindert durch den Bahnhofshimmel aus Glas und Stahl hereinschickte. Die vorbeiströmenden Pendler und Fernreisenden wurden zu wogenden Wellen am Meeresstrand. Sie genoss diesen Urlaubsmoment und ignorierte Henry, der einige Meter entfernt mit seiner Schuhspitze unsichtbare Steine vom Boden kickte.

Ihren Latte-Karamell XXL hatte sie schon halb ausgetrunken, als Henry doch noch zu ihr herüberkam. Aber er sagte nichts, bestellte nichts, stöhnte nicht mal. Er schmollte. Heimlich betrachtete Rosalie ihn aus den Augenwinkeln: Wie immer trug er einen perfekt sitzenden dunklen Anzug. Sie stand da ja nicht so drauf. Aber ansonsten: unverschämt attraktiv. Und er erinnerte sie an irgendwen. An wen nur? Sie kam nicht drauf. Diese Augen. Und das Kinn! Sehr männlich. Aber es war auch etwas Zartes, Verletzliches in seinem Gesicht. Dazu der athletische Körper. Ehrlich: Die Mischung war unwiderstehlich. Und einen Ehering trug er auch nicht. Das war ihr schon beim Bewerbungsgespräch aufgefallen. Aber wer würde eine solche Nervensäge auch heiraten wollen? Plötzlich musste sie an den Heilstein denken, den ihr Stella gegeben hatte. Er war in ihrer Hosentasche. Mit den Fingern befühlte sie die glatte Oberfläche. Vielleicht sollte sie den Stein jetzt ganz fest drücken und sich wünschen, dass er Henry vom meckernden Frosch in einen souveränen Prinzen verwandelte. Henrys schöngeschwungener Mund fiel ihr ins Auge. Wahrscheinlich wartete noch eine ganze Armee übellauniger Stöhner darauf, die Deckung hinter diesen Lippen zu verlassen und den reizvollen Ausflug zur Van-Sanders-Bibliothek im Sturmfeuer der Miesmacherei zu vernichten. Und der Stein war eben nur ein Stein. Sie ließ ihn los.

«Henry, hören Sie, es tut mir leid, dass ich Sie zu dieser Reise überredet habe. Sie müssen nicht mitkommen. Schließlich bin ich diejenige, die die Bücher restauriert.»

«Die Uni hat das Ticket bezahlt, also muss ich wohl.»

Sie schaute ihn an, wortlos. War er wirklich so kleinkariert und pflichtversessen?

Der Anflug eines wissenden Lächelns wanderte über sein Gesicht. «Sie glauben, ich bin ein Idiot.»

Mist. Sie war selbst für einen so verschrobenen Typen wie Henry ein offenes Buch.

«Nein, nein. Wirklich nicht», beeilte sie sich zu sagen. Sie hoffte, dass es überzeugend klang.

«Der Grund, wieso ich nicht umkehren kann, ist: Geröllheimer hat mich dienstverpflichtet. Ich soll als Repräsentant der Universität den Kontakt zur Familie des Stifters pflegen. Als hätte ich nichts Besseres zu tun.»

Rosalie war erleichtert. «Dann sind Sie gar nicht sauer auf mich.»

Henry blickte sie an. «Doch, bin ich.»

Autsch, ein Meister der Diplomatie war er nicht gerade. Siedend heiß fiel ihr das Geld ein. Der Umzug, der neue Job – sie hatte es einfach vergessen.

«Die zweihundert Euro, die ich Ihnen schulde, bringe ich morgen mit. Versprochen.»

«Das eilt nicht», winkte er ab. «Es geht um Tatjana Raskolnikow.»

«Oh.»

«Ich will gar nicht wissen, was da zwischen Ihnen vorgefallen ist. Ihr Privatleben geht mich nichts an.»

«Ich kann es erklären. Es …»

«Verschonen Sie mich», unterbrach Henry, und es hörte sich fast wie ein Hilferuf an. «Sicher geht es um irgendetwas Emotionales. Und am Ende heulen Sie wieder wie ein Schlosshund, wenn's donnert.»

«Aber nein. Was denken …»

Er machte eine barsche Handbewegung, und Rosalie klappte ihren Mund wieder zu. Ihm war es ernst. Das konnte sie an dem tiefer werdenden Dschungelgrün seiner Augen sehen.

«Ich möchte Sie dringend bitten, sich Frau Raskolnikow gegenüber professionell zu verhalten. Sie ist für mich von unschätzbarem Wert. Haben wir uns verstanden?»

Wow, der meckernde Frosch war verschwunden. Hier sprach ein Mann, der wusste, was er wollte. Rosalie wunderte sich keine Sekunde, dass Henry auf die Russin abfuhr. Ob sie auch auf ihn abfuhr? Egal. Nicht ihr Problem.

«Geht klar», sagte sie nur und wechselte schnell das Thema. «Wollen Sie sich keinen Kaffee holen? Wir müssen gleich los.»

«Hier trink ich keinen.»

«In der Regionalbahn gibt es keinen.»

«Ich weiß.» Da war es wieder, das Stöhnen.

«Ich hol Ihnen einen.» Irgendwie hatte sie das Gefühl, ihm etwas Gutes tun zu müssen. «Was möchten Sie?» Sie war schon auf dem Sprung.

Er hielt sie am Arm zurück. «Keinen Kaffee. Nicht hier.»

«Wieso?»

«Killerkeime.»

«Was?»

«Was glauben Sie, was hier nachts los ist? Ratten, Mäuse, Kakerlaken …»

Er kam nicht weiter mit seiner Aufzählung. Denn Rosalie hatte soeben zwei Typen in schwarzen Trainingsanzügen entdeckt, die sie auf keinen Fall wiedersehen wollte. Sie packte Henry an der Schulter. «Los, wir müssen. Unser Zug.» Sie rannte los – Henry, etwas verdutzt, hinterher.

«Müssen wir wirklich rennen?»

Sie antwortete nicht, legte aber einen Zahn zu. Die Kerle hatten sie nämlich soeben erblickt und kamen rasch näher. Hastig checkte Rosalie die Lage: Die Regionalbahn, die sie nehmen mussten, war noch nicht eingetroffen. Am gegenüberliegenden Gleis stand ein IC zur Abfahrt bereit. Sie schoss darauf zu.

«Sollten wir nicht zum Gleis 11?», rief Henry.

Rosalie hatte schon die Stufen erklommen. «Kommen Sie, schnell.»

Der Pfiff des Schaffners ertönte.

Henry sprang auf. Automatisch schloss sich hinter ihm die Tür. «Sind wir richtig?»

«Nein. Aber dafür gibt's hier einen Frühstückswagen.» Dass sie soeben die Flucht vor zwei knallharten Geldeintreibern ergriffen hatte, würde sie Henry besser bei Croissants mit Marmelade und garantiert killerkeimfreiem Kaffee erklären.

KAPITEL 12

Henry konnte nicht anders. Er musste laut stöhnen. Es war ein probates Mittel, Widrigkeiten abzuschütteln wie ein nasser Hund den Regen. Außerdem machte ihm sein Asthma zu schaffen. «Wir sind im falschen Zug, und Sie wollen frühstücken?»

«Ist doch praktisch.»

Er hatte Mühe, seinen Ärger im Zaum zu halten, zumal ihm alle zwei Sekunden ein Ellenbogen oder ein Gepäckstück in den Rücken gestoßen wurde. In dem engen Vorraum zwischen den Waggons drängte eine ganze Kohorte von Fahrgästen zu ihren Sitzplätzen. Als ihm ein Koffer in die Kniekehle gerammt wurde, reichte es ihm. «Passen Sie doch auf!», fuhr er den Mann hinter sich an. Im selben scharfen Ton wandte er sich an Rosalie: «Frühstücken ist vollkommen unangemessen.»

Sie schaute ihn verständnislos an. Wieder hingen Locken aus ihrer wirren Hochsteckfrisur heraus, und Henry fragte sich, wieso sie die Haare nicht gleich offen trug. Medusa. Schlangenhäuptige.

«Bedauerlich, dass ich es Ihnen erklären muss. Es ist unangemessen, weil wir keine gültigen Tickets haben. Angemessen wäre es, sofort den Schaffner aufzusuchen und nachzulösen. Was ich jetzt auch tun werde.»

«Bis der Schaffner sich zum Speisewagen durchgequält hat, sind wir längst wieder ausgestiegen. Los, kommen Sie.»

Henry war versucht, wieder zu stöhnen. Regelverstöße konnte er einfach nicht ertragen. Vernünftige Regeln waren die beste Verteidigung gegen das anstürmende Chaos in der Welt.

Er amtete tief ein, verkniff sich das geräuschvolle Ausatmen und erklärte: «Ich werde ein Ticket für Sie mitlösen.»

«Völlig unnötig. Wir haben unsere Reise schon bezahlt.»

«Aber nicht *diese* Reise.»

Rosalie wandte sich abrupt von ihm ab, sodass ihre Locken nur so flogen. «Sie finden mich im Bordrestaurant», rief sie davonstiefelnd. An der Tür zum nächsten Wagen drehte sie sich noch einmal zu ihm um. «Und wehe, Sie bringen mir ein gültiges Zugticket mit!»

Henry fand den Schaffner in einem der nächsten Abteile, unterdrückte den Impuls, eine Fahrkarte für Rosalie zu kaufen, und erhielt die erschütternde Nachricht, dass sie noch zweimal umsteigen mussten, bis sie wieder auf Kurs waren. Zum Kuckuck! Viereinhalb Stunden Fahrtzeit für ein hundertsiebzig Kilometer entferntes Reiseziel.

Im Speisewagen thronte Rosalie so selbstverständlich über einem fürstlichen Frühstück, als besäße sie ein angeborenes Privileg, ungestraft schwarzzufahren. Er setzte sich auf den freien Platz ihr gegenüber.

«Wir haben Glück», verkündete sie. «Wir müssen nur zweimal umsteigen.» Sie versuchte, ihre absurden Worte mit einem Lächeln zu entschuldigen. Eigentlich mehr einem Strahlen. Er hatte das schon öfter an ihr wahrgenommen. Wenn sie lächelte oder gar lachte, wurde es hell und warm, als brauste Helios mit seinen vier Feuerrössern und dem Sonnenwagen heran.

«Weiß ich», knurrte er. Es brauchte mehr als einen Sonnengott, um seine Stimmung zu bessern.

«Sie stöhnen ja gar nicht.»

«Hab ich draußen schon erledigt.»

Rosalie schaute ihn ernst an. «Henry, ich möchte Ihnen gerne erklären, was da eben los war.»

«Keine Privatgeschichten.»

Sie machte einfach weiter. «Diese beiden Typen in den schwarzen Trainingsanzügen …»

«Himmelherrgott!», unterbrach er sie. «Ich will nicht hören, wem sie noch alles das Herz gebrochen haben.»

«Wieso Herz gebrochen? Sie glauben doch nicht, dass ich mit solchen Typen … Außerdem: *Ich* breche keine Herzen. Im Gegenteil, *mir* wird ständig …»

«Ihr Kaffee wird kalt!» Er schrie es fast. Köpfe drehten sich, Augenbrauen wurden gelüpft.

«Mein Kaffee ist so heiß wie der Teerkessel in der Hölle. Und Sie hören sich das jetzt gefälligst an: Die beiden Dreckskerle hat mir Till auf den Hals gehetzt. Also seine Anakonda. Sie wissen schon, das nette Pärchen, das mich in Ihr Büro verfolgt hat. Und nicht *ich* hab ihm das Herz gebrochen, sondern er mir. Kann ich etwa riechen, dass er verheiratet ist? Wieso trägt eigentlich keiner mehr einen Ehering? Ist das aus der Mode, oder was?»

Himmel, wo war nur der Ausschalter bei dieser Frau?

«Sind Sie etwa auch verheiratet? Dann sagen Sie es lieber gleich. Ich …»

Ihr Handy klingelte, und – Halleluja! – sie ging ran, die Stimme endlich etwas gedämpft.

«Hi, Daniel. Nein, du störst nicht.» Rosalie blickte kurz zu ihm – ein Blick, den Henry nicht deuten konnte. Dann drehte sie sich weg. «Nein, bloß nicht! Ich möchte auf gar keinen Fall einen Mietnachlass. Das hab ich dir doch schon erklärt.»

Henry bestellte Kaffee und versuchte, dem Telefonat nicht zu lauschen.

«Stimmt, es war schön.» Ihre Stimme klang weich. «Ich rauche jeden Abend in der Küche eine *Lucky Strike*.»

Offenbar war dieser Daniel Tills Nachfolger.

«Nein, wir werden das nicht wiederholen. Keine Dates. Du weißt, warum.»

Endlich kam sein Kaffee. Wie unsagbar froh war er, eine Beschäftigung zu haben. Als gäbe es nichts Interessanteres, als Zucker in einer Tasse zu verrühren.

Plötzlich haute Rosalie auf den Tisch, dass es nur so schepperte. Zum Glück hielt er seine Kaffeetasse gerade in der Hand.

«Spinnst du!», donnerte sie ins Telefon. «Hältst du mich echt für so berechnend? Wegen einer Wohnung? Außerdem hast *du* mich geküsst!»

Verflixt, er hätte sich auch ein Frühstück bestellen sollen. Dann könnte er jetzt Brötchen schmieren. Oder noch besser: Er könnte aus dem Brötchenteig Kügelchen formen und sie sich in die Ohren stopfen.

«Dann denk doch, was du willst. Und ruf mich nicht mehr an!» Sie warf das Handy in ihre Tasche und schaute Henry an. «Sagen Sie jetzt nichts.»

Er hatte es gar nicht vorgehabt. Ohnehin ging ihm nur eine Songzeile durch den Kopf: *Oh here she comes, she's a maneater.* Konzentriert versenkte er seinen Blick in die vorbeifliegende Welt vor dem Fenster. Hügelige Kulturlandschaften und graue Dörfer. Angenehm unaufregend. Rosalie tat es ihm gleich.

Kurz darauf schafften sie es tatsächlich, sich über die Arbeit zu unterhalten. Ganz friedlich.

Und dann kam der Schaffner. Derselbe, bei dem er *kein* Zugticket für Rosalie gekauft hatte. Henry holte seinen Fahrschein hervor. Der Schaffner erkannte, dass er ihn bereits entwertet hatte, und richtete sich an Rosalie. Sie strahlte den Mann an: Helios, der Sonnenwagen, das ganze Programm.

«Auch mein Ticket haben Sie schon gesehen», log sie, ohne mit der Wimper zu zucken. «Erinnern Sie sich?» Sie berührte den Mann leicht am Arm. «Ich saß in dem Abteil mit den beiden älteren Damen und dem kleinen Kind.» Sie lächelte wieder, ihre Augen groß, rund und funkelnd.

Offensichtlich war der Schaffner geblendet von so viel Strahlkraft. Er nickte lächelnd, sagte: «Ah, ja, ja», wünschte einen schönen Tag und ging weiter.

Henry war wider Willen fasziniert. «Vor Ihnen muss man sich in Acht nehmen.»

«Weil ich meinen Fahrschein nicht zweimal bezahlen will?»

«Weil Sie flirten, um sich einen Vorteil zu verschaffen.»

«Ich hab aber nicht geflirtet.»

«Doch.»

«Nein!»

«Die drei untrüglichen Zeichen des weiblichen Flirts waren nicht zu übersehen.» Caro sei Dank.

«Bitte, was?»

«Kulleraugen, Dauergrinsen, Hautkontakt. Kompliment, Sie beherrschen das aus dem Effeff.»

«So ein Quatsch!»

«Haben Sie den Mann etwa nicht die ganze Zeit angelächelt?»

«Ich lächle eben gern. Würde Ihnen auch nicht schaden.»

«Ich weiß nicht, wie Sie das machen, aber Ihre Augen wurden groß und strahlend wie die Scheinwerfer auf einem Filmset. Der arme Tor glaubt jetzt, die Hauptrolle in Ihrem Leben zu spielen.»

«Aber berührt hab ich ihn nicht.»

«Sie haben seinen Ärmel gestreift.»

Sie hielt inne und verschränkte die Arme vor der Brust. «Mein lieber Sherlock Holmes, wird Ihnen dieses Gespräch nicht zu privat? Mir schon.»

Eins zu null für Rosalie.

Den Rest der Fahrt schwiegen sie, beim Umsteigen sprachen sie nur das Nötigste. Immerhin wurde die Landschaft abwechslungsreicher: Waldstücke, Weinberge, Fachwerkdörfer. Somit gab es wenigstens einen plausiblen Grund dafür, aus dem Fenster zu starren. Als sie das Glück hatten, einmal länger als eine halbe Stunde in ein und demselben Zug zu sitzen, klappte er seinen Laptop auf und arbeitete. Er versuchte es zumindest. Leider ohne jeglichen Erfolg. Denn im Zehn-Minuten-Takt rief einer von Rosalies Exliebhabern an – oder war es immer derselbe? Und obwohl sie sich nur zweimal auf ein Gespräch einließ und alle anderen Anrufe wegdrückte, konnte er sich auf nichts anderes mehr konzentrieren. Es war wie ein Zwang. Was war nur los? Hatte sie ihn bereits verhext, die Medusa? Irgendetwas an ihr ließ ihn nicht kalt, provozierte ihn. Am liebsten hätte er ihr ständig Paroli geboten, auch wenn sie gar nichts sagte. Er überlegte sogar, sich von ihr wegzusetzen. Doch so unhöflich wollte er nicht sein.

Bis sie ihren Zielbahnhof im ländlichen Nirgendwo endlich erreicht hatten und an einem verlassenen Taxistand nach einem Wagen Ausschau hielten, war sein Kopf zum Bersten voll mit Kommentaren, die er alle nur unter großer Kraftanstrengung für sich behielt. Kommentare zu Rosalies kamikazeartigem Liebesleben, ihrer umständlichen Art, Schluss zu machen, dem nervigen Klingelton ihres Handys und überhaupt zu dem ganzen Durcheinander, das sie andauernd um sich verbreitete wie eine Grippeepidemie die Viren.

Als ihr Handy wieder lärmte, platzte ihm der Kragen. Schneller, als sie gucken konnte, hatte er das Gerät in der Hand.

«Rosalie hat mit Ihnen Schluss gemacht», sagte er in einem, wie er fand, gelungen geschäftsmäßigen Ton. «Möglicherweise irritiert es Sie, dass sie Ihre Nummer noch nicht hat sperren lassen. Mich übrigens auch. Aber ich kann Ihnen versichern: Es wäre pure Idiotie, solche Nachlässigkeiten eines chaotischen Charakters zum Anlass einer wie auch immer gearteten Hoffnung zu nehmen. Die Dame ist fertig mit Ihnen.» Er legte auf und gab Rosalie das Handy zurück.

Sie starrte ihn an. «Ich bin also ein chaotischer Charakter?»

Henry schluckte. Natürlich war er zu weit gegangen. Aber er konnte auch nicht sagen, dass er sein Eingreifen bereute. Im Gegenteil. Er verspürte sogar ein deutliches Glücksgefühl. Weiß der Kuckuck, warum.

«Wäre Ihnen unstrukturierte Persönlichkeit lieber?»

«Was mischen Sie sich überhaupt ein, Mister Bitte-keine-Privatgeschichten?»

Gute Frage. Jetzt brauchte er eine gute Antwort. «Ich wollte für eine angenehme Arbeitsatmosphäre sorgen.»

«Indem Sie meine Affäre beenden?»

«Schluss gemacht haben Sie. Ich habe nur geholfen.»

«Dann muss ich mich wohl jetzt bei Ihnen bedanken.» Sie sah keinesfalls dankbar aus.

Henry spürte, dass die Sache anfing, ihm Spaß zu machen. Irgendwie hatte er das Gefühl, einen Sieg errungen zu haben. Und er war zu noch mehr Schabernack bereit.

«Sie können mich ja bei Gelegenheit mal zum Essen einladen.»

«Nicht Ihr Ernst.» Sie blickte völlig entgeistert drein.

Henry triumphierte. Er hatte die Medusa im Schwitzkasten. Und auf einmal fühlte sie sich gar nicht mehr so bedrohlich an. Gut gelaunt winkte er dem Taxi, das endlich am Ende der Straße auftauchte.

Als sie gerade einsteigen wollten, fiel Rosalie etwas aus der Hosentasche. Henry hob es auf. Es war ein rosafarbener Halbedelstein an einem Lederband.

«Ist das etwa von *ihm*?» Er schaute Rosalie mit einer zutiefst bedauernden Miene an. Jetzt war er in Höchstform. «Seiner Ehefrau würde er so einen Plunder nicht schenken. Wirklich, Sie sollten seine Nummer löschen.» Er gab ihr die Kette zurück und hielt ihr die Taxitür auf.

Sie blieb stehen. «Ich gehe zu Fuß.»

«Was? Wieso denn?»

«Denken Sie mal darüber nach.» Aus ihren Augen schossen Blitze, und sie stand so starr und statuengleich auf dem Trottoir, dass man sie hätte losmeißeln müssen, um sie in den Wagen zu bekommen.

Henry stieg ein und schloss die Tür. *Spielverderberin* war das Einzige, was ihm dazu einfiel.

KAPITEL 13

Rosalie schloss die Faust um den Rosenquarz, schaute dem davonfahrenden Taxi nach und sprach laut und deutlich und wider jede Vernunft einen Wunsch aus: «Bitte mach, dass ich vor ihm ankomme.»

Es war kindisch. Das wusste sie. Aber sie wünschte sich in diesem Augenblick so sehr, Henry mit irgendetwas zu verblüffen und seine Erwartungen von einer chaotischen Rosalie zu brechen. Es war ihr wichtig, auch wenn sie nicht so recht wusste, warum. Außerdem sollte er sich so richtig ärgern, und wenn es nur wegen eines umsonst bezahlten Taxis war.

Rosalie sah sich auf dem gepflegten und von hübschen Blumenbeeten eingefassten Bahnhofsvorplatz von Hinteroberfurtlingen um. Der Ort schien größer, als sein hinterwäldlerischer Name vermuten ließ. Sie überlegte, wen sie nach dem Weg fragen könnte, und entdeckte eine Frau mit Hund. Hundebesitzer kannten sich in ihrer Umgebung bestens aus. Rosalie sprach die Dame an, und hurra, Frauchen kannte nicht nur den Weg, sie wusste sogar eine Abkürzung durch den nahen Park. Vielleicht konnte sie tatsächlich vor Henry in der Van-Sanders-Villa sein. Sie verspürte einen unwiderstehlichen Kick und rannte los. Den Rosenquarz hielt sie fest in der Hand – konnte ja nicht schaden.

Durch den Park war es nur ein kurzer Spurt. Doch Rosalie war völlig außer Puste, als sie am Tor der Villa ankam. Außerdem hatte sie Seitenstechen und das dringende Verlangen nach einer Zigarette. Sie verfluchte sich dafür, dass sie wieder damit angefangen hatte, und steckte sich eine an. Als die Zigarette aufgeraucht war, war das Taxi mit Henry immer noch nicht da.

Oder war er etwa schon hineingegangen? Rosalie blickte durch das mannshohe schmiedeeiserne Tor auf die aparte Jugendstilvilla. Nein, Henry würde warten. Nicht aus Rücksicht oder Höflichkeit, sondern weil es seinem Sinn für Ordnung entsprach. Geduldig zündete sie sich eine weitere Zigarette an. Auch sie würde warten – aus reiner Vorfreude auf sein verdutztes Gesicht, wenn er sie lässig am Zaun lehnen sah.

Aber auch als die zweite Zigarette verglimmt war, zeigte sich noch immer kein Taxi. Rosalie begann, sich Sorgen zu machen. Sie rief ihn auf dem Handy an. Er war sofort dran.

«Rosalie, das glauben Sie nicht.» Er klang so gut aufgelegt wie den ganzen Tag noch nicht. «In diesem Nest gibt es einen Obelisken aus der Römerzeit. Die Taxifahrerin ist Archäologin und war so nett, mich hinzufahren. Wir entziffern gerade die Inschrift.»

«Hier wartet eine ganze Bibliothek auf Sie.» Rosalie legte auf, leidlich sauer. Natürlich konnte das Ding nichts dafür, trotzdem boxte sie einmal kräftig gegen den Rosenquarz in ihrer Hosentasche und blaffte: «Das hab ich mir ein bisschen anders vorgestellt, du taube Zaubernuss.»

Als Henry zehn Minuten später mit dem Taxi eintraf, brauchte er noch gefühlte weitere hundert Minuten, bis er sich endlich von dem Fachgespräch mit der sehr hübschen, sehr jungen taxifahrenden Archäologin loseisen konnte. Verblüfft stellte Rosalie fest, dass Doktor-Doktor Miesmuschel scherzen konnte. Wahrscheinlich eine Gabe, die er nur bei unter Fünfundzwanzigjährigen zur Entfaltung brachte. Tatjana Raskolnikow lag bestimmt den halben Tag lachend unter seinem Schreibtisch.

In der Villa wurden sie vom Neffen des Erblassers begrüßt. Die altehrwürdige Holztäfelung der Eingangshalle passte nicht so recht zu ihm. Nikolai van Sanders, ein schlaksiger, freundlicher Mittdreißiger mit halblangen Haaren und gestutztem

Vollbart, trug seine Anzugweste ohne Anzug lässig über einem alten T-Shirt. Bunte Sneakers an den Füßen machten den Stilbruch komplett. Rosalie vermutete nicht nur deshalb, dass Nikolai Musiker oder Schauspieler war. Sie war mit Künstlern aufgewachsen und fühlte sich in ihrer Nähe sofort heimisch.

«Tut es Ihnen nicht leid, die kostbare Bibliothek hergeben zu müssen?», fragte sie ihn, als sie in einem eleganten, lichtdurchfluteten Salon Platz nahmen.

«Ich hab's nicht so mit Büchern.» Er schenkte ihnen Tee aus einer Silberkanne ein, die sicher schon seit Kaiser Wilhelms Zeiten ihren erhabenen Dienst tat. «Aber hätte mein Onkel mir nicht seinen Steinway und die Musikaliensammlung vererbt, hätte ich an seinem Grab ein ernsthaftes Wort mit ihm reden müssen.»

Rosalie lächelte. Musiker also.

Das Telefon klingelte. «Entschuldigen Sie mich», sagte der junge van Sanders und ging hinaus.

«Sie tun es schon wieder», bemerkte Henry.

«Was denn?»

«Flirten.»

«Stimmt doch gar nicht.»

«Sie merken das nicht mal mehr.»

Das schlug dem Fass den Boden aus. Rosalie schnappte förmlich nach Luft. «Und Sie? Sie dürfen das, oder was?»

«*Ich* habe geflirtet?» Sein Unschuldsblick war kaum auszuhalten.

«Ja, eben gerade.»

«Mit van Sanders?»

«Mit Barbie aus Hinteroberfurtlingens Top-Archäologiezentrum.»

«Das war ein Fachgespräch.»

«Sie haben gescherzt.»

«Das tut man zuweilen.»

«Mit mir scherzen Sie nie.»

«Sie merken's bloß nicht.»

«Ich … Was?»

«So», van Sanders hatte sein Telefonat beendet und stand in der Tür, «jetzt bin ich wieder für Sie da. Übrigens, ich habe die Gästezimmer für Sie hergerichtet, falls es spät wird.»

«Das wird es ganz bestimmt nicht», sagte Henry sehr entschieden.

«Wir übernachten auf keinen Fall hier», bekräftigte Rosalie mit derselben Heftigkeit.

«Das ist aber schade.» Nikolai van Sanders zwinkerte ihr zu. Eindeutig zweideutig.

Himmel, er dachte auch, dass sie ihn angemacht hatte! Rosalie wusste plötzlich nicht mehr, wo sie hinschauen sollte. Unter dem Vorwand, aufs Klo zu müssen, entzog sie sich Henrys spöttischen Blicken.

Das Gäste-WC war ein Schatzkästchen aus handbemalten, feinglasierten Jugendstilkacheln, von denen eine feenhafte Schönheit mit gelöstem Haar auf die original Meißner Kloschüssel herablächelte und ein Füllhorn aus Rosen über die Wände ergoss. Rosalie nahm unter dem milden Blick des Blumenfräuleins Platz und genoss die friedliche Stille des Ortes. Am liebsten wäre sie dort sitzen geblieben. Weit und breit keine Männer, die sie bewusst oder unbewusst anflirten konnte. Kein Henry, der sie – weiß der Geier, warum – ständig provozierte. Nur sie und die holde Jugendstilmaid. Mit ihren langen rotblonden Haaren erinnerte sie Rosalie an Stella. Rosalie holte das Handy hervor und tippte eine Nachricht. «Er hasst mich.»

Die Antwort kam prompt: «Keiner hasst dich.»

Rosalie schickte ein Kussmund-Smiley zurück. Dann kramte sie den Rosenquarz hervor. «Okay», sagte sie im Flüsterton, «ich geb dir noch eine Chance. Henry ist ein Idiot. Daran kannst wahrscheinlich auch du nichts ändern. Aber bitte, bitte mach, dass diese ganze höllenunerfreuliche Reise nicht umsonst war und dass dadraußen ein echter Schatz auf mich wartet.»

Das Wunder geschah.

Die Bibliothek, in die Nikolai sie und Henry wenige Augenblicke später führte, übertraf alle ihre Erwartungen. Zwar war der Bücherbestand nicht riesig groß. Aber dafür war jedes einzelne Buch ein unendlich wertvolles Unikat, das sah Rosalie auf den ersten Blick, handgeschrieben und, wie sie ahnte, farbenfroh illustriert von Mönchen aus dem Mittelalter – das Gold der Nibelungen konnte kaum kostbarer sein. Nikolai schloss ihnen die Schränke und Vitrinen auf und empfahl sich. Jetzt konnte sie den Schatz mit ihren eigenen Händen berühren. Unwillkürlich drückte sie den Rosenquarz in ihrer Hosentasche und jubelte laut: «Das ist schon der zweite Wunsch, der heute für mich in Erfüllung geht!»

«Was war der erste?», fragte Henry.

«Ach, nicht so wichtig.» *Sei froh, dass ich dich vorhin am Bahnhof nicht zum Teufel gewünscht habe*, dachte sie, sagte aber: «Sehen Sie doch nur, wir sind im Paradies!» Bücherschränke aus rötlich schimmerndem Kirschholz vor pastellfarbenen Jugendstiltapeten mit dezenter floraler Ornamentik, dazwischen gemütliche Lesesessel, Stehlampen mit grünen Glasschirmen, und vor den bodentiefen Fenstern ein großer Arbeitstisch mit Blick auf eine kunstvoll angelegte Gartenlandschaft. Doch das Herzstück all dieser Schönheit waren die mittelalterlichen Kodizes, zwischen schwere lederbezogene Buchdeckel gebunden, die mit Schließen aus Metall versehen waren. Einige von ihnen lagen aufgeschlagen in den Glasvitrinen.

«Ja, Sie haben recht.» Henry schaute sie an und lächelte. «Wir sind im Paradies. Im Paradies der geretteten Seelen.»

«Ich dachte, Sie glauben nicht daran.»

Henry ließ es offen, ob er neuerdings an die Seelen von Büchern oder überhaupt an die Seele glaubte. Stattdessen erzählte er ihr alles, was er über die Bibliothek wusste. «Diese Bücher wurden im Zweiten Weltkrieg von russischen Soldaten in einem alten, vergessenen Bergwerksstollen im Thüringer Wald gefunden. Wenig später landete die gesamte Bibliothek als Kriegsbeute in Moskau, wo sie in irgendeinem dunklen Keller weitere fünfzig Jahre vor sich hin moderte, bis Mauer und Eiserner Vorhang fielen und der alte van Sanders seine internationalen Geschäfte auf die ehemalige Sowjetunion ausdehnen konnte. Durch einen seiner einflussreichen russischen Geschäftsfreunde erfuhr er von der Bibliothek und kaufte sie.»

«Bestimmt für'n Spottpreis.»

Henry grinste. «Und ohne Quittung für die Steuer.»

Regelverstöße gegen das Finanzamt fand Herr Doktor-Doktor-Ordentlich offenbar nicht so schlimm wie eine gelegentliche Ignoranz gegenüber den Tarifen der Deutschen Bahn.

Rosalie legte den Finger in die Wunde: «Im Grunde ist die Bibliothek also Hehlerware und gehört dem Land Thüringen.»

Henry spürte offenbar keine Wunde. Er war zu begeistert. «Van Sanders hat mir die Geschichte kurz vor seinem Tod anvertraut. Offiziell ist die Bibliothek seit Ewigkeiten im Familienbesitz. Aber das Beste kommt noch.»

Rosalie staunte über die glühend roten Wangen in Henrys sonst so männlichem Gesicht – ein süßer Fünfjähriger, der eben die Kerzen auf dem Geburtstagskuchen ausgepustet hat und ganz sicher weiß, dass heute alle seine Wünsche in Erfüllung gehen.

«Van Sanders und die Russen glaubten, die Bücher stammten aus der Bibliothek der Margarethenkirche in Gotha und wären nach dem Einmarsch der Sowjets von Kirchenmännern im Stollen versteckt worden. Ich habe aber andere Informationen.»

Er machte eine Pause, als ob er an diesem Punkt mit seiner Geschichte aufhören wollte.

«Jetzt machen Sie es nicht so spannend.»

«Erstens: Der Bergwerksstollen ist eine fast verfallene Eisenerzgrube aus dem frühen Mittelalter, an die sich zur Zeit des Zweiten Weltkriegs kein Mensch mehr erinnerte, auch kein Geistlicher aus Gotha. Es war reiner Zufall, dass die russischen Soldaten sie entdeckten. Zweitens: Ganz in der Nähe dieser Grube befand sich ein um das Jahr 720 gegründetes Benediktinerkloster, Sankt Michael, das während der Bauernaufstände 1525 bis auf die Grundmauern niederbrannte und nie wieder aufgebaut wurde. Historiker vermuten allerdings, dass die Klosterbibliothek von den Mönchen rechtzeitig in Sicherheit gebracht werden konnte. Man wusste nur nie, wohin.»

«Der Stollen.» Rosalie drehte sich um die eigene Achse. «Dann ist das …?»

«Die Bibliothek des vermutlich ersten in Thüringen gegründeten Klosters.» Henrys Augen leuchteten. «Rosalie, das wird das größte Abenteuer meines Lebens.»

Wahrscheinlich auch ihres, dachte Rosalie, behielt es aber lieber für sich. Henry sollte nicht denken, dass sie ihm dankbar war.

War sie aber! Und wie!

Der Nachmittag hatte Flügel. So schnell verging die Zeit sonst nur, wenn sie in ihrer Werkstatt war und einen interessanten Buchpatienten unter den Fingern hatte. Patienten gab es hier viele. Fünfhundert Jahre in Holzkisten in einem Erdloch zu verbringen war kein Zuckerschlecken. Doch die fünfzig Jahre in einem feuchten Moskauer Keller hatten das Elend vermutlich erst richtig in Gang gebracht. Viele der Bücher hatten Wasserschäden, einige waren von Schimmel befallen. Aber ihrer zauberhaften Schönheit hatte das kaum etwas genommen.

Rosalie und Henry bedienten sich nach Herzenslust aus den Regalen. Nur den dünnen Stoff ihrer Baumwollhandschuhe zwischen sich und den Büchern, strichen sie über Ledereinbände, aufgeprägte Verzierungen, Holzrücken und Elfenbeinintarsien. Sie befühlten Pergamentseiten, schätzten ihr Alter und vertieften sich mit ihren Lupen in die schwarz- oder rottintigen Buchstaben. Lateinische, manchmal griechische Minuskelschrift. Jede Textseite ein kalligraphisches Bild von ausdrucksstarkem Charakter. Rosalie stellte sich vor, wie die Mönche vor mehr als tausend Jahren in ihren Skriptorien an engen Holzbänken saßen und die Wörter aufmalten. Sie sah die Illustratoren, die mit selbst angerührten Pflanzen- und Mineralfarben die Buchseiten reich und farbenfroh verzierten. Kunstvolle Bilder und Ornamente in Lapislazuliblau, Karmesinrot, Lauchgrün, Safrangelb oder mit Blattgold überzogen leuchteten ihr entgegen, und sie glaubte, den herbsüßen Duft der mit Eiweiß vermischten Farbingredienzen zu riechen, ebenso wie die Ochsengalle und den Ruß der Tinte.

Wenn sie etwas besonders Schönes fand, zeigte sie es Henry. Und auch er wollte alles teilen, was ihn begeisterte. Immer wieder rief er: «Rosalie, das müssen Sie sich ansehen!» Oder er brachte ihr ein Buch, und sie steckten beide ihre Köpfe hinein.

Dass es draußen langsam dunkel wurde, bekam Rosalie kaum mit. Ohne es recht zu merken, knipste sie das Arbeitslicht über dem großen Tisch an. Kopf an Kopf beugten sie sich über ein pflanzenheilkundliches Werk, das nicht nur besonders aufwendig illustriert war, sondern auf manchen Seiten Randbemerkungen in althochdeutscher Sprache aufwies. Dass Mönche Notizen in die Bücher kritzelten, war nicht selten. Dass sie es nicht in Latein taten, aber schon.

Henry flippte förmlich aus – auf seine emotional bescheidene Art natürlich. «Potz Blitz!», raunte er leise und: «Donnerwetter!»

Dann lächelte er sie an. «Rosalie, ich bin wirklich froh, dass Sie die Idee hatten, hierherzufahren.»

«Diesen Schatz hätten Sie so oder so gehoben.»

«Aber *so* ist es viel schöner.»

Die zwischen grün und blau changierende Farbe seiner Augen war jetzt besonders intensiv. Sie standen so nah beieinander, dass sie sogar die kleinen bernsteinfarbenen Sprenkel in seiner Iris sehen konnte, und sie konnte ihn riechen. Erdig, männlich, gut. Plötzlich musste sie daran denken, dass er ihre Frage, ob er verheiratet war, nicht beantwortet hatte.

Dreißig Sekunden später wusste sie, dass er es war.

Sein Handy klingelte. Eine Patrizia war dran. Seine Frau.

Rosalie wusste nicht, was in diesem Moment mit ihr geschah. Es war völlig verrückt. Sie dachte: *Oh nein, bitte nicht! Bitte lass ihn nicht verheiratet sein!* Und als wäre das nicht schockierend genug, fiel es ihr wie Schuppen von den Augen, an wen Henry sie erinnerte: Ryan O'Neal, den Traum ihrer Teenagertage.

Tante Babs, bei der sie früher jedes Jahr einen Großteil ihrer Sommerferien verbracht hatte, besaß all seine Filme auf Video. Rosalie erinnerte sich noch gut daran, wie sie vor dem Einschlafen auf Tante Babs' Ausziehcouch ihr persönliches Kopfkino eingeschaltet hatte. Nacht für Nacht hatte sie sämtliche Großaufnahmen von O'Neals Gesicht Revue passieren lassen und Dialoge aus *Love Story* vor sich hin gemurmelt. Sie hatte den Film in fünf Ferienwochen mindestens zwanzigmal gesehen und jedes Mal Rotz und Wasser geheult. Aber am meisten rührte O'Neal ihr Herz in der Komödie *Is' was, Doc?*. Da spielte er einen zerstreuten Professor, der mit der falschen Frau verlobt war …

Stopp!

Das war doch krank. *Sie* war krank. Sobald einer verheiratet war, hatte sie die rosarote Brille auf. Und offensichtlich hatte ihr verkorkstes Unbewusstes sie schon so gut auf das fatale Beuteschema getrimmt, dass sie Ehemänner geradezu blind aufspüren konnte.

Während Henry weitertelefonierte, ging Rosalie nach draußen. Im angrenzenden Salon gab es eine Terrassentür zum Garten. Die Abendluft war frisch. Der in den letzten Tagen fast hochsommerliche Mai hatte sich abgekühlt, und Rosalie war froh darum. Sie musste die Hitze aus ihrem Körper kriegen und klare Gedanken fassen. Sie holte den Rosenquarz an seinem Lederband hervor und hielt ihn hoch. Die letzten Sonnenstrahlen färbten ihn purpurn.

«Okay, mein Freund, du hast mir heute schon viel Freude gemacht. Aber jetzt hab ich einen echt wichtigen und sehr schwierigen Spezialauftrag für dich.»

Ein Windstoß ließ den Stein vor ihrer Nase hin und her baumeln, als freue er sich schon auf die neue Aufgabe.

«Jaja. Noch lachst du.» Sie sah den Stein streng an und fasste das Lederband kurz, sodass er nicht mehr pendeln konnte. «Keine unpassenden Männer mehr. Ich will mich nur noch in den Richtigen verlieben. Den Einen, Einzigen, der für mich bestimmt ist. Verstanden?» Rosalie steckte den Stein wieder weg. «Okay», sagte sie zufrieden mit sich selbst, «Henry ist damit tabu.»

«Rosalie, sprechen Sie mit mir?» Henry stand in der Terrassentür.

Schnell nahm sie ihr Handy aus der Jackentasche und winkte ihm damit. «Mein Vater», erklärte sie. Henry sollte nicht denken, dass schon wieder ein Kerl angerufen hatte.

Verdammt, schimpfte sie sogleich. *Soll er es doch denken. Er ist verflucht noch mal verheiratet!*

KAPITEL 14

Bedauerlich, sehr bedauerlich, dachte Henry, während er an der Terrassentür lehnte und zu Rosalie hinausschaute. Rosalie und ihre wirren, kastanienbraunen Locken, die sich am Ende dieses Tages nahezu vollständig aus ihrer improvisierten Hochsteckfrisur gelöst hatten. Vor dem purpurnen Leuchten des Sonnenuntergangs verliehen sie ihr fast so etwas wie eine goldene Aureole.

«Bedauerlich», wiederholte er jetzt laut, «aber wir müssen sofort aufbrechen. Nikolai ruft gerade ein Taxi.»

«Ist was passiert?» Rosalie klang erschrocken.

Offensichtlich sah er so aus, als müsste er eine Todesnachricht überbringen, und irgendwie fühlte er sich auch so. Zu gerne wäre er noch hiergeblieben. Sie hatten noch längst nicht alle Bücher gesichtet.

«Ich hatte vergessen, dass ich heute zu einer Vernissage eingeladen bin.»

«'ne Mitternachtsvernissage?»

«Leider nein.» Schön, wenn es so wäre, dachte Henry. Dann käme er nämlich noch pünktlich, und Patrizia wäre nicht so sauer. «Wir nehmen ein Taxi.»

«Hundertsiebzig Kilometer mit dem Taxi? Die moderne Kunst muss Ihnen ja sehr am Herzen liegen.»

«Offen gestanden sind mir alle Arten von Farbkleckserei total schnuppe. Und Farbkleckse auf recycelten Aluminiumblechen abgestürzter Flugzeuge von einem Menschen, der sich selbst Z.Ombie nennt, möchte ich eigentlich nicht mal in meinen Albträumen sehen. Aber Patrizia gefällt es.»

«Nett, wenn man ein gemeinsames Hobby hat.» Rosalie schenkte ihm ein warmes, mitleidvolles Lächeln. Es schmolz die Ironie in ihren Worten vollständig weg, und er fühlte sich ermuntert, noch mehr zu erzählen.

«Das Schlimmste an diesen Veranstaltungen sind die große Ansammlung von Menschen auf engstem Raum und die hohe Dichte an leerem Geschwätz. Im besten Fall langweile ich mich nur, im schlimmsten erleide ich eine Panikattacke.»

«Sie meinen das ernst.» Rosalies Blick forschte in seinem Gesicht. Das mit den Angstzuständen glaubten ihm die wenigsten. «Sie bekommen wirklich Panikattacken.»

Er nickte. «Es gibt Tage, da kann ich nicht mal in einen Supermarkt gehen, ohne mein Hemd in Schweiß zu baden.»

«Bahnhöfe?» Sie klang bestürzt. Ihr schien zu dämmern, was dieser Tag ihn gekostet hatte.

«Nicht sehr beliebt», bestätigte er. Normalerweise sprach er nicht gerne über diese Dinge. Aber jetzt lächelte er.

«Heute war es gar nicht so schlimm», hörte er sich sagen. «Ich hab nur zwei Unterhemden durchgeschwitzt.»

«Zwei?»

Es war ihm überhaupt nicht peinlich. «Ersatz ist immer in meiner Tasche.» Ob er ihr das alles so leichthin erzählen konnte, weil Rosalie das personifizierte Chaos war und selbst jede Norm sprengte?

«Lassen Sie doch die Vernissage sausen. Ihre Frau wird das sicher verstehen.»

«Ich hab's ihr aber versprochen, und ein Versprechen muss man halten, egal, was es einem abverlangt.»

«Sie haben noch nie ein Versprechen gebrochen?»

«Noch nie.» Er wusste, dass er in der Beziehung ein wenig altmodisch war, und rechnete mit einem entsprechenden Kommentar.

Doch ausnahmsweise bekam Rosalie den Mund nicht auf. Dafür schienen ihre Augen zu sprechen. Er verstand bloß nicht, was. Und während er noch rätselte, hupte bereits das Taxi.

«Hoffentlich nicht wieder die Archäologie-Barbie», stöhnte Rosalie.

«Was haben Sie denn nur gegen sie?»

«Nichts, außer dass Sie mit ihr endlos über römische Obelisken palavern werden und Sie mich anschließend in Frankfurt zu Tode gelangweilt von der Rückbank kratzen können.»

«Über was würden Sie denn gerne plaudern? Vielleicht über Ihre Männer?» Pfui Teufel! Warum tat er das?

«Ich hab durchaus noch zwei, drei andere Themen.» Sie war zornig, zu Recht.

Nikolai verabschiedete sie mit herzlichem Handschlag. Er schien es ehrlich zu bedauern, dass sie nicht über Nacht bleiben konnten. Henry glaubte allerdings immer noch, dass es dem jungen van Sanders hauptsächlich um Rosalie ging.

Im Taxi wurden sie von einem mürrischen dicken Mann begrüßt, der keine Miene verzog, selbst dann nicht, als Henry ihm das lukrative Fahrtziel nannte. Bevor der Mann losfuhr, steckte er sich die weißen Stöpsel seines IPods in die Ohren. Henry war das nur recht. Er fragte sich immer, was Taxifahrer so dachten, während sie die Gespräche ihrer Fahrgäste belauschten.

Rosalie starrte sauer aus dem Fenster, und er ärgerte sich über sein vorlautes Mundwerk. Das war doch sonst nicht seine Art.

«Wollen wir über Bücher reden?», fragte er vorsichtig.

Sie drehte den Kopf und schaute ihn an. Ein Blick, der vieles versprach: Vorwürfe, Beleidigungen – eine positive Antwort auf seine Frage eher nicht.

«Sie haben wirklich noch niemals ein Versprechen gebrochen?»

«*Darüber* wollen Sie reden?»

Sie nickte.

Er war verblüfft, aber auch froh, dass sie nicht mehr böse auf ihn war.

Rosalie setzte sich auf und steckte in einer einzigen fließenden Bewegung ihre Locken am Hinterkopf zusammen. Sie sah richtig aufgeräumt aus. «Jeder hat doch schon mal ein Versprechen nicht halten können, zum Beispiel als Kind: Papa sagt, versprich mir, dass du nichts anstellst, man nickt artig, und dann ist doch die ganze Wohnung ruiniert, wenn er nach Hause kommt.»

«Die ganze Wohnung?» Henry versuchte, sich das vorzustellen, und es schauderte ihn.

«Ein Experiment mit Acrylfarben und einer Wasserpistole.»

«Was hat Ihr Vater dazu gesagt?»

«Er hat dreimal ‹Ach, du Scheiße› gerufen. Dann meinte er, das Farbkonzept sei nicht ausgewogen, hat die Wasserpistole genommen und das Kunstwerk vollendet.»

«Er hat eine bemerkenswerte Methode, mit dem Chaos fertigzuwerden.»

Rosalie lachte. «Ja, darin ist er großartig. Aber zurück zum Thema. Sie sind ganz bestimmt noch nie wortbrüchig geworden?»

«Nein. Das ist doch auch gar nicht schwer. Man darf eben nichts versprechen, was man nicht halten kann.»

Henry bemerkte Rosalies erstaunten Blick. Wahrscheinlich war sie mit solchen Dogmen nicht einverstanden.

Doch dann nickte sie. «Sie haben völlig recht. Auf ein paar Dinge im Leben sollte Verlass sein.» Ihr Gesicht zeigte denselben Ernst wie bei den Budgetverhandlungen zur Van-Sanders-Bibliothek. «Aber was ist, wenn man die Tragweite eines Versprechens nicht absehen kann?»

«Dann ist man entweder naiv oder dumm und muss es eben

ausbaden.» Er erinnerte sich an ein Versprechen, das er Caro einmal gegeben hatte und bei dem er sich rückblickend oft fragte, ob er es wirklich hätte ausbaden können. Es war eine weitaus größere Sache gewesen als das Versprechen, ihre dichterischen Ergüsse zu lesen.

«Ich muss zugeben», schränkte er ein, «dass ich bisher auch Glück gehabt habe.»

«*Sie* können Dummheiten machen? Erzählen Sie mehr.»

«Ich war noch sehr jung.» Henry überlegte kurz, ob er es wirklich erzählen sollte. Anekdoten aus seinem Leben zum Besten zu geben war nicht gerade seine Meisterdisziplin. Doch Rosalie sah ihn so bettelnd an wie Ruby, der Cockerspaniel, mit dem Henry sein Einzelkind-Dasein und sämtliche Chipstüten geteilt hatte. Also gab er sich einen Ruck und erzählte ihr von seiner Freundschaft mit Caro und von jenem schicksalhaften Sommerabend im Park.

Auf einer Joggingrunde waren Caro und er regelrecht von glücklichen Pärchen umzingelt gewesen: lauter platonischen Kugelwesen, die ihre bessere Hälfte gefunden hatten und selig über die Wiesen und Wege kullerten. Caro war damals vierundzwanzig, er ein Jahr älter, und eine Beziehung, eine glückliche gar, war bei ihnen beiden nicht in Sicht. Mitten im Lauf blieb Caro abrupt stehen.

«Sie machte ein Gesicht, als wollte sie gleich losheulen», erzählte Henry und bemerkte zu seiner eigenen Überraschung, wie er die nette kleine Geschichte ein wenig dramatisierte. «Ich dachte schon, sie hätte sich den Fuß verknackst. Aber das war es nicht.» Henry machte eine kleine Pause für die Pointe und freute sich an Rosalies gespanntem Gesichtsausdruck.

«Erzählen Sie weiter.»

Henry lächelte. «Caro fragte mich, ob ich sie heiraten würde, wenn wir beide in zehn Jahren immer noch Single wären.»

«Und das haben Sie ihr wirklich versprochen?» Rosalies Staunen war echt, und Henry stellte vergnügt fest, dass es ihm gefiel.

«Ja, das habe ich. Aber im selben Sommer lernte ich meine Frau kennen.»

«Und Caro?»

«Ist immer noch Single.»

«Denken Sie, dass Sie Ihr Versprechen gehalten hätten, wenn Sie Single geblieben wären?»

«Ich denke, dass es eine Schnapsidee war. Und, ja: Todsicher hätte ich Caro an ihrem vierunddreißigsten Geburtstag einen Antrag gemacht.»

Der mürrische Taxifahrer warf ihm im Rückspiegel einen neugierigen Blick zu. Offensichtlich bevorzugte er leise Musik, oder die Ohrstöpsel waren nur Tarnung, damit er umso schamloser lauschen konnte.

Rosalie musterte Henry ebenfalls mit großem Interesse. «Sie sind ein echter Freund und wahrscheinlich ein phantastischer Ehemann.»

«Sie machen sich über mich lustig.»

Sie sah empört aus. «Nein. Überhaupt nicht.»

Er war sich da nicht so sicher.

Eine Stunde und fünfzehn Minuten später hielt das Taxi vor einer Galerie im schicken Frankfurter Osthafen. Was immer der Taxifahrer für Musik hörte, sie musste ihm einen mächtig schweren Bleifuß verliehen haben.

«Wahrscheinlich haben Sie die Eröffnungsrede gerade verpasst», mutmaßte Rosalie, «kommen aber noch genau richtig, um bei der Verteilung der Sushi-Röllchen nicht leer auszugehen.»

Henry grinste. «Das wäre in der Tat perfektes Timing.» Er

zahlte den Taxifahrer und wollte sich gerade von Rosalie verabschieden, als sie ihn mit einer leichten Berührung am Arm zurückhielt.

«Henry, ich möchte Ihnen für diesen wunderbaren Tag danken.» Sie strahlte. Die Feuerrösser galoppierten wieder, Helios rauschte mit seinem Sonnenwagen übers Firmament, die Frankfurter Nacht funkelte in goldenem Licht. Wie machte sie das nur? Henry spürte ihre Hand, die immer noch auf seinem Arm ruhte.

«Flirten Sie etwa mit mir?»

Sie zog die Hand weg. «Was? Nein!»

«Zu blöd von mir», versuchte er sich zu entschuldigen. «Ich erkenne einen Flirt nie, wenn er mich selbst betrifft. Ich wollte nur sichergehen, dass Sie sich nicht in mich …» Verflixt, was redete er da? «Also, dass ich Sie nicht …» Großer Gott!

«Schon gut.» Sie lächelte.

Henry stieg aus dem Taxi. «Dann … gute Nacht.» Irgendwie war es das aber noch nicht. Er musste noch etwas loswerden. «Ähm, ja, und ich fand diesen Tag auch sehr schön.»

Schon wieder dieses strahlende Lächeln. Verwirrend.

«Ich wünsche Ihnen einen schönen Abend», rief sie ihm nach. Das Taxi fuhr schon an, sie hatte den Kopf aus dem Fenster gesteckt. «Haben Sie einfach Spaß, Henry. Richtig viel Spaß. Dann gibt es weder Panikattacken noch Langeweile.»

Das Taxi fuhr an ihm vorbei. Er konnte ihr nur noch winken und sah zuletzt noch ihren erstaunten Blick. Staunte sie, weil er ihr winkte? Henry schritt auf den Eingang der Galerie zu. Im selben Moment lief ihm die Raskolnikowa in die Arme.

«Henry! Wie schön, Sie zu sehen.» Seine Praktikantin hakte sich bei ihm ein.

Und während er sich noch fragte, seit wann die Raskolnikowa ihn beim Vornamen nannte und ob es passend war, dass er Arm in Arm mit ihr über die Schwelle der Galerie schritt, erblickte er auch schon Patrizia, die ihm quer durch den Raum einen scharfen Blick zuwarf. Abrupt wandte sich seine Frau wieder der kleinen Gruppe zu, mit der sie zusammenstand. Der Star des Abends, Z.Ombie, war auch darunter. Und Caro. Sie war ähnlich vernarrt in zeitgenössische Kunst wie Patrizia, was ihn immer wieder hoffen ließ, die beiden würden doch noch einen Draht zueinander finden. Caro zwinkerte ihm zu und löste sich aus der Gruppe.

«Schau an», begrüßte sie ihn, «ihr zwei hattet wohl noch zu arbeiten.»

«Irrtum. Ich komme gerade erst aus der Pfalz zurück. Frau Raskolnikow war gar nicht mit.» Er spürte, wie er anfing zu schwitzen.

Caro schenkte seiner Praktikantin ein freundliches Lächeln und wandte sich dann wieder an ihn. «Mach das mal deiner Frau klar.»

Henry schaute zu Patrizia hinüber, die ihm demonstrativ den Rücken zukehrte.

«Ach, das kriegen wir schon hin», schaltete sich die Raskolnikowa ungewohnt vertraut ein. «Henry ist doch ganz unschuldig. Und ich auch.»

Caro schmunzelte. «Ich fürchte, in diesem Outfit glaubt Ihnen das kein Mensch.»

Da erst nahm Henry wahr, dass die Raskolnikowa ein Kleid aus durchbrochener schwarzer Spitze trug, das verwirrende Einblicke bot. Man konnte nicht hinsehen, ohne sich zu fragen, was sie darunter und ob sie überhaupt etwas darunter trug. Er musste plötzlich an Rosalie und ihre guten Wünsche beim Abschied denken: Nein, langweilig würde dieser Abend ganz bestimmt nicht werden. Und für eine Panikattacke war sein Nervensystem viel zu sehr mit der Frage beschäftigt, wie er

Patrizia besänftigen konnte. Wahrscheinlich nicht, indem er mit einer russischen Schönheit an den Bildern von Herrn Z.Ombie vorbeipromenierte.

Doch da zog die Raskolnikowa ihn schon am Arm. «Kommen Sie, wir schauen uns mal um.»

Er warf Caro einen verzweifelten Blick zu. Aber die zuckte nur höchst amüsiert mit der Schulter.

Während die Raskolnikowa ihn von einem bemalten Flugzeugblech zum nächsten zog und gewohnt sachverständig über Zeitbezüge, Maltechniken, epochenübergreifende Motivik und Pinselführung referierte, blickte er immer wieder zu Patrizia hinüber, in der Hoffnung, dass sie endlich die Gruppe verlassen würde. Tat sie aber nicht. Dabei wusste sie ganz genau, wie sehr er es hasste, auf einen Kreis ihm unbekannter Menschen zuzugehen. Er schrieb ihr eine WhatsApp, sie ignorierte sie. Okay, dann würde er sich jetzt mit einem Sektglas wappnen und ihr eine Auswahl ihrer Lieblingshäppchen vorbeibringen. Damit konnte er sie an den Stehtisch rechts von der Gruppe lotsen. In weniger als einer Minute würde er ihr klargemacht haben, dass es keinen Grund zur Eifersucht gab. Henry entschuldigte sich bei der Raskolnikowa und schaute sich nach einer der Bedienungen um. Es dauerte eine Weile, bis er von den vielen durch den Raum schwebenden Tabletts eine Auswahl (tatsächlich Sushi!) zusammengestellt hatte. Als er sich schließlich noch zwei langstielige Gläser griff und entschlossen auf die Gruppe zu trat, war sie weg. Patrizia war verschwunden.

«Henry, Sie können ja Gedanken lesen! Das ist genau das, was ich jetzt brauche.» Die Raskolnikowa nahm ihm ein Sektglas ab, bugsierte ihn zum Stehtisch und erleichterte unterwegs einen Kellner um eine Flasche Extra Dry. «Es gibt etwas zu feiern.»

«Ach?» Henry konnte sich nicht im Geringsten vorstellen, was.

Die Flugzeugblechbilder waren so deprimierend wie die Tatsache, dass seine Frau ihn einfach hatte stehen lassen.

«Neuigkeiten von Hypatia.» Der dienstbare russische Dschinn zog aus den Tiefen seines spitzenbehauchten Dekolletés ein zusammengefaltetes Blatt hervor. «Neugierig?»

Arbeit war in der Tat das Einzige, was ihn jetzt aufbauen konnte.

«Legen Sie los.»

Sie breitete das Stück Papier, das in ihrem BH geruht hatte, zwischen den beiden Sektgläsern aus und deutete mit ihrem rot lackierten Fingernagel darauf.

«Eine Adresse in Mainz.» Mehr stand da nicht.

«Die Adresse eines Sammlers, der Kodizes aus dem siebten und achten Jahrhundert sammelt. Und jetzt halten Sie sich fest.» Sie machte eine dramatische Pause, in der sie die halbvollen Gläser bis zum Rand auffüllte. «In seinem Besitz finden sich auch Bücher aus zwei der Klöster, an denen Dahlstein gelehrt und geschrieben hat.»

Dahlstein, der Mann, der ihn zu Hypatia führen konnte!

«Etwa auch der dritte Band seiner *Astronomia*?» Das fehlende Puzzleteil. Henrys Herzschlag hüpfte. Er hatte ganze Klosterbibliotheken nach diesem Werk durchforstet.

«Das konnte der Mann nicht mit Sicherheit sagen. Er hat wohl etwas den Überblick über seine Sammlung verloren. Aber er sagte, Sie können jederzeit vorbeikommen.»

Henry steckte den Zettel ein. Das würde er so bald wie möglich tun. «Wenn er wirklich Dahlsteins *De Astronomia III* hätte, das wäre …» Henry konnte gar nicht weiterreden vor Aufregung. Dieses Buch war der Schlüssel zu Hypatias *Mathematica*. Sein Autor, der Benediktinermönch Balthasar von Dahlstein, war ein hochgelehrter Mann, der im siebten Jahrhundert dafür gekämpft hatte, das Wissen und die Schriften der Antike zu erhalten. In den ersten beiden Bänden seines Werkes über Astronomie hatte Henry die entscheidenden Hinweise auf die Existenz einer Abschrift von Hypatias *Mathematica* gefunden. Seither suchte er nach dem dritten Band. Er war das letzte Puzzleteilchen, das ihm anzeigen würde, wo er die wertvolle Abschrift des Hypatia-Textes suchen musste. Doch Dahlsteins *De Astronomia III* schien verschollen zu sein. Henry hatte schon Jahre seiner Arbeit in die Suche nach diesem dritten Band investiert.

Er strahlte seine Praktikantin an. «Frau Raskolnikow, das haben Sie fabelhaft gemacht.»

Sie griff nach ihrem Sektglas. «Darauf stoßen wir an.»

Die übervollen Gläser gaben nur einen schmächtigen Laut von sich.

«Nennen Sie mich doch bitte Tatjana. Das ist nicht so umständlich. Finden Sie nicht auch?»

Es war ihm eigentlich nicht recht. Aber sie hatte es sich wohl verdient. Sie hatte seinen Abend gerettet. Vielleicht sogar seine Forschung.

KAPITEL 15

Zum zweiten Mal an diesem Morgen verschüttete Rosalie das Kaffeepulver. Der Toaster lieferte schwarze Briketts, weil sie den Regler zu hoch geschoben hatte, und beim Versuch, einen Joghurt zu öffnen, spritzte sie ein wolkenförmiges Muster auf den Küchentisch. Montagmorgen eben. Nein, verbesserte sich Rosalie, der Montag konnte ausnahmsweise nichts dafür. Sie war einfach nur nervös. Henry hatte sie vorhin, als sie noch gar nicht richtig wach gewesen war, angerufen und ihr mitgeteilt, dass die Van-Sanders-Bücher gekommen waren. Ihre Arbeit konnte endlich beginnen.

Aber das war nicht der einzige Grund für ihre aufgewühlte Stimmung. Sie musste sich eingestehen, dass sie auch aufgeregt war, weil sie Henry endlich wiedersehen würde. Seit ihrem gemeinsamen Ausflug waren vier Tage vergangen. Seither hatte sie an jedem einzelnen Tag Argumente gesammelt, die ihr beweisen sollten, dass ihre Verliebtheitsanwandlung nur ein Spuk war.

Am Donnerstag hatte sie sich gesagt, ihre Gefühle für Henry wären nur das Symptom einer Krankheit. Die Krankheit hieß Bindungsunfähigkeit. Anders konnte es nicht sein. Im tiefsten Inneren war sie gar nicht bereit für eine dauerhafte Liebe. Und wer konnte ihr besser garantieren, dass ihre Beziehungen provisorisch blieben, als verheiratete Männer?

Am Freitag hatte sie argumentiert, dass es an der Van-Sanders-Bibliothek gelegen hätte. Bücher, die so alt und kostbar waren, übten einen unwiderstehlichen Zauber aus. Nur ein einziges zu öffnen und die Seiten umzublättern hieß, eine Zeitreise loszutreten. Der Duft früherer Jahrhunderte wirbelte auf und betörte die Sinne. Henry stand zufällig daneben, wurde Teil des Bücherzaubers, et voilà: ein Frosch, der für einen Augenblick als Märchenprinz erschien.

Ihr Lieblingsargument am Samstag war gewesen, dass Ryan O'Neal Schuld hatte. Dass sie die Gesichtszüge des Filmstars in Henry wiederentdeckte, sprach doch weitaus mehr für die hartnäckige Überlebensdauer von Teenageridolen als für Henry.

Am Sonntag schließlich hatte Rosalie Listen gemacht, auf die sie alles schrieb, was sie an Henry störte: seine übertriebene Ordnungsliebe, die langweiligen, meist grauen oder blauen Anzüge, die Zwanghaftigkeit, mit der er ständig seine Lebensfunktionen auf der Smartwatch kontrollierte. Überhaupt: sein Hang, das Leben an die Technik abzugeben. Ohne seine Apps war er hilflos wie ein gestrandeter Wal. Zugegeben, sie hatte ein Herz für Wale und für Wale in Not ganz besonders. Aber das gehörte nun wirklich nicht auf diese Liste. Und so hatte sie schnell noch dazugeschrieben: *Ich hasse seine betont gefühllose Art, dieses unterkühlte Getue. Mister Spock ist ein Herzchen dagegen.*

Jetzt schaute sie auf diese Liste und überlegte, ob ihr noch etwas einfiel. Käpt'n Kiwi stakste über den Küchentisch und suchte nach Joghurtresten. Rosalie gab ihm ein Stück Banane und schrieb auf die Liste: *H. kann Käpt'n Kiwi nicht leiden – geht gar nicht!*

«Ich sehe, du wappnest dich.» Stella hatte die Küche betreten und warf einen Blick auf die Liste.

«Besser ist das.»

«Braves Kind.» Stella nickte ihr großmütterlich zu, und Rosalie fand, dass sie dabei aussah wie eine weise alte Eule. Es lag an der dunkelrandigen Brille, die sie morgens trug, wenn sie die Kontaktlinsen noch nicht eingesetzt hatte. Ohne Bindi, Stirnband und die ganzen Ringe, Armbänder und Ketten, die sie üblicherweise schmückten, sah sie fast normal aus, besonders wenn sie Rosalies alten Bademantel anhatte. Nur der feine Nasenring erinnerte noch an die flippige Schamanin.

«Du hast schon wieder meinen Bademantel an.»

«Ich zahle Miete.»

Rosalie grinste und stellte Stella eine Tasse Kaffee hin. «All inclusive, oder was?» Sie war froh, dass ihre neue Freundin bei ihr eingezogen war. «Hast du noch einen Tipp für mich?» Sie tippte mit dem Stift auf die Liste.

«Stell dir Henry auf der Kloschüssel vor.»

Einen Versuch war's wert.

Als Rosalie im Institut für Paläographie ankam, konnte sie das durchdringende, viel zu süße Parfüm von Frau Raskolnikow schon im Flur riechen. Die Russin saß Seite an Seite mit Henry an seinem Computer. Sie musste einen sehr kurzen Minirock anhaben, denn unter dem Schreibtisch schauten ihre nackten Beine hervor. Nackt bis hoch zum Oberschenkel – und schlank bis hoch zum Oberschenkel. Keine Kunst, wenn man erst fünfundzwanzig war, tröstete sich Rosalie und stellte sich nicht Henry, sondern seine Praktikantin auf der Kloschüssel vor.

«Das geht so nicht!» Es platzte aus Rosalie einfach heraus.

«Einen schönen guten Tag auch, Rosalie», sagte Henry und stand vom Schreibtisch auf. «Was geht so nicht?»

«Die Bücher. Sie haben sie in einem schäbigen Kellerraum abgestellt.» Ihr Ärger darüber war so groß, dass er für den Moment jede Schwärmerei für Henry hinwegfegte.

«Aber das ist doch nur eine Zwischenlösung. Und schäbig ist da gar nichts. Ich habe von Bolz das Raumklima prüfen lassen.»

«Die Luftfeuchtigkeit liegt konstant bei einundfünfzig Prozent, die Raumtemperatur bei zwanzig Grad Celsius», assistierte die Russin. «Das hat nicht mal die Vatikan-Bibliothek.»

«Die Atmo stimmt nicht», beharrte Rosalie.

«Die *was?*» Henry nahm die Brille ab und putzte sie, als ob ihm das einen besseren Durchblick verschaffen könnte.

«Die Atmosphäre», dolmetschte die Russin. Sie war jetzt ebenfalls aufgestanden, und Rosalie bemerkte, dass der Rock noch kürzer war, als sie vermutet hatte. Außerdem hatte er einen Saum aus ziemlich echt aussehendem Tierfell, Kaninchen wahrscheinlich – igitt. Überraschender aber als diese modische Entgleisung war, dass Fräulein Raskolnikow heute gar nicht auf Krawall gebürstet war. Sie lächelte ihr sogar zu.

«Die kostbaren Bücher brauchen einen schöneren Raum.» Die Russin lächelte ihr erneut zu. Zuckersüß. Direkt unheimlich.

«So ist es», bestätigte Rosalie. «Und ich hab auch schon einen. Kommen Sie, Henry. Sie müssen mit anpacken.»

«Aber das geht jetzt nicht», protestierte er. «Das Archivierungspro …»

Doch da hatte Rosalie schon die Bürotür geöffnet, und der verdutzte Doktor-Doktor schaute in die munteren Gesichter von fünfzehn Studenten, die ihn jubelnd empfingen. Ein Dozent, der die Ärmel hochkrempelte und Bücherkisten schleppte, hatte ihre volle Anerkennung.

Es dauerte zwei Stunden, bis sie die Kisten vom Keller des Paläographischen Instituts über den Campus in den Altbau getragen hatten, den Rosalie mit Hilfe des Hausmeisters ausfindig gemacht hatte. Die oberen Stockwerke des schönen Gründerzeithauses standen zum Teil leer, weil sie irgendwann saniert werden sollten. Der Hausmeister meinte, es könne gut und gern noch zwei Jahre dauern, bis es so weit sei. In einem der Räume war früher schon einmal eine Bibliothek untergebracht gewesen. Die Bücherschränke aus edlem Ebenholz standen noch an Ort und Stelle. Es war perfekt.

Nur Henry wollte das nicht so sehen. Jedes Mal, wenn er eine Kiste abgestellt hatte, fiel ihm ein neuer Einwand ein. Der Raum sei zu hell, das Gemäuer zu alt, der Standort zu abgelegen, das Ganze reine Zeitverschwendung und so weiter und so weiter. Fast war Rosalie dankbar für das Gemecker. Denn so bekam ihr Ärger über diesen Pseudo-Ryan-O'Neal immer neues Futter. Und das war dringend nötig angesichts der nun tatsächlich hochgekrempelten Ärmel und der sehnigen Unterarme, mit denen der Doktor-Doktor die Bücherkisten hochhob, als wären es Daunenkissen. *Nicht hinsehen.*

Eisern konzentrierte sich Rosalie auf das Einräumen der Bücher in die Vitrinen und zwang sich, Henry zu ignorieren. Er hatte ja auch schon genug Aufmerksamkeit durch die Russin. Sie wich kaum von seiner Seite und pries dabei die Vorzüge des Raums. Henrys Kritik schmolz vor ihren Argumenten dahin wie Schnee in der Sonne. Offensichtlich hatte Rosalie plötzlich eine Verbündete. Aber warum nur? Sie konnte sich nicht vorstellen, dass Tatjana Raskolnikow plötzlich ihr Herz für sie entdeckt hatte.

«Das ist optimal. Sehen Sie, Henry?» Die Russin hatte ein Thermo- und ein Hygrometer besorgt und zeigte Henry, dass sich Temperatur und Luftfeuchtigkeit im optimalen Bereich bewegten. Dann schwebte sie auf ihren langen nackten Beinen zum Fenster. «Auch das Licht ist kein Problem.» Mit einer eleganten Bewegung zog sie die schweren Samtvorhänge zu. «Garantiert unter fünfzig Lux.»

«Mhm», brummte Henry.

Die Russin legte ihm ihre zierliche Hand auf die Schulter und schob ihr makelloses Beautyface dicht an seins. «Nun geben Sie es schon zu, der Raum ist besser als der alte. Vor allem ist er traumhaft schön: Stuckdecke, Parkettboden, Ebenholzschränke. Dieser Raum», sie hauchte es, «hat *Atmo.*»

Nicht zu fassen! Die Russin klaute sogar ihre Worte. Man hätte meinen können, dass der ganze Umzug ihre Idee war. Aber das Schlimmste war, wie Henry darauf ansprang. Jede Wette, dachte Rosalie grimmig, hätte sie dieselben Argumente angeführt, es hätte den Herrn Doktor-Doktor nur auf die Palme gebracht. Allein das Wort *Atmo* war für seinen erhabenen Sprachsinn wahrscheinlich schon eine Zumutung. Aber *Madame Superschlau und Superschön* bekam sein Einverständnis, seinen Dank und sein Lächeln.

«Ich gebe mich geschlagen, Frau Raskolnikow. Und vielen Dank, dass Sie mitgeholfen haben. Das hätten Sie wirklich nicht tun müssen.»

Rosalie kämpfte ein heißes, brennendes Gefühl nieder, das sie nur zu gut kannte: Eifersucht. So ruhig sie konnte stellte sie das letzte Buch in die Vitrine. Weniger behutsam trat sie einen leeren Pappkarton zur Seite. Er streifte beim Flug übers Parkett Henrys Bein. Sie entschuldigte sich nicht.

Draußen hatte es angefangen zu nieseln. Rosalie blieb trotzdem vor der schweren Eichentür stehen, lehnte sich an den Sandsteinsockel der Hauswand und zündete sich eine Zigarette an: Regen auf der Haut und Teer in der Lunge – das entsprach genau ihrem momentanen Lebensgefühl. Sie inhalierte tief. An der Kreuzung gegenüber pulsierte der Verkehr im Rot-Grün-Takt der Ampeln. Irgendwie beruhigte sie das.

Plötzlich trat die Russin aus dem Eingang. «Seien Sie bitte nicht sauer auf ihn.»

«Wer sagt, dass ich sauer bin.»

Sie grinste. «Ich leihe Ihnen gerne meinen Taschenspiegel. Dann können Sie Ihre Zornesfalte bewundern.» Ihr russischer Akzent war zweifellos sexy.

«Vielleicht bin ich ja sauer auf Sie.»

Die Russin setzte ein sanftes Engelsgesicht auf. «Wir hatten keinen guten Start. Können wir nicht noch mal von vorne anfangen? Ich bewundere Ihre Arbeit wirklich sehr. Sie haben das Kunststück vollbracht, die Meininger Bibel in ihrer ganzen Schönheit wiederherzustellen.»

«Das wissen Sie?» Rosalie war immer in Alarmbereitschaft, wenn Frauen wie Tatjana mit Komplimenten um sich warfen.

«Henry bewundert Ihre Arbeit übrigens auch sehr.»

«Mhm.» Sie nahm einen tiefen Zug von ihrer Zigarette. Teer und Regen.

«Wirklich. Er schwärmt geradezu von Ihrer besonderen Art, mit Büchern umzugehen. Er nannte es magisch.»

«Ach.»

«Sie dürfen ihm das heute nicht übelnehmen. Er hat Stress zu Hause. Das ist alles.»

Rosalie hörte damit auf, den Rauchkringeln, die sie in die Luft blies, nachzusehen.

«Seine Frau denkt, er hat was mit mir.»

Ein Stechen in den Eingeweiden ließ Rosalie zusammenzucken. «Und, haben Sie?»

«Nein. Natürlich nicht. Da war überhaupt nichts. Wir haben uns zufällig bei einer Vernissage getroffen. Henrys Frau ist früh gegangen. Wir anderen sind mit dem Künstler in einen Club umgezogen. Henry und ich haben die ganze Nacht getanzt, nichts weiter. Hätten Sie gedacht, dass er ein richtig guter Tänzer ist?»

Mit einem Mal wurde Rosalie flau im Magen. «Er hat *getanzt*? Die ganze Nacht?» Sie musste an den Wunsch denken, den sie Henry aus dem Taxi zugerufen hatte. *Haben Sie einfach Spaß, Henry. Richtig viel Spaß.* Den Rosenquarz hatte sie dabei fest gedrückt.

«Ich finde das auch unglaublich. Henry wirkt sonst so steif.»

Die Praktikantin kicherte. «Es war, als ob man den Tiger aus seinem Käfig befreit hätte. – Übrigens, was ich Sie schon die ganze Zeit fragen wollte: Könnte ich wohl ein kleines Praktikum bei Ihnen machen?»

Aha, daher wehte also der Wind. Rosalie wollte ihr schon ein entschiedenes Nein entgegenschleudern, da schwang mit einem Quietschen die schwere Holztür neben ihnen auf, und Henry kam heraus.

«Ah, gut, dass Sie noch da sind, Rosalie. Ich möchte, dass Sie sich von Tat…, also von Frau Raskolnikow, das neue Archivierungsprogramm zeigen lassen. Wir werden ab sofort nur noch damit arbeiten. Sie hat es selbst entwickelt. Ist das nicht toll?»

Rosalie nickte matt. Innerlich kochte sie. *Tatjana hier, Tatjana da!* Sie brauchte dringend noch eine Zigarette. Sie suchte nach dem Feuerzeug, griff aber in die falsche Hosentasche und berührte den Stein. Der Wunsch war augenblicklich da: *Soll sie den* Tiger *doch haben! Soll er mit der Russin tanzen, bis ihr die Luft ausgeht!*

Was dann passierte, war mit Abstand das Merkwürdigste, das Rosalie je widerfahren war.

Zunächst gab es an der Kreuzung vor ihnen einen dumpfen, scheppernden Rums – ein Pkw war in einen Lieferwagen gekracht. Ein dritter Wagen hupte laut. Passanten blieben stehen und riefen durcheinander. Rosalie konnte die Rufe nicht verstehen, sah aber, wie zwei Mädchen auf der gegenüberliegenden Straßenseite auf das Gründerzeithaus, an dem sie lehnten, zeigten und kreischten. Rosalie sah zur Seite. Um die Ecke des altehrwürdigen Gebäudes bog ein Tiger.

Es war ein noch junges Tier, das noch nicht zu seiner vollen Statur ausgewachsen war. Seine Bewegungen waren tapsig wie die eines zu groß geratenen Welpen, und sein Kopf zeigte noch ansatzweise die typische Rundlichkeit von Tierbabys. Normalerweise – also vor dem Fernseher oder im Zoo – hätte ihr das ein entzücktes *Oh, wie süß!* entlockt. Aber hier, so völlig ohne Glas und Gitterstäbe, stockte ihr der Atem. Die kurze himmelblaue Leine, die lose von einem mit funkelnden Strasssteinen besetzten Halsband herunterhing, machte es auch nicht besser. Dass hier kein verkleideter Golden Retriever auf sie zu trottete, bewiesen sowohl die gebleckten Reißzähne als auch der beutegierige Blick des halbstarken Jungtiers.

Alle drei blieben sie wie angewurzelt stehen. Auch der Tiger hielt einen Moment inne, schnupperte in die Luft und nahm Witterung auf. Dann schleckte er sich mit seiner handtuchgroßen Zunge übers Maul, nahm die Russin ins Visier und schritt lässig auf sie zu. Sein Blick war stier auf den Minirock gerichtet.

«Gsch, gsch!», fauchte Frau Raskolnikow.

Der Tiger schien es als Einladung zu verstehen, schnappte nach dem Rock und zerrte daran. Die Russin schrie nicht mal. Wahrscheinlich, weil sie zu sehr damit beschäftigt war, mit dem Tiger Schritt zu halten, der an ihr zog und sie nach rechts und links wirbelte. In wilder Drehung schwang sie einmal um die eigene Achse, bevor ihr das Raubtier schließlich in einer einzigen schwungvollen Bewegung den Rock von der Hüfte riss. Tatsächlich sah es ein bisschen wie ein Tanz aus – *Dirty Dancing* im *Dschungelcamp*. Die Show endete jäh.

Der Tiger ließ seine Tanzpartnerin stehen, Frau Raskolnikow japste nach Luft. Kaltschnäuzig wandte er sich dem eigentlichen Objekt seiner Begierde zu: dem Minirock mit dem Kaninchenfellsaum. Neugierig inspizierte er seine Beute, warf sie verspielt umher und sah für einen Moment wieder wie ein niedlicher Welpe aus. Als er jedoch feststellte, dass der so verlockende Stofffetzen keinerlei Fleischanteile besaß, riss er sein Maul auf und brüllte laut. Dann fiel sein Blick auf Rosalie. Die bernsteinfarbenen Raubtieraugen starrten sie an. Ruhig und intensiv sendeten sie eine klare Botschaft: *Ich will dich*. Rosalie spürte nur noch ihren Herzschlag. Er füllte ihren ganzen Körper aus. Selbst im kleinen Zeh konnte sie das Pochen spüren. Der Tiger kam langsam auf sie zu. Dass es sich eigentlich mehr um ein Tigerbaby als um einen ausgewachsenen König des Dschungels handelte, war nebensächlich. Rosalie sah nur noch seinen starren Raubtierblick.

Plötzlich war Henrys Hand da. Sie hatte gar nicht gemerkt, wie er an ihre Seite getreten war. Seine Hand umschloss ihre fest. Vorsichtig schob er seinen Körper vor ihren.

«Bleiben Sie hinter mir», flüsterte er. «Ich lenke ihn ab.»

«Wie denn?», flüsterte sie zurück.

In einem Abenteuerfilm hatte sie einmal gesehen, wie die Leute eines bengalischen Bauerndorfes einen Tiger mit brennenden Fackeln vertrieben. Henry hatte nicht mal eine Wunderkerze. Wollte er die Bestie mit seinem guten Aussehen beeindrucken? Und tatsächlich: Sie hatte den Gedanken kaum zu Ende gedacht, da knöpfte der Doktor-Doktor sein Hemd auf.

«Was tun Sie, um Gottes willen?»

«Vertrauen Sie mir.»

Irritiert sah sie, wie das Hemd einen muskulösen Männerrücken freigab. Wie schlimm konnte dieser Moment noch werden? Ein Tiger und ein halbnackter Traummann, der gleich gefressen werden würde?

Der Tiger fauchte und machte einen weiteren Schritt nach vorne. Im selben Moment stürzte Henry vor und warf dem Tiger das Hemd über den Kopf. Eine Sekunde lang war die Großkatze verwirrt und regte sich nicht. Todesmutig griff Henry die Leine und zerrte daran. Das orientierungslose Tier ließ sich ein paar Schritte mitziehen. Doch mit einem wilden

Kopfschütteln gelang es dem Tiger, das Hemd abzuwerfen. In Panik und wenig geneigt, auf irgendwen Rücksicht zu nehmen, galoppierte die Raubkatze los, Henry im Schlepptau, der die Leine fest umklammert hielt.

Rosalie warf der Russin ihr Handy zu. «Rufen Sie die Polizei, die Feuerwehr, einen Großwildjäger!» Vielleicht hätte sie ihr auch noch ihre Jacke geben sollen. In Top und Slip war Frau Raskolnikow eindeutig zu dünn bekleidet für einen verregneten Frankfurter Frühlingstag. Doch Rosalies Beine waren schon losgerannt, und ihr Herz trommelte in atemlosem Rhythmus einen einzigen Schlachtruf: *Rette Henry!*

KAPITEL 16

Rette Rosalie! Bei allen Göttern des Olymp, hatte er das wirklich gedacht? War das tatsächlich sein Ansinnen gewesen? Henry saß im Vernehmungsraum des 13. Polizeireviers und grübelte darüber nach, was ihn dazu bewogen hatte, einen Tiger zu bändigen – okay: ein Tigerjungtier. Und, wie er nun wusste: handzahm. Dennoch. Wieso hatte er sich zum Helden aufgespielt? Im Nachhinein war er sich beinahe sicher, dass das Tigerjüngelchen Rosalie niemals angefallen hätte. Wahrscheinlich hätte Rosalie nur ihr Medusenhaupt schütteln müssen, um das Tier zu verjagen. Oder sie hätte Tiger junior einen ihrer funkelnden Blicke zugeworfen, die ihn selbst stets verwirrten und bei denen Henry nie wusste, ob sie eine Warnung oder eine Einladung sein sollten. Tödlich. *Rette Rosalie!* Als ob sie seiner Rettung bedurfte.

«Das hier müsste Ihnen passen.» Der nette, aber leider uneinsichtige Polizeibeamte, der ihn schon seit einer halben Stunde befragte, kam wieder und brachte ein Glas Wasser und ein Polizeihemd mit. Henrys Hemd lag irgendwo im Straßenstaub, durchnässt von Tobeys Sabber.

«Ich dachte, Ihnen ist vielleicht wohler, wenn Sie etwas anhaben.»

Henry nickte und zog das Hemd an. «Noch wohler wäre mir allerdings, wenn Sie aufhören würden, in mir einen radikalen Tierschützer zu sehen.»

«Sie bestreiten also weiterhin, dass Sie den Tiger aus seiner nicht artgerechten Haltung befreien wollten?»

«Ich weiß gar nicht, wie man so ein Tier artgerecht hält, außer man hat einen eigenen Dschungel und …»

«Also doch», unterbrach ihn der Polizist. «Sehen Sie, das ist auf den Punkt genau die Position der Tierschützer.»

Henry sah sein Gegenüber fassungslos an. «Man kann eine vernünftige Meinung haben und trotzdem kein Aktivist sein.»

Der Polizist brummte nur und sagte nach einer Pause: «Wieso haben Sie den Tiger seinem rechtmäßigen Besitzer zurückgebracht?»

«Hab ich nicht. Der Tiger hat mich dorthin gezerrt.» Die Szene, wie er hinter den eleganten Sprüngen der Großkatze einen Gartenzaun überspringt, eine Terrassentreppe hinaufstolpert und kurz darauf in die tränennassen Augen eines jungen Mannes schaut, der *seinen Tobey* umarmt und ihm die feuchte Schnauze abküsst, wird er wohl mit ins Grab nehmen.

«Sie hätten einfach die Leine loslassen können», beharrte der Polizist. «Es hat Ihnen wohl die edlen Grundsätze ein bisschen durcheinandergebracht, dass der Tiger in sein Gefängnis zurückwollte.»

Henry schob die Brille hoch und rieb sich das Gesicht mit beiden Händen. Er hatte das Gefühl zu implodieren. «Hören Sie.» Er versuchte, den aufsteigenden Ärger aus seiner Stimme zu bannen. «Ich achte das Eigentum anderer. In meinem ganzen Leben habe ich noch nichts gestohlen, und ich werde ganz sicher nicht mit einem Tiger anfangen.»

«Sie wollten ihn ja auch nicht stehlen, sondern retten.» Der Polizist schmunzelte gutmütig. «Das ist ein Unterschied. Ich hab da Verständnis, wirklich. Meine Frau und ich spenden jedes Jahr 'ne schöne Summe für den Tierschutz.» Er schaute ihn an, als erwartete er ein Dankeschön.

Henry ließ stöhnend den Kopf in die Hände sinken.

Ein Klopfen an der Tür ließ ihn den Blick heben. Ein zweiter Beamter winkte den vernehmenden Polizist zu sich heraus. Die beiden Männer besprachen sich im Flüsterton vor der angelehnten Tür. Henry überlegte, ob jetzt der Zeitpunkt gekommen war, einen Anwalt zu kontaktieren. Einen Augenblick später kam der Polizist mit dem Herzen für Tiere wieder herein und strahlte ihn an. «Sie können gehen.»

«Einfach so?»

«Ich brauche nur Ihre Unterschrift unter dem Protokoll.»

Henry unterschrieb.

«Das Hemd müssten Sie uns in den nächsten Tagen wieder zurückbringen.»

«Gewaschen und gebügelt», entgegnete Henry und ging.

Vor der Polizeiwache wartete Rosalie auf ihn. Rauchend lehnte sie am Treppengeländer und hielt ihr Gesicht in die kraftvoll hinter Wolken hervorbrechende Sonne, als stünde sie auf einer Strandpromenade und nicht am Rand einer stark befahrenen Innenstadtstraße. Er musste wohl sehr überrascht gucken, denn sie gab gleich eine Erklärung ab. «Ich wollte sicher sein, dass die Sie auch wirklich gehen lassen.»

Er begriff. «Sie haben eine Zeugenaussage gemacht. Danke schön.» Mehr fiel ihm nicht ein. Er fühlte sich plötzlich in Rosalies Gegenwart befangen und wusste nicht, wieso.

«Gern geschehen.» Sie lächelte ihn an. Diesmal kein Helios im Feuerwagen. Es war ein zurückhaltendes Lächeln, fast schüchtern.

Ein Moment des Schweigens machte sich breit. Sein Vater pflegte in solchen Momenten immer zu sagen: *Ein Engel fliegt durchs Zimmer*. Bloß waren sie gar nicht in einem Zimmer, und an Engel glaubte Henry sowieso nicht. Kurz schoss ihm durch den Kopf, dass Rosalie ein Engel war. Sie hatte ihn immerhin aus einer ziemlich unangenehmen Situation befreit.

«Tolles Hemd.»

«Was?» Er schaute an sich hinunter. «Ach das, ja.» Plötzlich fiel ihm die Raskolnikowa ein. Seine Erinnerungsbilder zeigten sie ihm halb nackt und zitternd auf dem Campus. «Ist Tatjana auch hier?»

«Sie war hier.»

«Geht es ihr gut?»

«Ich nehme es an.» Er nahm eine Verstimmtheit in Rosalies Ton war. Was immer zwischen diesen beiden Frauen stand, er wurde nicht schlau daraus.

«Vermutlich hat sie ebenfalls eine Zeugenaussage gemacht.»

«Vermutlich.»

«Ich sollte sie anrufen und mich auch bei ihr bedanken.»

«Hm.» Rosalies Einsilbigkeit irritierte ihn.

Und da flog er wieder, der Engel. Er flog lange und still. Henry wollte irgendetwas sagen. Er räusperte sich: «Sah sie denn nicht sehr mitgenommen aus? Immerhin hat der Tiger sie angefallen.»

«Verletzt ist sie jedenfalls nicht.»

«Zum Glück, ja. Aber bestimmt hat sie einen furchtbaren Schock. Sie ist doch noch so jung, das arme Mädchen. Sie hätte beim Bücherräumen gar nicht dabei sein sollen.»

Rosalie funkelte ihn an. Das schüchterne Lächeln war verflogen, genau wie der zarte Engel des Schweigens.

«Das *arme Mädchen*? Welches arme Mädchen? Auch wenn Ihr niedlicher Schützling die dreißig noch nicht überschritten hat, ein Teenager ist die auch nicht mehr. Und es geht ihr gut, verdammt gut. Sie sah blendend aus in ihrer schicken Polizeihose. Am besten gehen Sie gleich zu ihr und probieren aus, wie Hemd und Hose zusammenpassen.»

«Was?» Er verstand überhaupt nichts.

«Nichts. Vergessen Sie's einfach.» Rosalie machte auf dem Absatz kehrt.

Irritiert blieb sein Blick an den wippenden kastanienbraunen

Girlanden auf ihrem Kopf hängen. War sie etwa eifersüchtig? Henry musste lachen. Nein. Was für ein dummer Gedanke!

«Das ist gar kein dummer Gedanke.» Caro stellte ihren Whiskey Sour auf dem Bartresen ab und schaute Henry mit großen, ernsten Augen an. «Ist doch gut möglich, dass sie sich in dich verliebt hat.»

«Du scherzt.»

Er bestellte sich ein zweites Guinness, und der Barkeeper schob es ihm fast sofort über die blankpolierte Fläche. Es war noch früh am Abend und der Pub noch angenehm leer.

«Rosalie kann mich nicht ausstehen. Und falls sie es je konnte, dann ganz sicher nicht mehr, seit ich es gewagt habe, die Van-Sanders-Bücher in einem Kellerraum zwischenzulagern. Du hättest ihre Blicke sehen sollen.»

«Die Frau brennt eben für ihre Arbeit. Genau wie du übrigens.» Caro nahm noch einen Schluck von ihrem Whiskey Sour und fing plötzlich zu kichern an. Am Alkohol konnte es nicht liegen. Caro trank jeden Burschenschaftler unter den Tisch.

Henry hob eine Augenbraue und wartete ab.

«Es ist wie früher in der Schule», kicherte sie. «Die schärfsten Mädels reißen sich um dich, und du kriegst nix mit.»

«Weil es mich nicht interessiert.»

«Nein, überhaupt nicht. Du wolltest nur mal eben Indiana Jones spielen.» Caro setzte ihre allwissend-ironische Miene auf.

«Ich habe nichts gespielt. Das war … Instinkt … Überlebenswille, was weiß ich.» Henry spürte deutlich die Ratlosigkeit, die unter seiner Empörung lag.

«Ja, der Instinkt, schöne Frauen zu beeindrucken. Aber mal im Ernst: Was hast du dir dabei gedacht? Ich könnte jetzt auch an einem Krankenbett auf der Intensivstation stehen und deinen letzten Atemzügen lauschen.» Alle Ironie war aus Caros Blick verflogen.

Henry konnte nur die Schultern heben und wieder fallen lassen. Er wusste nicht, was er sich gedacht hatte. Patrizia hatte ihn genau das Gleiche gefragt. Auch ihr war er die Antwort schuldig geblieben.

KAPITEL 17

Rosalie lag ausgestreckt auf den indischen Kissen, die zusammen mit dem goldenen Elefantenmann und dem Rest von Stellas Behandlungsraum eine neue Heimat in ihrer WG gefunden hatten. Mit ruhigen Bewegungen bearbeitete Stella ihren Rücken. Die Massage war traumhaft wie immer. Doch die Entspannung wollte sich nicht recht einstellen. Das warme, leichte Gefühl von Frieden und Erlösung verweigerte sich. Jedes Mal, wenn Rosalie einen Zipfel davon zu fassen bekam, entglitt er ihr gleich wieder, und ihre Gedanken wanderten sofort zu den Ereignissen des gestrigen Tages: dem Tiger, Henry, der Russin und dem Wunsch … diesem verfluchten Wunsch. Sie wollte sich nicht mehr darüber den Kopf zermartern. Die ganze Nacht über hatte er ihr im Nacken gesessen. Gebracht hatte es ihr nur Kopfschmerzen, und nicht ein einziger vernünftiger Gedanke war dabei herausgesprungen. Nichts, das ihr hätte erklären können, warum ein Tiger herbeigesprungen kam, wenn sie sich einen Tiger wünschte.

«Lass mal locker.» Stella klopfte ihr sanft auf die Schultern.

«Mach ich doch.»

«Nein, du ziehst sie hoch.»

Stimmt. Denn da saß ja der verdammte Tiger. Rosalie versuchte, ihn abzuschütteln und sich auf die Behandlung zu konzentrieren. War wahrscheinlich doch alles nur ein blöder Zufall gewesen. Sie atmete tief durch, so wie Stella es ihr beim Atemtraining gezeigt hatte. Endlich wurde sie ein bisschen ruhiger.

Sie bemerkte den Duft von Sandelholz und Frangipani-Blüten, der die Luft ebenso exotisch erfüllte wie die zitternden Klänge einer indischen Sitar. Letztere fand Rosalie gewöhnungsbedürftig.

«Vielleicht könntest du das nächste Mal eine andere Musik auflegen? Mozart wäre schön.»

«Das ist hier aber kein Wunschkonzert.» Stella unterbrach ihre Massage.

Rosalie fühlte Stellas Finger auf ihrem Rücken ruhen. «Meinetwegen auch Delfingesänge oder afrikanische Trommeln. Aber diese Katzenmusik … Aua!» Einer der Finger bohrte sich dolchartig unter ihr Schulterblatt.

«Spürst du das?»

«Verdammt, Stella, ja. Hör auf!» Die Stelle war einer ihrer bösen Punkte. Stella kannte sie alle und konnte sie beliebig foltern.

Doch glücklicherweise sah sie davon ab und massierte weiter. «Ich wollte dich nur daran erinnern, dass dies eine schamanische Heilbehandlung ist. Du bekommst, was du brauchst.»

«Ich brauche Katzenmusik?»

Stella antwortete nicht. Sie beendete die Massage mit den üblichen Ausstreichbewegungen, umwedelte Rosalie mit wohlduftendem Rauch und sprach ihr Sanskritgebet am kleinen Altar. Dann setzte sie sich neben ihr auf die Kissen und runzelte die Stirn so kräftig, dass ihr hübsches Bindi zu einem schiefen Fragezeichen verrutschte.

Sofort bekam Rosalie ein schlechtes Gewissen. «Sei mir nicht böse. Die ganze esoterische Seite an der Sache liegt mir eben nicht so.»

«Aber du musst zugeben, dass es dir besser geht, seit ich dich behandle.»

Rosalie drehte den Kopf vorsichtig einmal nach rechts und dann nach links. «Die Verspannungen sind weg.»

«Und?» Stella blickte sie erwartungsvoll an.

«Und was?»

In Stellas wasserblauen Augen blitzte es ungeduldig. «Und dein ewiger Konflikt mit dem Geld hat sich aufgelöst.»

«Ja, aber nur, weil wir uns die Miete teilen und du bei jedem Einkauf wie ein Wachhund aufpasst, dass ich nichts Unnötiges zur Kasse trage. Das hat ja wohl nichts mit Magie zu tun. Ist eher praktische Lebenshilfe.» Und weiß Gott, sie war Stella wirklich dankbar. Aber dafür waren andere Probleme aufgetreten. Der Tiger zum Beispiel.

«Man kann das nicht voneinander trennen. Leben, Magie – alles ist eins», philosophierte Stella.

Ihre gelassene Selbstgewissheit ärgerte Rosalie. Sie stand auf, holte ihr Handy, öffnete eine Seite mit Online-News und hielt sie Stella unter die Nase. «Und was ist damit?»

Zu sehen war ein Foto von Dr. Dr. Henry Domros, der mit nacktem Oberkörper hinter einem Tiger herrannte. «Universitätsprofessor befreit Tiger», war in der Bildunterschrift zu lesen.

«Leck mich am Ärmel», rief Stella in ehrlichem hessischem Erstaunen. «*Der* sieht aber gut aus!»

«Tja, dagegen sind deine Räucherstäbchen machtlos.» Rosalie ließ sich wieder in die Kissen plumpsen. Schon der kurze Blick auf das Foto rührte das ganze Durcheinander an Gefühlen wieder auf, das sie seit gestern durchlitt: die verblüffend heftigen Gefühle für Henry, die nicht weniger heftige Wut auf ihn, die Eifersucht auf *seine* Raskolnikowa, die Wut auf sich selbst. Ja, vor allem die. Diese ohnmächtige Wut darüber, dass sie sich nicht im Griff hatte. Und, nicht zu vergessen, die bohrende Frage, warum seit neuestem ihre Wünsche wahr wurden.

«Ich muss doch ballaballa sein», sagte sie laut. «Ich meine, ich habe eine Liste mit über zehn Punkten, die gegen ihn sprechen. Und ich füge noch einen hinzu: Männer mit so einem Oberkörper verbringen ihre Freizeit nicht kuschelnd auf der Couch.»

«Och, ich weiß nicht», erwiderte Stella. «Er sieht mir aus wie einer, der vielseitig interessiert ist.»

Tolle Unterstützung! Rosalie warf ihrer Freundin einen bösen Blick zu.

Stella grinste, ließ ihre Armbänder klimpern und sprang auf. «Komm, ich mach dir erst mal einen schönen starken Kaffee. Das kräftigt deinen Herzmuskel.»

In der Küche wartete ein neuer, irrsinnig teurer Kaffeevollautomat auf sie. Mit dem guten Stück hätten sie ohne weiteres eine *Starbucks*-Filiale eröffnen können. Sein Chromglanz verlieh ihrer zusammengewürfelten Einrichtung einen edlen Touch. Die Möbel wirkten mit einem Mal retro und nicht einfach nur alt und schäbig. Stella hatte das Gerät von ihrer Mutter abgestaubt, die alle paar Jahre «aus entsetzlicher Langeweile», wie Stella behauptete, ihr Haus komplett neu einrichtete und dabei auch gleich alle Elektrogeräte austauschte. Als vor ein paar Tagen ein Chauffeur und ein weiterer Hausangestellter die ausgemusterte Maschine vorbeibrachten, wurde Rosalie klar, dass Stella nie Probleme mit Geld haben würde.

«Stimmt genau», hatte Stella bestätigt. Sie müsse nur BWL studieren, bei ihrem Vater zu Kreuze kriechen, und schon sei sie die Kronprinzessin seiner milliardenschweren Privatbank. Aber Stella hatte keine Lust auf «diesen kapitalistischen Scheiß».

Die rebellische Bankierstochter stellte Rosalie einen perfekten Cappuccino in einer gesprungenen IKEA-Tasse auf den Tisch. Sofort kam Käpt'n Kiwi angeflattert und nippte am Milchschaum. Rosalie musste zugeben, dass sie den Vogel immer lieber mochte. Sein Milchbart war zum Knutschen.

Mit einem doppelten Espresso setzte sich Stella dazu. «Bist du dir sicher, dass du dich in Henry nur verliebt hast, weil er vergeben ist?»

«Warum denn sonst? Weil er wie mein Teenie-Idol aussieht?

Das ist doch Käse. Ich bin keine vierzehn mehr.» Sie kraulte Käpt'n Kiwi unterm Schnabel. Zufrieden schloss er die Augen. «Und außerdem streiten wir ständig.» Rosalie seufzte. «Ich glaube wirklich, wir haben überhaupt nichts gemeinsam.»

«Die Bücher.»

«Pff! Wenn das alles ist, kann ich mich ebenso gut in den Buchhändler von nebenan verlieben.» Rosalie wünschte beinahe, es wäre so. Der Mann war zwar schon an die siebzig und ziemlich verknittert, dafür aber «taufrisch geschieden», wie er ihr spitzbübisch verkündet hatte.

Stella ließ nicht locker. «Du weißt also wirklich nicht, warum du dich zu *Doktor-Doktor Schräg und Sexy* hingezogen fühlst?»

Rosalie schüttelte den Kopf, derweil Käpt'n Kiwi sich einmischte und erstaunlich fehlerfrei die Wörter *Doktor-Doktor Schräg und Sexy* hervorstieß. Der Vogel war ein Sprachgenie. Rosalie schenkte ihm ein Lächeln.

Stella beharrte: «Und es liegt nicht etwa daran, dass er schräg und sexy ist?» Schnell schob sie hinterher: «Ich meine, schräg ist ungewöhnlich, einzigartig, was Besonderes, und sexy ist immer gut, oder?»

«Selbst wenn es so wäre», entgegnete Rosalie. «Er ist verheiratet!» Am liebsten hätte sie es in Großbuchstaben an die Pinnwand genagelt.

«Hast du seine Frau schon mal gesehen?»

«Stella, was soll das Verhör? Ich dachte, du hilfst mir?»

«Das versuch ich ja gerade. Was, wenn er seine Frau erfindet?»

«Bitte?»

«Könnte doch sein. Bei seinem Charakter …»

«So schräg ist er auch wieder nicht.»

«Schrä-häg Doktor-Doktor Schrä-häg», frohlockte der Papagei.

Rosalie fand das gar nicht mehr komisch und schnickte etwas

Milchschaum gegen Käpt'n Kiwi. Keine erfolgversprechende Erziehungsmaßnahme – er leckte sich den Schnabel. Auf einmal war sie vollkommen niedergeschlagen. Erinnerungen an frühere Liebesgeschichten wanderten durch ihren Kopf. Liebesgeschichten, die alle daran gescheitert waren, dass es eine andere Frau gab. Eine, die zuerst da gewesen war. Schon ihre erste unschuldige Teenagerromanze hatte diesen Makel: Ein halbes Jahr lang hatte sie mit Laurent, einem französischen Austauschschüler, herumgeknutscht, Händchen gehalten und Stehblues getanzt, bis sie herausfand, dass er schmachtende Liebesbriefe in seine Heimatstadt schickte, wo eine gewisse Sandrine auf ihn wartete. Damals schwor sich Rosalie, niemals mehr ein Wort Französisch zu sprechen – keine gute Entscheidung auf einer Schule, in der Französisch Prüfungsfach war. Rosalie schüttelte über sich selbst den Kopf. Sie hatte sich tatsächlich kein einziges Mal in einen Mann verliebt, der nicht bereits einer anderen gehörte.

«Ich bin diejenige», sagte sie und tippte sich gegen die Stirn, «die nicht alle Tassen im Schrank hat. Du hast es selbst gesagt: Ich wünsch mir die falschen Dinge. Dinge, die ich gar nicht brauchen kann, wie diese sündhaft teuren, völlig unbequemen Sommerstiefeletten.»

Stella folgte ihrem Blick hinüber zum Küchenregal. «Als Stütze für die Kochbücher machen sie sich wirklich gut.»

«Ich bin beziehungsunfähig.» Eine unumstößliche Tatsache. So war das eben. Ende der Geschichte. Kein Happy End für Rosalie.

«Nein.» Stella nahm ihre Hand und drückte sie. «Bist du nicht. Nur ein bisschen beziehungsgeschädigt. Wir müssen geduldig an deinem Herzchakra arbeiten. Trägst du den Stein immer bei dir?»

«Ja», sagte Rosalie mit einer Grabesstimme, die sie selbst überraschte. Sie überlegte, ob sie Stella erzählen sollte, dass es da etwas gab, das ihr offen gestanden ziemliche Angst einjagte. Es war ihr peinlich. Ausgerechnet ihr, die jeden Hokuspokus belächelte. Doch dann gab sie sich einen Ruck.

«Ich glaube, da ist noch eine Sache, die mit mir nicht stimmt.» Zögernd berichtete sie, was sie Stella bisher verschwiegen hatte. Dass nämlich der Tiger aufgetaucht war, kurz nachdem sie sich einen Tiger herbeigewünscht hatte. *Soll der Tiger mit der Russin tanzen, bis ihr die Luft ausgeht!* Sie erinnerte sich noch sehr genau an die Worte, die plötzlich ihre Gedanken durchkreuzt hatten. Zwar hatte sie mit *Tiger* ursprünglich einen wildtanzenden Henry gemeint, aber dann vor ihrem inneren Auge einen echten Tiger gesehen, der die Russin in tödlicher Umarmung unter sich begrub. Dabei hatte sie die ganze Zeit den Rosenquarz fest in der Hand gehalten. Jetzt, wo sie es endlich jemandem erzählte, wurde ihr die Sache noch unheimlicher.

«Das ist doch verrückt.» Rosalie spürte, wie sich Gänsehaut auf ihren Armen ausbreitete. «Ich kann mir völlig unmögliche Dinge herbeiwünschen. Sogar für andere Menschen.»

«Das war Zufall», unterbrach Stella sie energisch. «Du liebe Güte, Rosalie, was war denn in deinem Kaffee? Meine Mutter hat wohl ein paar ihrer lustigen Psycho-Pillen im Kaffeesieb versteckt. Glaub mir, der Rosenquarz zaubert dir keine Bestien herbei, genauso wenig, wie er Kies in Geld verwandelt.»

Ungerührt berichtete Rosalie davon, wie sie vor Henry an der Van-Sanders-Villa angekommen war, obwohl sie zu Fuß unterwegs gewesen und er mit dem Taxi gefahren war – alles nur, weil sie es sich gewünscht hatte. Und sie erzählte von dem Wunsch, den sie Henry mit auf die Vernissage gegeben hatte, dass er einfach mal richtig viel Spaß haben sollte. «Und dann tanzt er die ganze Nacht durch. Normalerweise kriegt der Panikattacken, wenn er einen Club nur von weitem sieht!»

Stella schüttelte den Kopf. «Das ist Quatsch. So funktioniert das nicht.»

«Aber du hast doch gesagt, der Stein erfüllt Wünsche. Hast du doch?»

«Ja, aber nicht so! Mehr im Sinne von: Dein Leben wird auf Kurs gebracht. Ich bin keine Zauberin, und der Rosenquarz ist kein Zauberstein. Alles, was ich mit meinen Behandlungen erreichen kann, ist, dein Leben wieder in Balance zu bringen. Ich kann dir helfen, dein Inneres besser zu fühlen, damit du bessere Entscheidungen treffen kannst. Der Stein stärkt deine Intuition. Nicht mehr und nicht weniger.» Stella schaute sie aus ernsten Augen an. Ganz offensichtlich war sie um ihre geistige Gesundheit besorgt. Und das verfehlte seine Wirkung nicht.

«Ich bin wohl eine Idiotin.» So ernüchternd die Erkenntnis auch war, Rosalie war wirklich erleichtert darüber. Lieber ein Volltrottel als eine verfluchte Hexe. «Oh Mann.» Sie lachte auf.

«Für jemanden, der mich nur für eine bessere Masseurin hält, bist du ganz schön auf den Harry-Potter-Trip gekommen.» Auch Stella lachte jetzt herzhaft. «Entschuldige», gackerte sie, «wer den Schaden hat …»

«Es liegt an Henry. Der Mann macht mich total wahnsinnig.»

Wie sonst sollte sie sich erklären, dass sie einen Tag und eine Nacht lang an die Magie eines Steins geglaubt hatte. Beschämt erinnerte sie sich daran, wie sie während ihrer schlaflosen Stunden den Rosenquarz in den Schein ihrer Nachttischlampe gehalten und ihn um einen Gefallen für ihren Vater gebeten hatte: Ronnie sollte endlich ein Rendezvous mit der Frau bekommen, die er schon so lange heimlich anbetete, eine Apothekerin, der er seit Wochen beinahe täglich Medikamente abkaufte, die er nicht brauchte. Er sollte sie erobern wie einer der Helden aus seinen Lieblingsfilmen. Rosalie hatte diesen Wunsch immer wieder ausgesprochen, den Rosenquarz gedrückt und ihn sogar geküsst. Es war ihr so wichtig gewesen, weil sie nach dem Tiger-Desaster den Tag unbedingt mit einem guten Wunsch beenden wollte, einem Wunsch, der nicht aus dem Dunkel ihrer Abgründe emporgestiegen war, sondern aus der warmen Kraft ihres Herzens. Wenn sie schon eine Hexe war, dann eine gute. So hatte sie gedacht gestern Nacht und heute Morgen – ja, vor zwei Minuten noch. Peinlich. Stella wollte sie das lieber nicht erzählen. Dabei war *sie* doch die Esoterik-Tante.

«Was mach ich denn nun mit dem Doktor-Doktor?»

«Geh ihm aus dem Weg.»

«Doktor-Doktor Schrä-häg, geh ihm aus dem Wä-häg!», kreischte Käpt'n Kiwi.

KAPITEL 18

Henry liebte diese stillen Sonntagmorgenstunden nach dem Frühstück. Wie wichtig sie ihm waren, wurde ihm gerade jetzt, nach den Turbulenzen der letzten Tage, bewusst. In der Regel saß er wie heute im Arbeitszimmer im ersten Stock seines Hauses und widmete sich seiner Forschung. Patrizia saß dann meist ein Stockwerk tiefer, ebenfalls in ihrem Arbeitszimmer, und bereitete den nächsten Übernahmecoup vor. Seine Frau war eine kühle und kluge Kriegerin auf dem Schlachtfeld des internationalen Turbokapitalismus – Unternehmen zu zerschlagen und die profitablen Filetstückchen ihren Auftraggebern auf dem Silbertablett zu servieren war ihre Spezialität. *Die Pest der Postmoderne*, so nannte Caro die Consulting-Branche, und bestimmt hatte sie mit ihrer Kritik an dem Berufsstand recht. Doch Henry konnte nicht anders, als seine Frau für ihre kühne Arbeit zu bewundern. Für ihn war sie eine Pallas Athene, die mit Geschick und Verstand ihre Feldzüge gegen mächtige Gegner führte.

Henry lehnte sich in dem großen alten Sessel zurück, den seine Frau nur «das Scheusal» nannte, weil er nicht zum Rest des von ihr sorgfältig eingerichteten Hauses passte, und schaute auf die Bahnhofsuhr über der Tür. Sie war eines der wenigen Flohmarktstücke, die er aus seinen Studententagen in die Ehe hatte retten können. Für die zwölf Quadratmeter seines Arbeitszimmers war sie eigentlich zu wuchtig. Er hätte sie gerne in die Küche gehängt, aber das widersprach Patrizias Stilempfinden. Ihn störte es nicht, dass sich die meisten seiner Sachen auf diesen zwölf Quadratmetern drängten. Er fand es gemütlich.

Zutiefst entspannt verfolgte er den roten Sekundenzeiger der großen Uhr, nippte an seinem grünen Tee und horchte in die Stille des Hauses. Erinnerungen drängten sich auf: Die Sonntage seiner Kindheit waren selten so friedlich gewesen. Meistens stritten seine Eltern. Türen schlugen, Teller zerbrachen, Tränen flossen. Seine Mutter war die Königin dieser häuslichen Dramen. Sie beherrschte und inszenierte sie. Virtuos wechselte sie zwischen hundert verschiedenen Rollen, während sein Vater im Laufe der Jahre immer mehr vom Mitspieler zum Zuschauer wurde. Und war es doch einmal still, dann war es eine bedrohliche Stille, hinter der das nächste Drama bereits anrollte.

Hier in seinem Zuhause mit Patrizia würde es keine Szenen geben. Unvorstellbar, dass seine Frau mit einer Selbstmorddrohung ins Arbeitszimmer stürzen oder sich heulend über seinen Schreibtisch werfen könnte, laut schreiend: *Du liebst mich nicht!* Seinem Vater war irgendwann nichts anderes übrig geblieben, als die Vorbereitungen für den Latein- und Griechischunterricht in die Stadtbibliothek zu verlegen.

Henry musste an das Frühstück gestern Morgen denken. Die Samstagszeitung mit seinem Foto hatte auf dem Esstisch neben den Brötchen gelegen. Als Patrizia das Foto sah, sagte sie nur: «Typisch für dieses dämliche Lokalblatt. Wir sollten endlich das Abo kündigen.» Kein weiteres Wort mehr über die peinliche Angelegenheit. Patrizia wusste, wann es besser war zu schweigen.

Henry wischte die Erinnerung an Tiger und Co. – das Co. stand für Rosalie und seine eigene Schnapsidee, sie zu retten – beiseite, nahm noch einen Schluck Tee, stellte den Rest in sicherer Entfernung von den wertvollen Büchern ab und machte sich wieder an die Arbeit. Die Van-Sanders-Bibliothek war ein noch größerer Schatz, als er zu hoffen gewagt hatte. Tatsächlich entstammten die Bücher ausnahmslos der Bibliothek des untergegangenen thüringischen Klosters Sankt Michael. Er hatte sich nicht geirrt. Und der Beweis dafür lag vor ihm auf dem Schreibtisch: ein dickes, in Rindsleder gebundenes Bücherverzeichnis, das ein Mönch vor gut zwölfhundert Jahren angelegt und mit dem Siegel des Klosters versehen hatte.

Der Mönch musste ein erstaunlich vorausschauender Gelehrter gewesen sein. Mit einem für seine Zeit ungewöhnlichen Sinn für Systematik führte er nicht nur auf, wann welches Buch in die Klosterbibliothek gekommen und an welchem Platz es zu finden war. Er nannte auch den Namen des Skriptors, der es vom Original kopiert hatte. Darüber hinaus hatte er eine kurze Übersicht zum Inhalt eines jeden Werkes angefügt und einen kritischen Kommentar verfasst. Man hätte es heute kaum besser machen können. Nur leider benutzte der gute Mann eine extrem kursive Minuskelschrift, die viele Buchstaben annähernd gleich aussehen ließ. Man brauchte schon ein sehr gut geschultes Auge, um die feinen Unterschiede zu erkennen. Schlimmer noch war die Unmenge an Abkürzungen, die der mittelalterliche Schreiber gebrauchte. Einige dieser Abbreviaturen wichen völlig von der gängigen Praxis ab und konnten alles Mögliche bedeuten.

Eine so harte Nuss hatte Henry schon lange nicht mehr zu knacken gehabt. Und er liebte es! Vorsichtig legte er eine durchsichtige Schutzfolie über die kostbaren Pergamentseiten des Bücherverzeichnisses, damit der Ausstoß seiner Atemluft sowie Schweiß und Fett seiner Finger die uralte Tintenschrift nicht beschädigen konnten. Dann versuchte er erneut, die Stelle zu entziffern, die ihm seit dem Morgen Rätsel aufgab.

Ein Buch wurde hier beschrieben, das vor mehr als einem Jahrtausend in Sankt Michaels Bibliotheksregalen am Standort *VX–I* zu finden gewesen war. Welchen Inhalt es hatte, daraus wurde Henry nicht recht schlau. Auch der Titel und der Name des

Autors waren schwer zu deuten. Die Minuskeln ließen mehrere Varianten zu. Während Henry die Lupe über die Handschrift wandern ließ, wurde er das eigentümliche Gefühl nicht los, dass sich hinter dieser lateinischen Buchstabenwand ein wichtiges Geheimnis verbarg. Irgendetwas hier war ihm sonderbar vertraut, lockte, rief ihn. Er kam nur noch nicht darauf.

Henry kniff ein paarmal die Augen zusammen, um sie zu entspannen. Dann versuchte er es ohne Lupe, mit halbverschattetem Blick und blinzelnden Augen. *Wer zu stark fokussiert, sieht gar nichts mehr*, sagte sein Doktorvater immer. Henry streifte den Text mit einem Blinzelblick, und das Gefühl, an etwas erinnert zu werden, wurde stärker. Ein durchdringender Ton ließ ihn zusammenfahren. Der Ton, ein asiatischer Gong, der aus seiner Smartwatch kam, erschallte ein zweites Mal. Patrizia. Das Bogenschießen. Er musste sich umziehen. Widerwillig legte Henry die Smartwatch ab – Patrizia fand, dass Zen und Technik nicht zusammengingen – und stand vom Schreibtisch auf. Er war so verflixt nah dran, das wusste er.

Drei Minuten später stand er im schwarzen Kyudo-Kimono im Garten und spannte den asiatischen Bambusbogen. Der kurzgeschnittene Rasen fühlte sich unter seinen nackten Füßen weich an. Die Spatzen zwitscherten in den Lorbeerbüschen. Er konzentrierte sich.

«Warte.» Patrizia trat auf ihn zu.

Er ließ den Bogen sinken, spürte, wie sie nach seinem Gürtel griff und ihn aufknotete.

«Jetzt? Im Garten?» Die Sträucher waren zwar blickdicht. Doch war es nicht ein bisschen frisch für Sex im Freien? «Was ist mit deiner Blasenentzündung?»

Ein verblüffter Blick war die Antwort, und ein Kopfschütteln. «Dein Kimono. Du hast ihn auf links an.»

«Oh.» Er musste lächeln.

Doch Patrizias Blick blieb ernst, als sie ihm den Kimono auszog. «Konzentration, bitte.» Sie sah sehr majestätisch aus in dem langen schwarzen Bogenschützengewand.

Henry musste an ihre erste gemeinsame Trainingsstunde denken. Er war noch Student gewesen, und ihm war klargeworden, dass stundenlanges gebeugtes Sitzen und stirnrunzelndes Entziffern kryptischer Handschriften ihm früher oder später Augen- und Rückenleiden einbringen würden, falls er nicht für einen gesunden Ausgleich sorgte. Er beschloss, Zen-Bogenschießen zu lernen – und da war Patrizia. Sie war seine Trainerin. Die Strenge und Reinheit der Zen-Lehre hatten ihn von der ersten Sekunde an fasziniert, genau wie Patrizia.

Der Gürtel saß wieder fest. Henry ermahnte sich zu einer Atemübung. Diszipliniert ließ er das Qi strömen, von den Füßen über alle Meridiane bis hinauf zum Kopf und wieder zurück. Er wartete, bis das Strömen ein ruhiger Fluss wurde, der seine Arme anhob und seinen Blick vertiefte. Jetzt erst spannte er den Bogen, zielte – und da war es plötzlich wieder, das eigentümliche Gefühl, dieses Jagdfieber, das ihm sagte: *Du bist kurz davor, die Lösung zu finden.* Die lateinischen Minuskeln tauchten vor seinen Augen auf, schoben sich dicht an dicht vor die Zielscheibe, gerade als er den Pfeil losschoss.

«Wo bist du mit deinen Gedanken, Henry?»

Sein Pfeil hatte nicht einmal die Zielscheibe getroffen. Es war ihm völlig egal. Er spürte dem Gefühl in sich nach, schob vor seinem geistigen Auge Buchstaben hin und her, tauschte sie aus wie beim Scrabble.

Patrizia schoss ihren Pfeil exakt ins Zentrum des gelben Zielpunktes. «Gibst du mir keine Antwort?», fragte sie und drehte sich zu ihm um.

Henry spannte erneut den Bogen, nicht, um die Scheibe zu treffen. Sein Ziel war der lateinische Text. Er musste ihn noch einmal so vor sich sehen wie eben beim ersten Schuss. Die Buchstaben waren ins Flirren geraten, genau wie der Pfeil. Etwas hatte sich verschoben, ergab plötzlich einen Sinn. Aber es war zu schnell wieder verwischt gewesen. Wenn er es jetzt wiederholte, hätte er sie, die Lösung. Henry atmete tief, übergab sich ganz dem Moment und ließ den Pfeil fliegen. Wohin der Pfeil traf, sah er nicht. Aber er sah eine Buchstabenfolge: drei Wörter – einen Namen.

Henry ließ den Bogen ins weiche Gras fallen und rannte los. Hinter sich hörte er Patrizia rufen: «Du musst mir nicht antworten! Ich weiß sowieso, an wen du die ganze Zeit denkst!»

Oben im Arbeitszimmer angekommen, studierte er im Stehen noch einmal die Textstelle. Es stimmte: Der Name des Autors konnte nicht anders lauten als *Balthasar von Dahlstein*. Das änderte alles. Henry erkannte seine eigenen Transkriptionsfehler jetzt mit einem Blick. Er hatte übersehen, dass der Schreiber des Bibliothekskatalogs für einige Buchstaben Doppelformen benutzte – einmal mit und einmal ohne Schnörkelschlaufen. Fiebernd und halblaut vor sich hin sprechend, buchstabierte er den Titel: «d-e a-s-t-r-o-n-o-m-i-a III».

Das fehlende Puzzleteil. Er kam ihm tatsächlich näher.

Umso unglaublicher, da sich vor einigen Tagen erwiesen hatte, dass Raskolnikowas Tipp leider eine Sackgasse war. Der Sammler aus Mainz hatte keinen Dahlstein vorzuweisen gehabt. Henry war über die Maßen frustriert gewesen, nachdem er einen ganzen Tag darauf verschwendet hatte, im staubigen Keller eines Vorstadtreihenhauses unzulänglich gelagerte und schlecht archivierte Kodizes durchzusehen. Aber hier, im Bücherverzeichnis des Klosters Sankt Michael, ging es tatsächlich um Dahlsteins dritten Band. Und wenn die Klosterbibliothek vollständig erhalten war, was Henry inständig hoffte, dann war das Buch bereits in der Uni. Neben den anderen Büchern der Van-Sanders-Stiftung musste es in einer der schwarzen Ebenholzvitrinen stehen. Sie hatten es bis jetzt noch nicht geschafft, alles fachgerecht zu registrieren. Es konnte also wirklich sein. Wenn in diesem dritten Band stand, was Henry vermutete, dann war das eine Sensation.

Henry rannte nach unten und schnappte sich den Autoschlüssel.

«Wo willst du hin?» Patrizia stand in der Tür zum Wohnzimmer.

«Ich muss weg.» Er war wie der Pfeil, den der Bogen freigab. Sein ganzes Sein war auf das Ziel gerichtet.

«Bist du um sieben zurück? Du musst die Ente tranchieren.»

Er war schon durch die Haustür.

Sie rief ihm nach: «Ich fahre morgen nach Peking, und wir haben noch nichts beredet.»

Er saß schon im Auto.

«Henry!» Ein flehentlicher Unterton, den er von seiner Frau nicht kannte, ließ ihn aufsehen.

Patrizia riss die Fahrertür auf: «Sie ist es nicht wert!»

Henry verstand nicht, was sie meinte. Und das war im Moment auch ziemlich egal. Er musste zur Uni, zur Van-Sanders-Bibliothek. Er musste Dahlsteins dritten Band über Astronomie finden. Schnell schlug er die Autotür zu und zündete. Da ragte Patrizia vor ihm auf, direkt vor der Kühlerhaube. Kreidebleich hob sich ihr Gesicht vom schimmernden Schwarz ihres Kampfgewandes ab. Wie eine düstere Schicksalsgöttin, dachte Henry in einem Moment – und im nächsten: Sie wird sich doch nicht auf die Wagenhaube werfen und schreien und toben?

Sie ist es nicht wert! Von wem, um Himmels willen, hatte Patrizia da gesprochen? Ging es etwa wieder um die Raskolnikowa? Das hatten sie doch ausreichend geklärt. Verdutzt blickte er in die wütenden Augen seiner Frau, und noch ehe ihm richtig klarwurde, dass Patrizia ihm gerade eine Szene machte, sah er, wie sie ihren Bogen in die Höhe riss, den Körper nach hinten überstreckte und gen Himmel schoss. Wenn der Pfeil gleich herunterkam, würde er das Autodach durchstoßen.

Henry kuppelte hektisch. Der Rückwärtsgang hakte öfter mal. Als er ihn endlich fand, ließ er zum ersten Mal in seinem Leben Autoreifen quietschen.

KAPITEL 19

«Fran-gi-pa-ni.» Rosalie ließ das Wort auf ihrer Zunge zergehen, während sie den blütenschweren Duft einsog, den die Parfümessenz im Badewasser entfaltete. Einer der vielen Vorteile, mit Stella zusammenzuwohnen, waren die ungefähr hundert bunten Fläschchen und Tiegel mit ätherischen Ölen, Duftwässerchen und Balsamen, die sie großzügig zur Verfügung stellte. Ein Rausch für die Sinne, der einen Wirbel an Bildern und Gefühlen entfachte, wenn eine etwas zu große und vorwitzige Nase an jedem einmal schnupperte. Stella hatte mit ihr geschimpft. Jeder dieser Düfte sei eine Medizin. «Du gehst auch nicht in die Apotheke und nimmst von jeder Tablette eine.»

Frangipani also. Das hatte Stella ihr verordnet. Die exotische Blüte, die in Hawaii für den traditionellen Willkommensgruß zu Girlanden gebunden wurde, lindere tiefsitzenden seelischen Schmerz, hatte Stella gesagt. Dann hatte sie einen Viertelliter Sahne aus dem Kühlschrank genommen, einige Tropfen der Blütenessenz hineingeträufelt und die Mischung ins Badewasser gegossen. Wenigstens durfte Rosalie diesmal eine Musik ihrer Wahl hören. Aus dem alten CD-Player tönte Mozarts *Don Giovanni* – da war auch viel Schmerz drin.

Rosalie hielt den Atem an und tauchte in der milchigen Brühe unter. Wie das ihr Herz wieder fit für die Liebe machen sollte, war ihr zwar schleierhaft, aber der Sahnesud war angenehm cremig und würde wenigstens ihre Haut entknittern.

Als sie wieder auftauchte, hörte sie durch Donna Annas Arie hindurch, dass es an der Haustür klingelte. Wahrscheinlich war es Tommi, der Student, der gegenüber gerade eingezogen war (er hatte todesmutig die ehemalige Katzenpension gemietet). Mindestens einmal am Tag kam er zu ihnen hinüber, um sich irgendetwas auszuleihen, was seinem spartanischen Anfängerhaushalt fehlte – Wäscheklammern, Heftpflaster, so was in der Art. Meistens blieb er auf einen Kaffee und drei bis fünf Wurstbrote, die zweifellos der wahre Grund für seine Besuche waren.

Rosalie tauchte noch einmal unter und versuchte, die Luft, solange sie konnte, anzuhalten. Darin hatte sie einigen Ehrgeiz.

Gerade hatte sie bis fünfzig gezählt, als sie sich fast zu Tode erschrak: Eine Hand griff im Wasser nach ihr. Prustend schoss sie hoch, und da stand Stella.

«Verdammt, wolltest du mich umbringen?» Rosalie fühlte ihr Herz bis zum Hals schlagen.

«Ich hatte gerade den Eindruck, dass du das selbst erledigst. Weißt du, wie lange ich hier schon stehe?»

«Ich bin Sporttaucherin.»

«Echt?»

«Echt.»

Stella grinste, und Rosalie wusste sofort, dass es kein Grinsen wegen überraschender Hobbys war. «Du hast Besuch», sagte sie und grinste noch unverschämter. «Dein Chef.»

Genau genommen war Henry gar nicht ihr Chef, sondern nur der Mann, der sie ins Projekt geholt hatte. Aber das rechtfertigte vermutlich nicht eine Begrüßung in der Art von: «Was wollen Sie denn hier? Es ist Sonntag!» Es war ihr herausgerutscht, kaum dass sie Henry in ihrer Küche erblickt hatte.

Tatsächlich war sie empört. Doch nicht etwa darüber, dass sich die Arbeit ins Wochenende mischte. Auch nicht, weil sie beim Baden gestört wurde. Sie war schlicht und einfach empört darüber, Henry zu sehen. Henry, um den sie einen großen Bogen machen wollte. Empört war sie auch über den Freudenhüpfer, den irgendetwas in ihr vollführte. Falsch. Nicht irgendetwas, *alles* in ihr hüpfte.

Es war entsetzlich.

Und so stand sie nun zornig vor ihm, in ihrem alten Bademantel, barfuß und mit tropfnassen Haaren. Bloß keinen Aufwand für diesen Mann. Sein Aufzug war allerdings auch nicht besser: schwarzer Kimono über bodenlangem schwarzem Hosenrock. Er sah aus, als wäre er geradewegs vom Set eines Kung-Fu-Films hierherspaziert.

«Möchte jemand einen Kaffee?», fragte Stella.

Rosalie warf ihr nur einen Blick zu. Stella verstand sofort und verschwand in ihr Zimmer.

«Also», Rosalie versuchte, einen freundlicheren Ton anzuschlagen, «was gibt's?»

«Ich suche den *Dahlstein*. Er ist im Bücherverzeichnis des Klosters Sankt Michael aufgeführt, aber ich habe ihn in der Bibliothek nirgends finden können. Wenn er nicht verschollen ist, muss er bei Ihnen sein.» Henry rückte die Brille auf seiner Nase zurecht. Eine Geste, die sie schon oft bei ihm beobachtet hatte und die sie jedes Mal rührte. Ein großer Junge stand da vor ihr, der viel zu klug und viel zu ernst war für diese verrückte Welt. *Nein*, ermahnte sie sich, *du wirst ihm weder Keks noch Kaffee anbieten*. Sicherheitshalber verschränkte sie die Arme vor der Brust.

«*De Astronomia*, dritter Band?»

«Genau!» Henry bekam rosige Wangen. Auch das hatte Rosalie schon zwei-, dreimal bei ihm gesehen.

Wieder machte einfach alles in ihr einen Hüpfer. Armeverschränken half da wenig. Sie musste sich stärker wappnen. Am besten stellte sie sich vor, der schmierige Geröllheimer stünde vor ihr.

«Das Buch ist schwer beschädigt. Sie können es leider nicht mitnehmen.» Es lag unten in ihrer Werkstatt. Es war ein echter Notfallpatient, und so hatte sie es gleich als eines der ersten aus der Van-Sanders-Bibliothek unter ihre Fittiche genommen. Sein Zustand war immer noch kritisch.

«Nur für einen Tag. Es ist außerordentlich wichtig. Meine ganze Forschung hängt daran.»

«Unmöglich.»

«Ich werde ganz vorsichtig sein. Sie können mir vertrauen.»

Das sagen sie alle, dachte sie grimmig und schüttelte den Kopf.

«Ich bin Profi», flehte Henry. «Das ist nicht das erste beschädigte Buch in meinen Händen. Ich weiß, was ich tue.»

«Nein.»

Ein, zwei Sekunden lang blickten sie einander stumm in die Augen. Rosalie wurde bewusst, dass sie unter ihrem Bademantel völlig nackt war.

«Sie müssen es mir geben. Ich bestehe darauf!» Der niedliche kleine Junge klang ziemlich ungehalten.

«Ich sagte nein.» Wie konnte er denken, dass sie ihm einen todkranken Patienten auslieferte? «Tut mir leid. Wünsche einen schönen Sonntag.» Sie ließ Henry stehen. Wäre doch schade ums heiße Badewasser.

«Rosalie!» Er zog sie an der Schulter zurück. Ihr Bademantel verrutschte, seine Hand lag auf ihrer nackten Haut.

Irritiert drehte sie sich um. Die Hand blieb, wo sie war. Verblüfft bemerkte Rosalie, wie Henrys Augenfarbe von Grün zu Blau wechselte.

«Sie riechen gut», murmelte er.

Die Hand blieb liegen, fest und warm.

«Frangipani.»

Die Hand zog sich zurück.

«Entschuldigung», murmelte Henry. «Lassen Sie mich erklären, worum es geht.»

Rosalie zog den Gürtel des Bademantels fester.

«Es ist so.» Henrys Stimme wurde fast feierlich. «Ich bin sehr, sehr nah, verflixt nah, an einer grandiosen Sache dran. Das Buch, der *Dahlstein*, führt mich mit großer Wahrscheinlichkeit direkt zu Hypatia.»

«Pff. Ist mir völlig schnurz, wie die Frau heißt, die Sie damit beeindrucken wollen. Hypatia, Raskolnikowa oder die Königin von England. Ich rücke das Buch nicht raus.»

«Hypatia von Alexandria, die Philosophin und Mathematikerin.»

«Hören Sie nicht zu? Nicht mal für Elisabeth von Großbritannien.»

«Diese Dame ist mein Forschungsprojekt.»

«Die Queen?»

«Hypatia natürlich.»

Langsam fiel der Groschen. Es änderte allerdings überhaupt nichts.

«Wie lange forschen Sie denn schon an Ihrem Projekt?»

«Etwa zehn Jahre.» Henry blickt sie erwartungsvoll an.

«Dann wird eine Woche mehr oder weniger wohl kaum einen Unterschied machen.»

«Ist das Ihr letztes Wort?»

Rosalie nickte. Die Enttäuschung in Henrys Augen tat ihr weh. Aber selbst wenn er ihr auf der Stelle seine Liebe gestanden und amtlich beglaubigte Scheidungspapiere vorgelegt hätte, sie hätte nicht anders handeln können. Das Buch war von ihr bereits komplett aufgebunden und in seine Einzelteile zerlegt worden. Die Papyrusseiten lagen im Reinigungsbad. Unmöglich, es in diesem Zustand herauszugeben. Sie hätte es ihm erklären können. Aber sie wollte nicht. Sie wollte nur, dass Henry endlich ging.

Und das tat er dann auch. In seinen aparten japanischen Freizeitklamotten zog der Doktor-Doktor wortlos ab – ein in seiner Ehre gekränkter Samurai. Rosalie hörte den Stoff seines Gewandes rascheln, als er die schmale Holztreppe zur Haustür hinabstieg. Dann hörte sie die Tür unten ins Schloss fallen.

Durchatmen und wieder ins Bad steigen. Sie öffnete gerade den Gürtel ihres Bademantels, als sie plötzlich das aufgeregte Geschrei von Käpt'n Kiwi hörte: «Doktor-Doktor Schrä-häg … Doktor-Doktor Schrä-häg … Schrä-häg-und-sex-y!»

«Autsch. Scheibenkleister!» Es kam von unten, aus der Werkstatt.

Rosalie verknotete den Bademantel und sauste die Treppe hinunter. Tatsächlich! Er hatte nur so getan, als ob er das Haus verlassen würde. Der Papagei flog kreischend auf ihre Schulter, Henry hielt ihr vorwurfsvoll den Daumen hin.

«Er hat mich gebissen.»

«Und *Sie* wollten das Buch klauen!» Sie war fassungslos. «Ausgerechnet Sie, der Regeln und Gesetze anbetet wie andere den lieben Gott, der mir stundenlange Vorträge übers Schwarzfahren hält. Sie …»

«Der Vogel! Verflucht!»

Käpt'n Kiwi hatte sich von ihrer Schulter gelöst und flog mit lautem Kampfgeschrei auf Henry zu. Der ging hinter der großen Buchpresse in Deckung und schnappte sich einen Besen. Kiwi flog eine elegante Schleife, kreischte und setzte sofort wieder zu einem neuen Angriff an. Überrascht registrierte Rosalie, dass ihr zahmer Piepmatz zum wilden Drachen mutierte. Henry hatte offensichtlich einen ähnlichen Eindruck gewonnen. Entsetzt beobachtete sie, wie Henry in Kampfposition ging. Er ließ den Besenstiel um sich herumwirbeln, als wäre er ein geübter japanischer Stockkämpfer. Der Besen streifte Kiwi am Flügel. Er taumelte, nur ein wenig, doch für Rosalie war das genug. Sie nahm Anlauf, riss Henry mit der Kraft ihrer Wut zu Boden und landete auf seiner Brust. Sofort wollte sie wieder aufstehen. Doch Henry war schneller. Geschickt schwang er den Besen hinter ihren Rücken und zog sie zu sich herunter. Sie konnte gerade noch ihren Kopf anheben, um ihm in die blaugrünen Augen zu sehen.

«Lassen Sie mich los!»

«Erst wenn Sie mir das Buch geben.»

«Was wird das hier? Ein Raubüberfall?!»

«Ich kann nichts rauben, was Ihnen gar nicht gehört. Der rechtmäßige Besitzer der Van-Sanders-Bücher ist die Universitätsbibliothek, und in deren Auftrag bin ich hier.»

«Ach, wirklich?» Rosalie versuchte, sich zu befreien. Zwecklos. Sie war Henry regelrecht an die Brust geheftet, ihr weißer Bademantel verwoben mit seinem schwarzen Kimono.

«Lassen Sie mich los!»

«Nein.»

«Dann muss ich wohl Geröllheimer anrufen, damit er seinen wildgewordenen Paläographen zurückpfeift.»

«Dazu bräuchten Sie eine freie Hand.»

Sie strampelte. «Loslassen!»

«Wo ist das Buch?»

«Nicht hier.» Sie fauchte es ihm ins Gesicht, ihr Mund zwei Zentimeter über seinem. Eine interessante Position. Wenn sie nicht so sauwütend wäre … Rosalie verscheuchte den Gedanken. «Das Buch ist bei Bolz in der Uni.» Den Leiter der Restaurationswerkstatt vorzuschieben war die perfekte Notlüge.

Endlich lockerte Henry seinen Griff. Rosalie war sofort auf den Füßen. «Eine meiner Maschinen ist kaputt», erklärte sie. «Er hilft mir aus.»

«Warum sagen Sie das nicht gleich?» Mit einem sportlichen Sprung kam er vom Boden hoch.

Sie straffte sich. «War doch viel interessanter so. Ich konnte erleben, wie aus dem gesetzestreuen und ordnungsliebenden Doktor-Doktor ein Dieb und Schläger wurde.»

Henry wurde blass. «Das ist nur, weil … weil Sie so sind …», er schaute sie hilflos an, «… wie Sie sind.»

«Schrä-häg-und-sex-y.» Käpt'n Kiwi war wohlauf und blickte von der Deckenleuchte auf sie herab.

Henry warf dem Papagei einen verblüffend heiteren Blick zu. «Genau das! Der komische Vogel trifft den Nagel auf den Kopf.»

Rosalie blieb die Spucke weg. *Schräg und sexy? Sie?* War das jetzt ein Kompliment oder eine Beschimpfung? Henry war schon durch die Werkstatttür. Sie wollte ihm noch etwas hinterherrufen, aber ihr fiel nichts ein.

Sie stand noch wie angewurzelt da, als Henry noch einmal den Kopf zu ihr hereinsteckte. «Wenn Sie mich anlügen», sagte er, «finde ich das heraus. Und zwar heute noch.»

Ihre Starre löste sich. «Raus!» Sie griff nach dem erstbesten, was sie fand – ihre große Beuteltasche –, und warf sie nach ihm. Wie eine Granate sauste die Tasche durch die Werkstatt, traf aber nur noch die Tür, die eben ins Schloss fiel. Dabei schoss der halbe Inhalt heraus. Der Rosenquarz kullerte Rosalie direkt vor die Füße. Sie hob ihn auf, und in Sekundenschnelle war der Wunsch da, so heiß und brennend wie ihre Wut auf Henry.

«Soll er das Buch ruhig suchen!», rief sie so laut, dass Käpt'n Kiwi den Kopf schief legte. «Die ganze Nacht soll er sich damit um die Ohren schlagen.» Sie ließ den Stein in ihrer Hand hüpfen und musste plötzlich lachen. Schade eigentlich, dass es nur alberner Hokuspokus war.

KAPITEL 20

Erst als Henry das Handy aus der Hand legte und seinen Wagen starten wollte, merkte er, wie aufgewühlt er war. Eben noch, bei den Telefonaten mit Bolz und dem Hausmeister der Restaurierungswerkstatt, hatte er sich ganz normal gefühlt. Ruhig und geschäftsmäßig hatte er organisiert, wie er den *Dahlstein* heute noch bekommen konnte. Alles problemlos. Doch kaum war das Handy aus, erfasste ihn mit Wucht eine Woge chaotischer Gefühle. Die Wellen waren ihm schon gefolgt, als er Rosalies Werkstatt verlassen hatte. Solange er telefonierte, war er unter ihnen durchgetaucht. Doch jetzt, wo es nichts zu tun gab, als das Auto anzulassen, erwischte es ihn. Die Mörderwelle zog ihn in die Tiefe, schüttelte ihn durch und spuckte ihn auf dem höchsten Kamm wieder aus. Schuld daran war ein einziges Bild: Rosalie kaum bekleidet mit nassem Haar.

Henry schüttelte entsetzt den Kopf. So muss sich Odysseus nach seiner Begegnung mit den Sirenen gefühlt haben. Der griechische Seefahrerheld konnte dem so betörenden wie todbringenden Gesang der gefiederten Jungfrauen nur deshalb entkommen, weil er so klug war, sich von seinen Matrosen an einen Schiffsmast fesseln zu lassen. Die Verführungskraft der Zauberwesen brachte Odysseus beinahe um den Verstand. Der Mann, der schon so viele Gefahren bestanden hatte, wollte nichts lieber, als seine Fesseln sprengen und sich den Sirenen in die Arme stürzen – dem sicheren Untergang entgegen.

Hätte er bei seiner Begegnung mit Rosalie doch einen Schiffsmast gehabt! Stattdessen hatte er sich nur an seinem unbedingten Wunsch, das Buch zu bekommen, festklammern können.

Wie sie da vor ihm gestanden hatte, nass und duftend, einer schaumgeborenen Aphrodite gleich, das war erschreckend gewesen. Erschreckend schön. Henry gab sich einen Ruck und ließ das Auto an.

Bei der Fahrt durch die Frankfurter Innenstadt versuchte er, sich zu beruhigen. Was hatte das schon zu bedeuten? Für die aberwitzig kurze Zeitspanne eines Wimpernschlags hatte ihm Madame Chaos gefallen. Die nassen Haare, die nackte Haut – das waren eben Schlüsselreize. Jeder Mann, der Testosteron im Blut hatte, würde darauf anspringen. Henry trat in die Eisen. Die Ampel über ihm leuchtete in grellstem Rot. *Mann, Mann, Mann, konzentrier dich!*

Er biss die Zähne zusammen und ließ den Verkehr nicht mehr aus den Augen. Da fiel ihm im Rückspiegel ein lilafarbenes Cabriolet auf. So eines hatte er vorhin auf dem Weg zu Rosalie schon einmal gesehen, und er meinte, sich zu erinnern, dass heute Morgen in der Nähe seines Hauses auch eines gestanden hatte. War es immer ein und dasselbe gewesen? Wurde er verfolgt? Seine Nerven waren wohl etwas überreizt. Schon wollte er auf der Smartwatch seine Vitalfunktionen checken, als ihm einfiel, dass er sie vorhin fürs Bogenschießen abgelegt hatte.

Henry musste ein paarmal um die Häuserblocks kreisen, bis er einen Parkplatz in der Nähe der Restaurierungswerkstatt der Uni fand. Vor dem Eingang wartete bereits der Hausmeister mit dem Schlüssel auf ihn. Als Henry ihn vorhin angerufen hatte, war ihm die schleppende Stimme des Mannes aufgefallen, und er hatte sich gefragt, ob er wohl einen im Tee hatte. Und so war es: Der Hausmeister fand mit seinem Schlüssel kaum das Schlüsselloch. Henry wurde ungeduldig und wollte dem Mann gerade den Schlüssel abnehmen, als ihn eine etwas rauchige Stimme in Moll mit seinem Vornamen ansprach. Henry drehte sich um.

«Tatjana, was machen Sie denn hier?»

«Ich kam zufällig vorbei, da habe ich Sie gesehen. – Interessantes Outfit.» Ihr Blick glitt über seinen Kyudo-Kimono.

Er ignorierte es. Stattdessen erzählte er ihr von dem *Dahlstein*, der zu einem Durchbruch in seiner Hypatia-Forschung führen könne. Henry spürte, wie ihn das Jagdfieber wieder packte. «Der *Dahlstein* birgt ein Geheimnis. Wenn ich es entschlüsseln kann, bringt es uns direkt zu Hypatias *Mathematica*.»

«Sie glauben, dieses Buch existiert noch?»

«Das glaube ich nicht. Ich weiß es.»

«Wie aufregend!» In ihren Augen blitzte es, und sie griff nach seinem Arm. «Darf ich bitte mitkommen?»

Er hatte nichts dagegen. Der Hausmeister lehnte inzwischen mit geschlossenen Augen an der Tür. Immerhin hatte er es noch geschafft, den Schlüssel ins Schloss zu stecken. Henry tippte ihn an, und nach einem heftigen Schluckauf drehte der Mann den Schlüssel und ließ sie ein.

Die Restaurierungswerkstatt war zwar groß und weitläufig, aber bestens organisiert, sauber und aufgeräumt. Es gab keine überladenen Regale und vollgestopften Schubladen, wo man endlos hätte suchen können. Alles erschloss sich einem auf den ersten Blick. Außerdem hatte Henry mit Bolz telefoniert. Der wusste zwar nichts von einem *Dahlstein*, sagte aber, dass es durchaus möglich sei, dass Rosalie das Buch vorbeigebracht habe. Sie hatte einen Schlüssel und arbeitete selbständig an den Maschinen. Bolz hatte ihm auch ein paar Stellen in der Werkstatt genannt, wo das Buch zu finden sein könnte.

Zu zweit waren die Räume schnell durchsucht. Das Buch war nicht da.

«Sie hat mich angelogen. Das Buch ist doch bei ihr.»

«Rosalie?»

Henry nickte. Er war so sauer. «Die lügt mich einfach an. Eiskalt. Das ist doch …» In seiner Erinnerung sah er, wie Rosalie ihm in die Augen schaute. Sie lagen auf den Holzdielen ihrer Werkstatt, sie über ihm, ihr Gesicht ganz dicht an seinem. Er hätte sie ohne Mühe küssen können, und beinahe hätte er es auch getan. Die Erkenntnis erschütterte ihn.

«Die kann was erleben!» Henry schritt eilends zum Ausgang, wurde aber unvermittelt gebremst. Die Tür war verschlossen, und sosehr er auch daran rüttelte, sie ließ sich nicht öffnen. Er rief nach dem Hausmeister. Doch er ahnte schon, dass das nichts nützte. Der besoffene Kerl war einfach nach Hause gegangen, nachdem ihn ein letzter Krümel seines Verstandes daran erinnert hatte, dass es seine Pflicht war, alle Türen zu verschließen.

«Rufen Sie ihn an», riet die Raskolnikowa.

Henry wollte in seine Jackentasche fassen, doch da war keine. Er hatte ja den Kimono an. «Sapperlot, das Handy liegt im Wagen.»

Die Raskolnikowa kramte in ihrer Handtasche, und Henry schöpfte wieder Mut. Aber es dauerte und dauerte. Schließlich stülpte sie die Tasche um und kippte den Inhalt auf einen Tisch. Kein Handy.

«Ich hab's wohl auch im Auto vergessen.» Sie garnierte die ernüchternde Erkenntnis mit einem leisen russischen Fluch. Dann sah sie sich im Raum um. «Die Fenster», rief sie hoffnungsvoll und klackerte auf ihren hohen Absätzen quer durch den Raum.

Henry ließ sich auf einen Stuhl sinken und stützte seinen Kopf in die Hände. Die Situation war ausweglos.

«Die sind alle vergittert.» Die Raskolnikowa fluchte wieder, doch aufgeben wollte sie nicht. Sie öffnete eines der Fenster und schrie mit beachtlichem Organ um Hilfe.

«Das nützt nichts», klärte Henry sie auf. «Dahinten ist nur ein verlassener Innenhof und Büroräume, die garantiert keiner vor Montagmorgen betritt.»

«Und was machen wir jetzt?»

Er wusste es nicht und starrte vor sich hin. Indessen durchsuchte seine Praktikantin sämtliche Schränke, wohl in der Hoffnung, irgendetwas Hilfreiches zu finden.

«Dieses Miststück.» Er sagte es laut und mit Überzeugung.

«Rosalie?»

Henry nickte.

«Darauf trinken wir.» Eine Sektflasche schob sich in sein Blickfeld. Henry sah auf.

«Habe ich im Kühlschrank entdeckt.» Die Raskolnikowa lächelte ihn aufmunternd an.

Er musste an die Ente à l'orange denken, die sicher schon zu Hause im Backofen schmorrte, und an den Château Latour, den sie dazu hatten trinken wollen. Wenn er heute Nacht nicht nach Hause kam, würde Patrizia endgültig davon überzeugt sein, dass er eine Affäre hatte.

Inzwischen hatte die Raskolnikowa zwei Kaffeebecher mit Sekt gefüllt und hielt ihm einen hin. «Nastrovje.»

Er hob den Becher. «Prost.»

«Ein kräftiger Wodka wäre mir jetzt lieber», sagte seine Praktikantin und trank den Becher in einem Zug leer.

Er sah sie schuldbewusst an. «Es tut mir so leid.»

«Was denn?»

«Nun ja, wegen mir geraten Sie andauernd in solch schreckliche Situationen.»

«So schrecklich ist die Situation doch gar nicht.»

«Nein?»

«Na, besser, als von einem Tiger ausgezogen zu werden.» Sie lachte.

Er war froh, dass sie es von der leichten Seite nahm, und stimmte in ihr Lachen ein. Mit frischgefüllten Bechern prosteten sie sich erneut zu.

«Ich arbeite wirklich gerne mit Ihnen», sagte sie plötzlich sehr ernst.

«Ganz meinerseits.»

«Henry, ich muss Ihnen etwas sagen.»

«Nur zu.» Er hatte keine Ahnung, was jetzt kommen könnte. War ihr vielleicht irgendein Fehler bei der Arbeit unterlaufen? Sicher ein verzeihlicher.

Die Raskolnikowa zögerte, spielte mit dem Becher in der Hand und nahm noch einen Schluck, bevor sie weitersprach: «Ich sollte vielleicht lieber meinen Mund halten – ja, ganz sicher sollte ich das. Aber wenn ich es nicht sage …» Sie murmelte etwas auf Russisch. Dann schaute sie ihm fest in die Augen. «Dann platze ich.» Ihr Blick hielt den seinen fest, als könnte ihr Geständnis sie in einen Abgrund reißen.

Er wartete gespannt.

«Ich bin verliebt.»

«Oh. Äh. Schön.»

«In Sie.»

«Das …»

Ihr Finger auf seinem Mund stoppte ihn. «Das ist unmöglich. Ich weiß. Und trotzdem … Würden Sie mich küssen?»

Caro hatte es prophezeit, und so wunderte er sich ein bisschen über seine Verblüffung.

«Nur einen Kuss. Bitte.»

Wieder musste Henry an Odysseus und die Sirenen denken. Warum war er nicht so klug wie der griechische Held, Gefahren vorauszusehen. Stattdessen tappte er in jede Falle. Erst Rosalie, die ihn um das Buch betrog, jetzt die Raskolnikowa. Ihr lila Cabrio, so wurde ihm klar, hatte ihn schon den ganzen Tag verfolgt. Verflixt, dann war seine Praktikantin womöglich eine Stalkerin. Auf jeden Fall aber war sie eine Gefahr für seine Ehe.

«Ich werde Sie nicht küssen», sagte er so ruhig und fest er konnte. «Es ist wirklich besser für Sie. Glauben Sie mir. Und bitte tun Sie mir einen Gefallen.»

«Ja?»

«Erzählen Sie morgen meiner Frau, dass ich sie nicht geküsst habe.»

«Ich habe einen besseren Vorschlag: Ich erzähle Ihrer Frau, was Sie möchten, und wir küssen uns trotzdem.»

«Gegenvorschlag: Ich sage Ihnen, wo Bolz die hochprozentigen Sachen versteckt, und verrate Ihnen obendrein noch ein paar Dinge über Hypatia, die Sie garantiert noch nicht wissen.»

Die Raskolnikowa zog einen Schmollmund.

Henry war vielleicht nicht Odysseus. Aber die Wissenschaft war definitiv ein Schiffsmast, an den er sich zuversichtlich klammern konnte.

KAPITEL 21

«Phantastisch!», rief Ronnie. Ihr Vater hielt sich eine von Stellas selbstgeschnitzten Tiermasken vors Gesicht und hüpfte im Kreis um den Küchentisch herum wie ein Indianer beim rituellen Tanz. «Ich bin ein Grizzlybär und fühle mich kraftvoll!» Er meinte es ernst.

Ronnie war seit gestern Abend zu Besuch und hatte soeben bei Stella eine schamanische Reise zu seinem *inneren Tier* vollzogen. Es überraschte Rosalie kein bisschen, dass ihr Vater darauf ansprang. Er liebte neue Erfahrungen und stürzte sich immer mit ganzer Kraft hinein. Hätte die Möglichkeit bestanden, sich leibhaftig in einen Bären zu verwandeln oder gar dem Teufel selbst die Hand zu schütteln, Ronnie wäre dabei gewesen.

«Kaffee, Paps?»

«Nix da. Ich will Lachs und Honig – und Fleisch!» Der Grizzly stürzte sich auf sie und schmatzte ihr einen Kuss auf die Wange. Dann durchstöberte er den Kühlschrank.

Stella kam herein und bekam ebenfalls einen Schmatzer. Dann drückte Ronnie ihr Wurst- und Käseverpackungen in die Hand. «Das war ein sensationelles Erlebnis. Besser als jeder Drogentrip.» Er reichte ihr weitere Leckereien und nahm selbst den Rest aus dem Kühlschrank.

«Er weiß nicht, wovon er redet», warf Rosalie ein, während sie den Tisch für ein spätes Frühstück deckte. «Außer mit Kirschtabak hat er keinerlei Drogenerfahrung.»

Ronnie nahm den Kaffee entgegen, den sie ihm hinhielt, und kommentierte trocken: «Schon als Kind war sie furchtbar humorlos. Meine Zigaretten hat sie ins Klo geschmissen. Stattdessen gab's eimerweise Broccoli.»

Stella lachte.

«Ich hatte Angst, ihn zu verlieren.» Rosalie erinnerte sich lebhaft an ihre Einkäufe beim Gemüsehändler und ihre ambitionierten Versuche, aus all dem Grünzeug etwas zu kreieren, das nach mehr als einem Haufen Grünzeug schmeckte.

«Du dachtest», fragte Stella vorsichtig, «er könnte sterben wie deine Mutter?»

«Ja.»

Krebs kann jeden treffen, hatte der Arzt damals gesagt, als ihre Mutter krank wurde. Selbst jetzt, in diesem Moment, konnte sie das tiefe schwarze Loch fühlen, das dieser Satz in ihr Herz gerissen hatte. Es war tiefer als der letzte Grund der Erdkugel.

Ronnies warmer Blick wanderte zu ihr. Er lächelte. «Außerdem stand öfter mal das Jugendamt bei uns auf der Matte, und meine kleine Rosenblüte war überzeugt, wenn die das ganze Gemüse sehen, würden sie mir den verantwortungsbewussten Vater abkaufen.»

«Jugendamt?», fragte Stella.

«Ich war eine notorische Schulschwänzerin.»

«Aber es ist trotzdem etwas aus ihr geworden.» Ronnie zwinkerte ihr zu.

«Und es wird immer besser.» Rosalie holte einen Briefumschlag aus dem Küchenschrank und übergab ihn ihrem Vater. «Ich entwickle mich zu einem anständigen und moralisch vollwertigen Wesen.» Im Umschlag waren die zweitausend Euro, die Ronnie ihr für die Mietkaution vorgestreckt hatte.

Er schaute angemessen erstaunt.

«Damit hattest du nicht gerechnet, was? Deine Tochter ist wieder kreditwürdig.» Sie schenkte Stella ein dankbares Lächeln. «Ich bin sparsam wie ein Eichhörnchen.»

«Und was machen die verheirateten Männer?»

«Papa!» Das war gemein. Sie hatte Henry noch nicht einmal erwähnt.

«Sie hält sich tapfer», gab Stella zur Antwort.

«Also gibt es einen?»

Rosalie hätte Stella erwürgen können. «Es gibt gar niemanden. Erzähl mir lieber, was aus deiner angebeteten Apothekerin geworden ist. Kaufst du immer noch täglich Aspirin bei ihr, oder hast du sie endlich angesprochen?»

Ronnie strahlte übers ganze Gesicht. «Ich habe sie geküsst.»

Rosalie war platt. Seit Wochen schmachtete ihr sonst absolut nicht schüchterner Vater diese Frau an, jammerte, er sei zu alt für feurige Anmachversuche, mutmaßte, dass sie bestimmt einen Lebensgefährten habe, und fand hundert andere Vorwände, wieso er die Dame nicht ansprechen könne. Rosalie musste an den Wunsch denken, den sie vor wenigen Tagen, nach dem Tiger-Desaster, für ihren Vater formuliert hatte.

«Wann hast du sie geküsst?»

«Am Montagabend bei einem romantischen Picknick am Rhein.»

Rosalie verschluckte sich fast an ihrem Kaffee. Das war exakt der Abend, an dem sie sich im Schein ihrer Nachttischlampe ein Rendezvous für ihn gewünscht hatte. Deutlich spürte sie die Gänsehaut auf ihren Armen. Auch ihr Herz schien sich zusammenzuziehen.

Verliebt wie ein Schuljunge und mit der ganzen lebendigen Ausdruckskraft seiner schauspielerischen Gabe erzählte ihr Vater, wie er der schönen Apothekerin ein Rezept über den Tresen gereicht hatte, auf das ihm sein Hausarzt im Tausch gegen Theaterfreikarten eine Liebesbotschaft getippt hatte: *Ein paar Stunden mit Ihnen könnten mich für den Rest meines Lebens heilen.* Ronnie berichtete, wie er tausend Tode gestorben war, während sie die Nachricht las. Wie sie erst stutzte und dann lächelte. Sie verabredeten sich noch für denselben Abend, und Ronnie konnte nur darüber staunen, wie sich all seine Hoffnungen erfüllten.

«Es war wie die Offenbarung eines Wunders.»

Rosalie kannte das Pathos ihres Vaters. Wenn er seine Gefühle beschrieb, war kein Wort zu groß. Doch diesmal spürte sie einen Schauer, als er vom Wunder sprach.

«In ihrer Apotheke ist sie immer so kühl und distanziert. Aber privat – das genaue Gegenteil. Sie hat mich zuerst geküsst!»

Dann allerdings sei etwas Dramatisches passiert. Die Apothekerin habe ihren Hund dabeigehabt, und während sie und Ronnie sich auf der Picknickdecke vergnügten, ging Retriever Balou am Rheinstrand auf Erkundungstour. Aufgeregte Rufe am Ufer schreckten die Liebenden auf. Balou war im Wasser, weit draußen in der Nähe der Schifffahrtsrinne, er drohte zu ertrinken. Ronnie sprang in den Fluss und rettete das Tier, was ihn in den Augen der schönen Apothekerin endgültig zu ihrem Helden machte. Auch Stella zeigte sich schwer beeindruckt.

«Wir sind eine Familie von Kampfschwimmern», erklärte Rosalie, um Stellas Bewunderung ein wenig das Feuer zu nehmen und sich selbst von ihren abergläubischen Gedanken abzulenken. «Und er übertreibt gerne. Wahrscheinlich war der Hund nur zwei Meter vom Ufer entfernt.»

«Weit genug, um mir die Prostata zu verkühlen. Mit traurigen Folgen.» Er warf Stella einen Blick zu, und die beiden grinsten sich an.

Rosalie verstand nicht.

«Ich hab ihn nicht hochgekriegt», erklärte Ronnie in gewohnter Freizügigkeit. «Deswegen die Behandlung hier.»

«Du meinst, der Grizzlybär? Das war, um …» Rosalie schaute Stella an. «So was heilst du auch?»

Stella zuckte nur lässig die Achsel. Rosalie wollte lieber nicht nachfragen, welche Massagen Stella bei ihrem Vater angewandt hatte.

Als Ronnie am frühen Abend losmusste, nutzte Rosalie die Gelegenheit und begleitete ihn zu seinem Auto. Sie hatte noch etwas auf dem Herzen, was sie nicht im Beisein von Stella besprechen wollte. Sie mussten ein paar Schritte gehen, und das war ihr ganz recht. Sie hakte sich bei ihrem Vater ein, als wollte sie mit ihm in der warmen Frühlingsluft ein wenig spazieren gehen.

«Erinnerst du dich an die Geschichte, die du mir immer von Mama erzählt hast? Die über das Wünschen?»

«Ja, klar. Wie könnte ich die je vergessen? Ich hab sie dir ein paar Jahre lang fast jeden Abend erzählen müssen.» Er verlangsamte seinen Schritt und sprach mit tiefer Märchenonkelstimme: «Es gab einmal eine wunderschöne, kluge und herzensgute junge Frau. Im ganzen Land gab es keine wie sie. Denn sie hatte eine einzigartige Gabe: Sie konnte all ihre Wünsche wahr werden lassen. Aber sie war bescheiden. Sie wünschte sich keine Diamanten oder goldenen Armbänder, kein Schloss und keinen Märchenprinzen. Sie lebte ein ganz normales Leben. Sie arbeitete sogar. Deswegen glaubten ihr viele nicht, dass sie sich alles wünschen konnte. Manchmal forderten die Leute sie heraus und sagten, wünsch dir doch mal ein Einhorn oder ein Tischleindeckdich. Da lachte die junge Frau nur und antwortete: ‹Was soll ich mit einem Einhorn? Ich kann gar nicht reiten. Was soll ich mit einem Tischleindeckdich, wo ich doch so gerne koche?› Die Leute wussten nämlich nicht, dass nur die echten Wünsche in Erfüllung gehen. Nur die, die einem tief im Herzen wohnen. Die junge Frau aber wusste das. Eines Tages schließlich wünschte sie sich einen Mann, den sie lieben konnte, und ein kleines Mädchen, das sie jeden Tag erfreute. Und als sie beides bekam, war sie so überglücklich, dass sie keine Wünsche mehr hatte.»

«Und jetzt rate mal, wie der Mann und das Mädchen heißen?», beendete Rosalie die Geschichte.

Ronnie lachte. «Du weißt es noch.»

«Ronnie und Rosalie, hab ich dann immer gebrüllt, und du hast mir einen Gutenachtkuss gegeben.»

Sie waren am Auto angelangt. Ronnie schmiss seine Tasche in den Kofferraum und war bereit für die Abschiedsumarmung.

«Was mich wundert, ist, dass ich nie gefragt habe, warum sich Mama nicht ein langes Leben gewünscht hat.»

«Du warst noch zu klein. Eine Vierjährige hinterfragt ein Märchen nicht.»

Das war ihr Stichwort. «Aber es war doch etwas Wahres dran an dieser Geschichte, oder? Du hast oft gesagt, dass Mama eine Gabe hatte. Dass sie das Gute herbeizaubern konnte. Wie hast du das gemeint?»

«Ich hab deine Mutter verehrt, Schatz. Wenn sie im Raum war, war meine Welt verzaubert.»

«Und mehr war da nicht?»

«Wie meinst du das – mehr? Mehr geht nicht.»

«Nein. Ich meine, sie hat sich nicht … Das klingt jetzt blöd, ich weiß …» Sie musste sich räuspern. «Also, sie hat sich nicht wirklich irgendwelche Sachen gewünscht, und die sind dann passiert?»

Ronnie lachte. «Vielleicht hab ich dir die Geschichte doch ein paarmal zu oft erzählt. Deine Mutter hat nicht mit den Fingern geschnippt, Funken sprühen lassen, und, zack, war der Kühlschrank gefüllt. Wenn du das meinst.»

«Nein, sicher nicht.» Sie lachte mit ihrem Vater mit.

«Aber ein bisschen», Ronnie drehte den Autoschlüssel in der Hand, «ein bisschen war es schon so wie in der Geschichte. Was

Veronika sich wirklich gewünscht hat, das geschah irgendwie auch.»

«Wie hat sie das gemacht?»

«Ich weiß nicht, Schatz. Sie war einfach so.» Er nahm sie in den Arm und gab ihr einen Kuss. «Ich muss los, sonst komm ich noch zu spät in die Maske.»

Nachdenklich winkte sie ihrem Vater nach. Sein alter Mercedes röhrte ein bisschen. Da war wohl ein kleines Loch im Auspuff. Rosalie fragte sich, ob auch die Erinnerung ihres Vaters Löcher hatte. Sollte er nicht mehr über ihre Mutter wissen? Über ihre Fähigkeiten und Besonderheiten? Hatte sich seine ganze Erinnerung in der kleinen Geschichte verdichtet? Sie war ein wenig enttäuscht. Aber der Zeitpunkt war auch ungünstig gewesen, tröstete sie sich. Ein andermal, wenn sie mehr Zeit hätten, würde sie gezielter fragen. Die ganze verrückte Wunschsache stieg ihr so langsam zu Kopf. Und sosehr sie auch mit ihrem Verstand dagegenarbeitete, sie wurde das Gefühl nicht los, dass hier etwas wirklich Unheimliches vor sich ging.

«Das kann doch alles kein Zufall sein», sagte sie zu Stella, als sie wenig später wieder zusammen in der Küche waren. «Ein tanzender Henry. Ein Tiger, der wie aus dem Nichts auftaucht. Und jetzt der überraschende Dating-Erfolg von Ronnie. Jeder Wunsch, den ich bisher mit dem Stein in der Hand ausgesprochen habe, hat sich erfüllt.»

Stella, die am Herd stand und das Abendessen zubereitete, schaute belustigt auf. «Bei dem romantischen Abenteuer deines Vaters hattest du auch die Finger im Spiel?»

Rosalie machte sich darauf gefasst, wieder Lachsalven zu ernten, aber sie musste es Stella sagen. Mit wem sonst konnte sie darüber reden?

«Ich habe ihm gewünscht – wortwörtlich –, dass er seine Apothekerin erobert wie einer der Helden aus seinen Lieblingsfilmen.»

«Offensichtlich ist dein Vater ein Fan von *Baywatch*. Stell dir mal vor, was passiert wäre, wenn der *Weiße Hai* zu seinen Top Ten zählen würde.»

«Das ist überhaupt nicht witzig.»

«Doch, ist es. Wünsch dir doch mal, dass mein Ex von seiner Neuen den Tripper kriegt. Und wenn das klappt, arbeiten wir zusammen am Weltfrieden.»

Stella wollte sie einfach nicht ernst nehmen. Sie rührte Kokosmilch in die Suppe, und erst jetzt nahm Rosalie den köstlichen Duft von Kürbis, Karotten und Zwiebeln wahr, der aus dem Topf aufstieg.

«Eine Sache hab ich dir überhaupt noch nicht erzählt. Als ich mit Henry in der Van-Sanders-Villa angekommen bin – völlig genervt von ihm, weil wir uns auf der Fahrt nur gestritten hatten –, da hab ich mir gewünscht, dass der ganze Ärger nicht umsonst war, dass ich diesen Job nicht bereuen würde. Weil nämlich gleich die Tür zur Bibliothek aufgehen und ein unglaublicher Schatz auf mich warten würde. Und, verdammt: So war es!»

Stella hörte unbeeindruckt zu, während sie frische Kräuter in den Suppentopf schnippelte.

«Diese Bücher sind wirklich das Kostbarste, was ich je in Händen gehalten habe.»

«Okay, mal angenommen, dieser Wunschzauber würde tatsächlich funktionieren. Was mir auffällt, ist, dass immer ein Haken dabei ist.»

«Was meinst du?»

«Na ja, dein Vater landet bei der Frau seiner Träume, verkühlt sich dabei aber sein bestes Stück. Henrys öder Galerieabend verwandelt sich in eine heiße Disconacht, allerdings mit deiner russischen Lieblingsfeindin, die offensichtlich auf ihn steht. Und der Tiger hätte ihn fast gefressen.»

«Das war wirklich nicht im Sinne des Erfinders. Aber wenn deine Theorie stimmt, was ist dann der Haken an der phantastischen Van-Sanders-Bibliothek?»

«Denk doch mal nach: Du hast dir einen Schatz gewünscht.»

Rosalie wusste nicht, was es da groß zu denken gab.

«Schatz», wiederholte Stella mit Nachdruck und sah sie bedeutungsvoll an.

Sie kapierte immer noch nichts. Da formte Stella mit ihren Händen ein Herz.

«Du meinst Henry?»

«An dem Abend bist du nach Hause gekommen, hast dich an den Küchentisch gesetzt und gesagt ...»

«Scheiße, ich bin verliebt.»

Stella warf ihr einen mitfühlenden Blick zu.

«Glaubst du mir jetzt? Siehst du, wie seltsam das alles ist?»

Still rührte Stella in der Suppe, so konzentriert, als könnte sie die Antwort in dem Strudel finden, den der kreisende Kochlöffel erzeugte. Rosalie hoffte inständig auf irgendeine asiatische Weisheit oder einen schamanischen Rat.

«Ich weiß nicht», sagte Stella schließlich. «Möglicherweise haben wir bei deiner Behandlung zu viele Endorphine freigesetzt. Du solltest ein paar Yoga-Übungen machen. Das erdet dich wieder.»

«Echt jetzt? Gymnastik ist deine Lösung?»

Stella hob zu einer Erklärung an, doch da ertönte die Türklingel.

«Erwartest du jemanden?»

Stella schüttelte den Kopf. «Nein, aber wer immer es ist, er kann mitessen. Ich hab wieder viel zu viel gemacht.»

Rosalie lief die Treppe hinunter. Schwungvoll öffnete sie die

Haustür. Es war Henry. Und er wollte garantiert nicht mitessen. Der Doktor-Doktor, das erkannte sie sofort, war eher in der Stimmung zu töten.

«Sie haben mich angelogen. Der *Dahlstein* ist nicht in der Uni. Er ist hier.»

«Eine Notlüge. Im Sinne meines Patienten.»

«Im Sinne Ihres Patienten?» Sein Kiefer mahlte.

«Wissen Sie, was ich wegen Ihnen durchgemacht habe?» Die Frage war rhetorisch. «Die ganze Nacht war ich eingeschlossen in dieser verflixten Werkstatt, die besser abgeriegelt ist als Fort Knox. Meine Frau ….»

Rosalie unterbrach ihn. «Die ganze Nacht waren Sie dort?» Ihr wurde mulmig. «Bis heute Morgen?»

«Genau das ist der Wortsinn von *die ganze Nacht*.»

Den Sarkasmus überhörte sie. In ihrem Kopf murmelte die Erinnerung: *Soll er das Buch ruhig suchen. Die ganze Nacht soll er sich damit um die Ohren schlagen*. Rosalie war fassungslos. Sie wusste nicht mehr, was sie denken sollte. Was ging hier vor?

«Sie haben meine Ehe auf dem Gewissen.»

«Was?»

«Tausend racheschreiende Erinnyen könnten nicht so wütend sein wie Patrizia. Und das ist allein Ihre Schuld.»

«Ich kenne Ihre Frau ja nicht mal», wehrte sie sich schwach.

«Verdammt schade. Sonst könnten Sie ihr nämlich erklären, warum ich mit meiner Praktikantin auf dem verteufelt harten Boden der Werkstatt übernachten musste. Dass wir ein Buch finden wollten», Henrys Stimme grollte wie nahender Donner, «das *Sie* unterschlagen haben, und dass wir dabei von einem bis in die Haarwurzeln besoffenen Hausmeister vergessen und eingeschlossen wurden, das hat sie mir verständlicherweise nicht glauben wollen.»

«Die Russin war auch dort?» Da war er wieder, der Haken.

«Ja, zum Kuckuck! Und jetzt droht Patrizia mit der Scheidung. Das ist alles Ihre Schuld!»

«Nein, ist es nicht. Nicht der Teil mit der Praktikantin.» Ups, das war unklug.

«Was soll das heißen?»

«Das soll heißen ...», Rosalie überlegte panisch, «dass ich Sie niemals mit der Russin in einen Raum einsperren würde.» Oh Mann, tolle Erklärung.

Henry stutzte. «Wieso sollten Sie auch?»

«Eben.»

«So, und jetzt rücken Sie endlich das Buch raus. Sie schulden es mir.»

«Ich schulde Ihnen gar nichts.» Angriff war die beste Verteidigung, besonders wenn Gewissensbisse einen fast auffraßen.

«Oh doch. Meine Frau ist heute nach Peking abgereist. Nur die Götter wissen, ob sie wiederkommt. Nicht mal einen Zettel hat sie mir geschrieben. Hätten Sie mich gestern nicht so schamlos belogen, wäre das alles nicht passiert.»

«Schamlos?»

«Ja. Schamlos.» Seine Stimme war laut geworden. «Sie sind eine schamlose Lügnerin.»

Rosalie stand da wie vom Donner gerührt. Sie wusste nicht, was sie sagen sollte. Die ganze Zeit dachte sie nur: *Danke, lieber Gott oder wer auch immer für das alles hier verantwortlich ist, danke, dass der Rosenquarz jetzt nicht in meiner Hand ist.* Sie war sich sicher, sie würde sonst in einem Erdloch versinken. Denn genau dort wünschte sie sich hin. Und der Haken daran wäre bestimmt, dass sie nie wieder herauskäme.

KAPITEL 22

Henry bemerkte, dass er sehr laut geworden war. Er hatte das Gefühl, dass seine Stimme einem Orkan glich, der Rosalie gleich hinwegfegen müsste. Er wurde selten laut, und er erschrak darüber mehr als Rosalie, die bemerkenswert ruhig vor ihm stand. Sie hielt immer noch die Haustür auf, und er erwartete, dass sie sie jeden Moment vor seiner Nase zuschlagen würde.

«Ich dachte, wir sind ein Team», sagte er mit trockenem Mund.

«Das dachte ich auch», antwortete Rosalie. «Aber da war mir noch nicht klar, dass Sie ein Mensch ohne Mitleid sind, der bereits narkotisierte und aufgeschnittene Patienten vom OP-Tisch zerrt.»

«OP-Tisch?»

Rosalie ließ ein unwilliges Stöhnen hören. «Kommen Sie mit. Ich zeige es Ihnen.» Sie führte ihn durch den Flur in die Werkstatt.

Der *Dahlstein* war in seine Einzelteile zerlegt. Die meisten Papyrusseiten hatten bereits einen aufwendigen Reinigungsprozess durchlaufen und lagen zum Trocknen zwischen säurefreien Pappen. Andere befanden sich in einem großen kastenähnlichen Gehäuse, der Durchfeuchtungskammer, wie Rosalie erklärte, um Falten zu glätten und Risse auszubessern. Rosalie entfernte die Pappen von einigen der restaurierten Seiten und erlaubte Henry einen Blick auf ihr Werk.

«Ich wusste nicht, dass Sie den Kodex schon bearbeiten.»

«Was dachten Sie denn?»

«Dass Sie ihn mir aus Prinzip nicht geben wollen.»

Rosalie schaute ihn entgeistert an.

«Na, ich dachte, das ist so eine verflixte Prinzipienreiterei. Ist ein Buch erst mal in Ihrer Werkstatt, geben Sie es nicht raus, bis es vollständig wiederhergestellt ist.» Henry rechnete mit Protest und Empörung, doch Rosalies Gesicht hellte sich auf.

«Dass Sie mir Prinzipien zutrauen, halte ich für einen echten Fortschritt in unserer Beziehung.»

Henry musste lachen. Er mochte die Ironie in ihren Worten. Und er mochte es, dass sie ihn nicht mehr so böse ansah.

«Wenn ich das gewusst hätte.» Unwillkürlich schüttelte er den Kopf. «Es tut mir leid. Ich habe mich scheußlich aufgeführt. Ich bin manchmal ein echter Idiot.»

Rosalie lächelte. «Mir tut es auch leid. Ich hätte Ihnen das alles gestern schon zeigen sollen.»

«Es ist bemerkenswert.»

«Was?»

«Was Sie mit dem *Dahlstein* gemacht haben.» Schon das wenige, das er sah, versöhnte ihn vollständig.

«Es gefällt Ihnen?» Sie strahlte ihn an. Helios' galoppierende Feuerrösser – da waren sie wieder in ihrer ganzen gewaltigen Pracht.

«Exzellent. Ganz einfach exzellent.»

Sie strahlte noch mehr – ein warmes, glitzerndes Funkeln, das ihn regelrecht kitzelte. Er musste sich einen Ruck geben, um sich von ihrem Anblick zu lösen. Schnell wandte er sich ab und zeigte auf das Durchfeuchtungsgerät. «Darf ich da auch mal hineinsehen?»

Rosalie knipste das Licht unter dem Glasdeckel der Feuchtkammer an. Die Papyrusseiten lagen wie frisch gebügelt vor ihm.

«Wie lange wird es dauern, bis der *Dahlstein* wieder zusammengebunden und benutzbar ist?»

«Ein paar Tage noch.»

Henry nickte. «Also gut. Dann werde ich mich wohl in Geduld üben müssen.»

Jetzt sollte er gehen. Auch wenn er eigentlich noch gerne hätte bleiben wollen. Aber der Grund für seinen Besuch war abgehakt, und ein anderer wollte ihm nicht einfallen.

«Na, dann.» Er griff nach der Türklinke.

Da kam der Papagei an ihm vorbei hereingeflogen, landete geradewegs auf Rosalies Schulter und kreischte: «Doktor-Doktor schräg und sexy!» Er wiederholte es noch zweimal und sah Henry dabei an.

«Wen meint er damit?»

«Niemanden.»

«Sicher?»

Rosalie beteuerte es mit heftigem Kopfnicken. «Er hat es irgendwo draußen aufgeschnappt.»

Henry verabschiedete sich. Doch dann fiel ihm etwas ein. «*Sie* nennen mich manchmal Doktor-Doktor.»

«Nein. Niemals.»

Henry sah, dass sich Rosalies Wangen gerötet hatten. Grinsend verließ er ihre Werkstatt.

Auf dem Nachhauseweg wunderte er sich, wie schnell sein Ärger über Rosalie verraucht war. Er war beinahe in Hochstimmung. Doch das änderte sich schlagartig, als er zu Hause ankam. Henry hatte den Gartenweg zum Haus kaum betreten, als die Rasensprenger plötzlich und zu völlig ungewohnter Zeit ihre Wasserladungen auf ihn abschossen. Klatschnass kam er an der Haustür an und erschrak sich fast zu Tode, als beim Öffnen der Tür das Kreischen der Alarmanlage seine Trommelfelle attackierte. Er musste ein Kabel aus der Steckdose reißen, um die Anlage zum Schweigen zu bringen, denn der Code, den er eingab, funktionierte seltsamerweise nicht mehr. Unter der Dusche stellte er fest, dass es nur noch kaltes Wasser gab. Gleichzeitig herrschte im ganzen Haus eine Raumtemperatur von achtunddreißig Grad, die sich nicht herunterregulieren ließen, weil, wie er als Nächstes bemerkte, sein Passwort für das computergesteuerte Haussystem gesperrt worden war. In diesem Moment wurde Henry klar, dass das Chaos einen Namen hatte, und ausnahmsweise lautete der Name nicht *Rosalie*. Patrizia lenkte mit einer Handvoll Apps vom fernen Peking aus sämtliche Abläufe ihres hochmodernen Smart Homes, als wäre es ein nettes kleines Computerspiel.

Henry packte ein paar Sachen in eine Tasche und verließ das Haus.

Caros Wohnung war ein Spiegelbild ihrer Bewohnerin. Die Ausstattung der großzügigen Altbauwohnung war edel und anspruchsvoll und überraschte den Besucher mit witzigen Stilbrüchen. Henry interessierte sich nicht besonders für Einrichtungen und Wohntrends, aber die inspirierende Ästhetik bei Caro gefiel ihm, und er freute sich jedes Mal, wenn er etwas Neues entdeckte. Zum Beispiel die drei Klappsessel, die Caro bei einer Kinoauflösung ergattert hatte und die nun mit neuen poppigen Stoffen bezogen einen Teil der Wohnzimmergarnitur bildeten. Jetzt aber war er einfach nur froh, dass er einen Zufluchtsort hatte, den Patrizia weder mit ihrer Wut noch ihrem Tablet erreichen konnte. Caro hatte Henry ein Glas Rotwein auf den gläsernen Beistelltisch gestellt und versuchte in der Küche aus dürftigen Vorräten ein Pastagericht zu improvisieren. Unglücklich grübelte Henry darüber nach, was alles geschehen war, und vor allem, wie es geschehen konnte.

«Wie kann sie nur glauben, dass ich sie betrügen würde», beklagte er sich laut.

«Du bist ein Mann», kam die Antwort aus der Küche.

«Was soll das denn, bitte schön, heißen?»

«Männer sind tendenziell polygam. Ist wissenschaftlich erwiesen.»

«So ein Unsinn.»

«Du hast recht.» Caro steckte den Kopf aus der Küche. «Laut einer Studie aus Oxford gibt es nämlich gerade mal zehn Prozent mehr fremdgehende Männer als fremdgehende Frauen. Das mag wissenschaftlich signifikant sein. Doch wirklich entscheidend ist das nicht. Vor allem nicht, wenn man einen von den dreiundfünfzig pro hundert Betrügern abbekommen hat – oder von den siebenundvierzig pro hundert Betrügerinnen.»

«So viele?»

«Der Mensch ist auch nur ein gezähmtes Tier», sagte Caro sarkastisch und verschwand wieder in der Küche.

Henry ging ihr mit seinem Glas in der Hand hinterher.

In der blitzblanken, streng in Schwarz und Weiß gehaltenen Küche standen zwei Profi-Töpfe von Le Creuset auf dem Induktionskochfeld. Sie waren mit kirschroter Emaille beschichtet und bildeten neben Caros ebenfalls leuchtend rotem Rock den einzigen Farbtupfer im Raum. Erst jetzt bemerkte er, dass Caro sich feingemacht hatte. Der enge satinglänzende Rock betonte ihre schmale Silhouette und gab ihrem sonst eher puristischen Knabenlook eine feminine Note. Ihre Haare hatte sie hochgegelt, doch der struppige Schopf war außer Form geraten. Das konnte nur eines bedeuten.

«Claire?», fragte Henry vorsichtig.

Caro verzog das Gesicht und nahm einen Schluck aus ihrem Rotweinglas.

«Erzähl.»

«Sie hat den Urlaub abgebrochen, weil sie und ihr Mann sich nur gestritten haben.»

«Das sind doch eher gute Nachrichten.»

Caro schüttelte den Kopf. «Sie will ihn trotzdem nicht verlassen. Klar. Aber ich Idiotin hab wieder gefragt.»

«Du bist keine Idiotin.»

«Stimmt, diesen Job hast du ja schon übernommen.»

«Ich hab nichts mit der Raskolnikowa. Da ist absolut nichts gelaufen.»

«Das weiß ich doch.»

Henry entspannte sich wieder.

«Und genau deshalb bist du ein Idiot.» Caro grinste.

«Was?»

«Du hast den Ärger, aber nicht den Spaß.»

Von wegen Spaß! Ein Vergnügen wäre das bestimmt nicht geworden, auf dem harten Boden. Er war schließlich keine siebzehn mehr.

«Was hast du gesagt?», fragte Caro.

«Hab ich was gesagt?»

«Dass du keine siebzehn mehr bist.»

«Das habe ich gesagt?»

Zum Kuckuck, er musste aufpassen, was er sagte. Nein, korrigierte er sich: was er *dachte*. Geist und Körper trennen und in der Forschung versinken, das war das Ideal, das es wieder zu erreichen galt. Er hoffte, dass alles bald wieder ins Lot kam. Aus Gründen, die er nicht begriff, war sein Leben furchtbar kompliziert geworden.

«Das Leben ist nicht so kompliziert, wie du denkst.» Caro nahm noch einen Schluck von ihrem Rotwein und schüttete den Rest in die Soße.

«Hab ich schon wieder laut gedacht?» Das war ja bestürzend.

«Nein. Aber ich kenne diesen Blick. Schau, es ist doch so, du hältst einen Teil von dir komplett vom Leben fern. Aber das funktioniert auf Dauer nicht. Früher oder später fordert das

Leben genau diesen Teil von dir ein. Es setzt dir die Pistole auf die Brust und grinst dich verächtlich an wie ein Pirat, den man um seinen Goldschatz betrogen hat.» Caro postierte sich vor ihm und versuchte mit finsterer Miene und vorgehaltenem Kochlöffel, einen Freibeuter zu imitieren. «Du kriegst Schiss vor Käpt'n Blackbeard und findest plötzlich alles kompliziert.»

«Danke für deinen Rat. Du bist das perfekte Beispiel, wie man es besser macht, Käpt'n Blaubart.» Das war gemein von ihm. Denn er wusste, dass Caro nur deshalb einen so großen Verschleiß an Liebhaberinnen hatte, weil sie Claire nicht für sich alleine haben konnte.

Caro überging großmütig seine Spitze und tauchte den teuren schwarzen Bakelit-Kochlöffel wieder in die Fertigsoße. «Leben heißt lieben, und lieben heißt leiden.» Sie goss sich das Glas bis zum Rand voll. «Salute.»

Henry prostete ihr stumm zu und nahm einen Schluck. «Und das findest du erstrebenswert?»

«Warum nicht? Siehst du nicht, wie fröhlich ich bin?» Caro trank in großen, schnellen Zügen und konterte, bevor er auch nur den Mund öffnen konnte: «Vergiss es. Arbeit ersetzt dir nicht den Sinn des Lebens. Glaub bloß nicht, dass deine Mönche glücklich waren, während sie tagein, tagaus Texte kalligraphierten.»

Henry war ratlos. Er wusste doch, dass er glücklich war, wenn er sich seiner Forschung widmete. Er wollte protestieren, doch Caro, vom Rotwein befeuert, kam ihm erneut zuvor.

«Du glaubst nur, dass du glücklich bist», korrigierte sie seine Gedanken. «Aber in Wirklichkeit bist du betäubt. Betäubt von deiner exzessiven Arbeit, deinem exzessiven Sport, dem exzessiven Alltags- und Freizeitprogramm deiner Ehefrau und den hunderttausend Apps, die dein Leben verwalten. Du bekommst nichts mit von dem, was um dich herum vorgeht.»

«Du übertreibst.»

Caro lachte herzlich. «Du weißt doch nicht mal, wie es dir geht, wenn du nicht auf dein Fitness-Dingsda guckst.»

Henry schaute auf seine Smartwatch. Seine Bio-Werte waren im Optimalbereich. Das beruhigte ihn ein wenig. Doch wenn er ehrlich war, fühlte er sich im Augenblick alles andere als optimal.

«Du solltest dich wenigstens einmal im Leben richtig verlieben», fuhr Caro fort. «Das ist so schön.» Sie sprach es in den Spaghettisoßentopf hinein und ließ versonnen den Kochlöffel kreisen. «So zauberhaft. So unbeschreiblich, herzzerreißend schön.» Dann weinte sie. Ihre Tränen landeten in der Soße, während sie noch einmal «So schön» murmelte.

Henry schaltete den Herd aus und nahm sie in die Arme. Es war wie ein Startzeichen. Caro ließ die Tränen hemmungslos fließen.

«Ich glaube, ich möchte das lieber nicht», flüsterte er.

Caro schüttelte an seiner Brust heftig den Kopf und weinte noch mehr. Er hielt sie fest, bis sie sich beruhigt hatte. Dabei dachte er an Patrizia. Tatsächlich war er nie in sie verliebt gewesen. Er hatte sie immer bewundert, und das tat er auch jetzt noch. Aber verliebt? Nein.

War das vielleicht der Grund für den Schlamassel, in den er geraten war?

KAPITEL 23

Drei Tage hatte es gedauert, bis die letzten der restaurierten Buchseiten getrocknet waren. Rosalie hatte schon beinahe so ungeduldig wie Henry darauf gewartet, dass sie ihre Arbeit am *Dahlstein* vollenden konnte. Jetzt war es endlich so weit.

«So, ihr Hübschen», rief sie den Buchseiten schon vom Eingang aus zu, «jetzt flicken wir euch wieder zusammen. Nicht wahr, Käpt'n Kiwi?»

Der Papagei flog eine Runde durch die Werkstatt und nahm seinen Platz auf der Lampe ein, von wo aus er all ihre Handgriffe genau beobachten konnte. Sie hatte sich angewöhnt, während ihrer Arbeit vor sich hin zu plaudern und Käpt'n Kiwi damit zu unterhalten. Er schien es zu lieben, wenn sie zusammen in der Werkstatt waren, und er hatte kaum noch das Bedürfnis, draußen herumzufliegen. Kiwi war unzweifelhaft zu einem Haustier geworden.

«Wir sind ein gutes Team, nicht?»

Der Papagei blickte sie an, legte den Kopf schief und verharrte aufmerksam.

«Möchtest du wieder ein bisschen Musik hören?»

Kiwi gackerte aufgeregt.

«Gefällt mir, dass du auch ein Opernfan bist.» Sie suchte in ihrer umfangreichen Playlist. «Wie wäre es mit was Barockem? *Dido and Aeneas*, das wird dich umhauen.»

Zufrieden sah sie, wie bereits die ersten Takte ihren Papagei in eine Art träumerische Trance versetzten. Dann tauchte sie selbst in Purcells Klangwelt ab und begann mit der Buchbindearbeit.

Die Fadenheftung der einzelnen Lagen war eine Arbeit, die sie besonders liebte. Denn nun fügten sich alle Einzelteile wieder zusammen. Außerdem hatte die Arbeit mit Nadel und Faden etwas Meditatives. Nur wollte sich diesmal die gewohnte innere Ruhe nicht recht einstellen. Auch Purcells Musik konnte daran nichts ändern. Immer wieder wühlten Gedanken an Henry sie auf, an Henry und die verdammte Wunschsache.

Sie hatte den Stein Stella zurückgeben wollen, gleich nachdem Henry ihr von seiner unfreiwilligen Nacht in der Restaurationswerkstatt erzählt hatte. Doch Stella hatte wieder beteuert, dass der Stein sich lediglich heilsam auf ihre Herzenergie auswirke. Alles andere sei Zufall. Rosalie knüpfe Zusammenhänge, wo gar keine seien. Wahrscheinlich, weil ihre Phantasie ebenfalls durch den Rosenquarz angeregt werde. Nicht umsonst benutze man den Stein auch bei kreativen Blockaden. Und dann sagte Stella noch, der Stein sei ein voller Erfolg. Ja, wirklich, ein Erfolg! Sie erinnerte Rosalie daran, dass Henry im Streit gekommen, aber friedlich gegangen war. Alle Missverständnisse zwischen ihnen hätten sich aufgelöst – das sei das wahre Wunder des Steins. Daraufhin hatte Rosalie den Rosenquarz wieder in ihre Handtasche gepackt.

«Ist doch sowieso alles Blödsinn», sagte sie laut, und Kiwi wiederholte: «Blöööd-sinn.»

«Ich hab ja dich. Wer braucht da noch einen Traummann?»

«Rosalie, gib Bützje», krähte der Papagei.

Rosalie lächelte, während sie die letzten Arbeitsschritte tätigte und die beiden Kapitalbänder an Kopf und Fuß des noch nackten Buchrückens befestigte. Sein schützendes Kleid, den Bucheinband aus Schweinsleder, würde der *Dahlstein* erst morgen angelegt bekommen.

Als sie die mittelalterliche Handschrift in die große Buchpresse einspannte, klingelte es an der Tür.

«Hast du eine Verabredung, Kiwi? Nein? Vielleicht hat Stella ihren Schlüssel vergessen.»

Es war der Doktor-Doktor.

«Der *Dahlstein* ist noch nicht fertig», begrüßte sie ihn an der Haustür.

«Oh?» Henry schien ehrlich überrascht. «Sie sagten, in ein paar Tagen.»

«Ja, und von den *paar Tagen* sind gerade mal drei vergangen.»

Die Enttäuschung, die Henry deutlich ins Gesicht geschrieben war, setzte Rosalie zu. Sie merkte, dass sie ihn gerne mit dem fertigen Buch erfreut hätte. Gleichzeitig ärgerte sie sich, dass er glauben konnte, eine so aufwendige Arbeit könne mal eben in zwei Tagen erledigt werden.

«Ich kann nicht zaubern», sagte sie, während sie ihn in die Werkstatt führte.

«Nicht? Ich war vom Gegenteil überzeugt.» Er lächelte sie an.

Ihr wurde warm, sehr warm.

«Schöne Musik. Ist das Purcell?»

«*Dido and Aeneas.*»

«Wunderbares Stück.»

«Es ist eine meiner Lieblingsopern. Leider geht es nicht gut aus.»

«Er verlässt sie.»

«Und sie begeht Selbstmord.»

Sie lauschten der Musik. Die letzten Töne von Didos Todesarie hingen in der Luft. *When I am laid in earth.* Traurig schön. Unverwandt ruhte Henrys Blick auf ihr. Er stand ganz nah und sah sie einfach an. Rosalie spürte, wie ihr Mund trocken wurde. Sie erwiderte seinen Blick und ließ sich fallen in das oszillierende Grün und Blau seiner Augen.

«Es geht fast nie gut aus», sagte er. «In der Oper, meine ich.»

Herrje, hatte sie wirklich gedacht, er würde sie jetzt küssen? Aufwachen, Rosalie.

«Er ist fast fertig, der *Dahlstein*», sagte sie schnell und zeigte auf die Buchpresse. «Nur noch eine Nacht, dann ist Bescherung.»

Henry strahlte. Der Operntod war vergessen. Dieser schöne Mann strahlte sie an. Oh Gott, wie sie das liebte. Und dann knurrte sein Magen, so laut, dass Käpt'n Kiwi mit einem ebenso lauten Krähen antwortete. Sie mussten beide lachen.

«Tut mir leid», entschuldigte er sich. «Ich habe schon eine ganze Weile nichts Richtiges gegessen. Seit Patrizia in Peking ist, funktioniert zu Hause noch nicht mal der Toaster.»

Der Ehekrach. Seine Frau, *wütend wie tausend Erinnyen*. Sie hatte nachgeschlagen, was Erinnyen bedeutete: Rachegöttinnen. Ihr schlechtes Gewissen meldete sich schlagartig.

«Ich hab auch Hunger. Kommen Sie, wir schauen mal oben, was im Kühlschrank ist.»

Es fanden sich zwei alte Möhren und drei Oliven, die in einer trüben Brühe schwammen. Rosalie fiel ein, dass Stella zum Einkaufen losgezogen war. Immerhin konnte sie Henry einen kräftigen Kaffee aus der Edelmaschine anbieten.

Während sie ihren Kaffee tranken, fiel Rosalie auf, dass Henry verändert aussah. Er hatte einen Dreitagebart, was ihm gar nicht schlecht stand. Statt des üblichen dunklen Anzugs trug er Jeans, darüber ein Hemd, das ihm lässig über die Hose hing. Rosalie gefiel das gut, und sie überlegte, ob Patrizias Abwesenheit diesen anderen, entspannteren Henry hervorgebracht hatte. Fast hätte sie ihn gefragt, wie lange seine Frau in Peking blieb. Aber eine Ehefrau, die mit Scheidung gedroht hatte, erwähnte man besser nicht. Vor allem, wenn man eine Mitschuld, und sei sie noch so klitzeklein, an dem Schlamassel hatte.

«Dann haben Sie also sturmfreie Bude?», versuchte sie es diplomatisch.

«Wohl eher Sturm in der Bude.»

Ihr Stirnrunzeln quittierte er mit einem Lachen.

«Das Haus spielt verrückt. Sämtliche elektronische Systeme, von der Klimaanlage bis zur Klospülung, machen, was sie wollen. Ich hab bereits den zweiten Computerspezialisten angeheuert. Nichts zu machen. Wie es aussieht, muss ich warten, bis Patrizia zurückkehrt.»

Sie wollte lieber nicht nachfragen, was seine Frau mit dem rebellierenden Haus zu tun hatte.

«Es ist, als ob man einen Poltergeist hätte. Nicht mal der Lieferservice funktioniert.»

«Sie kriegen keine Pizza mehr gebracht?»

Henry schüttelte lachend den Kopf und erklärte ihr, dass sie einen intelligenten Kühlschrank hätten, der genau registrierte, welche Lebensmittel aufgebraucht waren, einen digitalen Einkaufszettel schrieb und diesen an einen Onlineservice schickte, der einmal in der Woche den Einkauf ins Haus brachte.

«Du meine Güte», staunte Rosalie, «und wenn Sie mal auf etwas Neues Lust haben?»

«Hab ich nicht.»

Glaub ich nicht, dachte Rosalie und hatte eine Idee.

«Los, wir fahren einkaufen.»

Sie brachte ihn in den Supermarkt mit der größten Feinkostauswahl in der ganzen Stadt. Da das Angebot hochpreisig war, wälzten sich keine Menschenmassen durch das Geschäft. Das war wichtig, denn sie wollte ja nicht, dass Henry eine Panikattacke bekam. Gemütlich spazierten sie durch die Regalreihen, und sie musste hin und wieder schmunzeln, weil Henry sich ein bisschen wie im Museum benahm. Fasziniert studierte er die

Ware, las Produktbeschreibungen und kam kaum einen Schritt voran.

«Das überfordert mich», gestand er Rosalie, als sie vor einem Regal mit einem Dutzend Varianten von Johannisbeermarmelade standen, darunter eine aus Kamtschatka.

«Was essen Sie denn gern?»

«Käse.»

Sie spazierten zur Käsetheke.

«Du lieber Himmel», entfuhr es Henry beim Anblick der circa hundert Sorten.

«Mögen Sie lieber mild oder würzig?»

«Ich mag beides.»

«Sehr gut. Dann spielen wir Käse-Roulette.»

«Bitte?»

«Sie sprechen still das Abc, und ich sage irgendwann stopp.»

Der erste Buchstabe war ein R, und sie erstanden einen Romadur. Als Nächstes kam ein B und lieferte eine Auswahl von neun verschiedenen Sorten. Die Verkäuferin bot ihnen an, den Käse zu probieren. Doch Henry wollte weiterspielen, und so losten sie den zweiten und dritten Buchstaben aus. Heraus kam ein Bleu d'Auvergne. Es folgten ein portugiesischer Queijo de Castelo Branco und ein rumänischer Kaschkawal. Anschließend kauften sie noch Weintrauben und ein knuspriges Baguette, das Henry wegen seines schönen Namens aussuchte: *Fleur de Paris*. Der passende Rotwein fand sich im Nu. Offensichtlich kannte Henry sich damit aus. Er wählte einen leichten französischen Landwein.

«Der wird uns eine ausgewogene Grundlage zum Käseabenteuer liefern.»

«Uns?»

«Sie essen doch mit?»

Damit hatte Rosalie nicht gerechnet. Schneller, als sie nachdenken konnte, schüttelte sie den Kopf. «Ich muss noch mal in die Werkstatt.» Sofort ärgerte sie sich über ihre Antwort. Sie hatte Zeit, und sie hatte Lust. Doch nun war es gesagt, und sie konnte es nicht mehr zurücknehmen.

«Das ist schade.» Wenn sie sich nicht sehr täuschte, schien Henry es beinahe so zu bedauern wie die Tatsache, dass der *Dahlstein* noch nicht fertig war.

Schweigend gingen sie zur Kasse. Rosalie hätte sich in den Hintern beißen können. Als sie die Einkäufe bezahlen wollte, fand sie ihre EC-Karte nicht gleich. Sie durchsuchte ihr Portemonnaie, und dabei fielen ihr zwei zusammengefaltete Karten in die Hände. Es waren Henrys Operntickets. Seit Wochen trug sie die mit sich herum. Immer wieder hatte sie vergessen, sie Henry zu geben.

«Die gehören Ihnen.»

Erstaunt nahm er die Tickets. «Patrizia hat sie überall gesucht. Wie kommen Sie …?»

«Bei meinem Vorstellungsgespräch», sagte sie zögerlich. «Sie erinnern sich vielleicht, dass ich das Büro nicht durch die Tür verlassen habe?» Gott, war das peinlich. Sie selbst wollte sich überhaupt nicht daran erinnern.

Doch Henry lachte herzlich. «Wie könnte ich das je vergessen.»

«Die Karten kamen mir durchs Fenster hinterhergeflattert.» Es klang zugegebenermaßen ziemlich absurd.

Während sie bezahlte, zählte Henry amüsiert die Höhepunkte ihres spektakulären Auftritts auf. Verwundert nahm Rosalie wahr, dass Henry sich offenbar gern daran erinnerte.

«Ein schönes Durcheinander war das.»

«Tut mir wirklich leid.»

«Ich dachte, Sie sind eine Verrückte. Ernsthaft.»

«Und jetzt? Denken Sie das immer noch?»

Er sah sie aufmerksam an. Die schönen grünblauen Augen studierten sie regelrecht. Am liebsten hätte sie sich ein Zelt übergeworfen.

«Ich weiß nicht», sagte er ehrlich. Dann gab er ihr die Operntickets. «Die Vorstellung ist heute. Gehen Sie mit jemandem hin.»

«Wollen Sie nicht?»

Er schüttelte den Kopf. «Patrizia ist nicht da, und ich bin froh, dass ich nicht zwischen dreizehnhundert Menschen sitzen muss. Ich höre mir Mozart lieber alleine zu Hause an.»

«Also mögen Sie Mozart?»

«Sehr.»

Rosalie fühlte etwas sehr Warmes in ihrem Bauch. Sie liebte Mozart, und sie hatte eine Idee, wie sie den Abend doch noch mit Henry verbringen konnte. «Lassen Sie uns zusammen gehen. Ich weiß, wie wir die Oper schauen können, ohne die ganzen Leute.»

Er zögerte.

«Außerdem überbrückt das die Wartezeit auf den *Dahlstein*.» Sie hoffte inständig, ihn damit zu überzeugen.

«Wie soll das gehen? Wollen Sie eine Liveübertragung organisieren?»

«Besser. Wir werden selbst live dabei sein.»

«Ohne andere Menschen?»

Sie nickte.

«Sie *sind* verrückt.»

Er lachte sie dabei an, und das warme Gefühl in ihrem Bauch wurde noch größer. Es weitete sich aus, bis es ihr Herz umschloss.

«Halb acht vor der Oper?»

«Einverstanden», sagte er.

Sie spürte, wie alles in ihr jubelte. Henry blinzelte. Wie sich herausstellte, aber nicht ihretwegen. Um die Ecke bog Tatjana Raskolnikow. Wie immer sah sie perfekt aus, als käme sie gerade vom Catwalk bei der New York Fashion Week und nicht vom Einkauf in einem Frankfurter Supermarkt.

«Henry, wie schön, dass ich Sie hier treffe!», rief sie überschwänglich mit ihrem beneidenswert attraktiven Akzent. Rosalie warf sie nur ein kurzes Nicken zu. «Ich wollte Sie gerade anrufen», flötete sie weiter in Henrys Richtung.

«Wieso?»

Sie zeigte Henry den Korb mit ihren Einkäufen. Er barg eine Auswahl vornehmster Köstlichkeiten, darunter Austern, Champagner und Kaviar. Wahrscheinlich, dachte Rosalie, ist sie die Tochter eines Oligarchen und isst Goldeier zum Frühstück.

«Ich möchte Sie heute Abend gern zum Essen einladen. Jetzt, wo Ihre Frau nicht da ist, müssen Sie doch verhungern.» Ihr Augenaufschlag war unverschämt, die Botschaft eindeutig. Ehefrauen waren für die Russin offenbar kein Hindernis.

«Das ist sehr nett von Ihnen», sagte Henry höflich, «aber heute Abend habe ich schon etwas vor.» Dabei schaute er zu Rosalie, und die Raskolnikowa verstand sofort.

Wenn Blicke töten könnten, hätte Rosalie soeben ihren letzten Atemzug getan. Aber sie fühlte sich quicklebendig, und auch die Tatsache, dass Henry seine Praktikantin auf ein anderes Mal vertröstete, konnte ihr die gute Laune nicht nehmen.

KAPITEL 24

Als Henry vor der Oper eintraf, war Rosalie schon da. Sie wartete vor dem Eingang und sah – das Wort drängte sich ihm auf – zauberhaft aus. Zum ersten Mal sah er sie in einem Kleid. Es war smaragdgrün und passte fabelhaft zu ihren kastanienbraunen Locken, die sie offen trug, aber zu sanften Wellen gebändigt hatte, die ihr Gesicht einrahmten. Als sie ihn erblickte, verwischte der ruhige Eindruck jedoch sofort. Die wilden strahlenden Feuerrösser des Sonnengottes stürmten einmal mehr über ihr lachendes Gesicht, und Henry musste sich eingestehen, dass er selten eine Frau gesehen hatte, deren Strahlkraft derart belebend und mitreißend war. Er lachte sie ebenfalls an. Er konnte gar nicht anders.

«Ich bin hoffentlich nicht zu spät?», fragte er. «Ich hab noch mal einen IT-Techniker kommen lassen. Immerhin, das Haus funktioniert jetzt wieder.»

«Kein Problem.» Verschmitzt grinste sie ihn an. «Ich musste auch noch ein paar Dinge regeln.»

Er wollte das Opernfoyer betreten, doch Rosalie hielt ihn zurück.

«Zu viele Leute», sagte sie verschwörerisch und wies ihm einen anderen Weg.

Sie gingen um den klotzigen Zweckbau herum, der sowohl das Schauspiel- als auch das Opernhaus beherbergte, und kehrten dem einhundertzwanzig Meter langen Glasfoyer an der Vorderseite – lichtes und einziges architektonisches Highlight des Gebäudes – den Rücken. Hier hinten waren die Wände aus mausgrauem Beton und hätten auch das Warenlager eines

Onlinehändlers umschließen können. Als Rosalie eine unscheinbare Seitentür öffnete, wurde ihm mulmig. Sie wollte sich doch nicht etwa durch die Personalpforte einschleichen?

«Rosalie, wir haben Karten», erinnerte er sie.

«Dafür nicht.» Sie nickte dem Pförtner hinter seiner Scheibe zu, der lächelnd zurücknickte. «Vertrauen Sie mir», flüsterte sie, und da er nicht folgte, ergriff sie seine Hand.

«Das ist doch ganz sicher nicht erlaubt», insistierte er, ließ sich aber von ihr mitziehen. Warum, wusste er selbst nicht so recht. So ein Regelverstoß kostete ihn Mühe, und halb bereute er es schon, sich auf den Abend mit Rosalie eingelassen zu haben. Aber ein Teil von ihm war auch neugierig und wollte wissen, was sie sich ausgedacht hatte. Und da war ihre Hand in seiner …

«Wir haben es gleich geschafft», sagte sie fröhlich und schritt so selbstverständlich durch das Treppenhaus, als gehört sie hierher.

Als ihnen allerdings auf dem nächsten Treppenabsatz ein Bühnenarbeiter entgegenkam und fragte, ob sie sich verlaufen hätten, war Henry sich sicher, dass das Spiel aus war. Er sah den peinlichen Moment, von zwei Security-Typen aus dem Haus geworfen zu werden, schon vor sich. Doch Rosalie antwortete leichthin: «Nein, alles in Ordnung. Wir finden uns zurecht», und ging zielstrebig weiter. Der Mann nickte und ging ebenfalls seiner Wege. Henry war fast ein bisschen enttäuscht.

Im dritten Stock öffnete Rosalie eine Tür, und plötzlich standen sie in einer Loge.

«Bitte schön», rief sie, «die Regieloge – ganz für uns allein.»

«Und wenn der Regisseur kommt?»

«Der kommt nicht. Er ist bei seinen eigenen Premieren so nervös, dass er selbst nicht zusehen kann. Das hat mir der Pförtner versichert.»

«Aber er hat doch sicher einen Assistenten?»

Rosalie lächelte ihn an. «Henry, entspannen Sie sich. Ich habe alles geregelt.»

«Wie?»

«Mein Vater hat hier gearbeitet, als Schauspieler im Kleinen Haus. Die Bühnen und Werkstätten waren mein schönster Spielplatz. Die halbe Belegschaft kenne ich mit Vornamen, und der Pförtner hat immer meine Mathehausaufgaben erledigt.»

«Wenn Sie mir das gleich gesagt hätten, hätte ich mein Hemd nicht durchschwitzen müssen.» Er war nur halb so verärgert, wie er tat. Sein Hemd war allerdings wirklich etwas feucht.

«Ihnen kann man es wirklich nicht recht machen.» Mit einem Seufzer ließ Rosalie sich in einen der Sessel fallen.

«Doch, doch», beteuerte er und schaute über die Balustrade. Das Publikum drängte sich weit unter ihnen im Parkett. Die Sicht auf Bühne und Orchestergraben war perfekt. «Es ist wunderbar.» Er drehte sich zu ihr. «Sie können zaubern, wie ich es gesagt habe.»

Der Blick, der ihn jetzt traf, warf ihn schier um. Helios und seine Feuerrösser waren ein Schatten gegen das helle Feuer, das jetzt in ihren Augen brannte. Rosalie war glücklich. Anders konnte er diesen Blick nicht deuten. Sie war glücklich, weil er glücklich war. Henry spürte, wie ihm flau im Magen wurde. Flau und warm.

Rosalie kramte aus ihrer großen Tasche eine Tüte hervor. «Hunger?»

«Chips?»

«Das sind nicht irgendwelche Chips. Stella hat sie gemacht, und es gibt Menschen, die würden dafür töten.»

«Dann sollten wir sie wohl besser aufessen, bevor die Musik beginnt.»

Wie froh war er, dass sie seine Regung als Hunger interpretiert hatte und nicht als das, was es wirklich war – ein Glühen in seinem Herzen, ein sehnsuchtsvolles Reißen. Oder, um es mit einer seiner antiken Lieblingsmetaphern auszudrücken: Amors Pfeil hatte sein Zentralorgan getroffen. Jetzt rang er ums Überleben.

KAPITEL 25

Vergnügt sah Rosalie, dass Henry die Chips mit großem Appetit krachen ließ. Es war ein lautes, vollkommen unpassendes Geräusch für eine Opernloge. Aber Henry störte sich anscheinend nicht daran. Lustvoll steckte sie sich selbst eine Handvoll in den Mund. Unwillkürlich dachte Rosalie an den Rosenquarz in ihrer Handtasche. Ob er nun irgendeine Kraft hatte oder nicht, sie brauchte ihn gar nicht. Da war nichts, was sie sich im Augenblick hätte wünschen mögen.

«Haben Sie ganz zufällig auch etwas zu trinken in Ihrer Tasche?»

Rosalie grinste und holte eine Rotweinflasche und zwei Pappbecher hervor.

«Das rettet mich», platzte es aus Henry heraus. Dann schaute er sie an, als bereue er seine Wortwahl.

«Keine Sorge», beruhigte sie ihn. «Der Regisseur ist gut. Es wird bestimmt toll.» Dabei war sie sich gar nicht so sicher, ob Henry die Inszenierung meinte.

Etwas Unbestimmtes lag in seinem Blick. Doch dann prostete er ihr zu und goss den Wein in sich hinein wie Medizin, ganz nach dem Motto: «Viel hilft viel.» Sie staunte nicht schlecht.

Als die ersten Klänge der Ouvertüre zu ihnen aufstiegen, waren sie beide sofort mucksmäuschenstill. Rosalie ließ ihre letzten Chips zurück in die Tüte gleiten, Henry stellte seinen Pappbecher auf den Boden. Von der ersten machtvollen Akkordfolge an war sie tief ergriffen. Henry musste es ähnlich gehen. Er lächelte sie an, dann schwang sein Blick nach innen in tiefe ferne Welten. Erst als nach der Ouvertüre der Prospekt mit dem funkelnden Sternenhimmel hochfuhr und den Blick auf ein farbenfrohes Bühnenbild freigab, erwachten seine Augen wieder. Genau wie ihre eigenen sogen sie die perfekte Schönheit einer stilisierten Phantasielandschaft in sich auf. Dann lachten sie Rosalie an.

Die Inszenierung der *Zauberflöte* war nicht nur schön, sie war ein Traum. Darüber waren sie sich sofort einig, als der Vorhang für die Pause fiel. Während die anderen Opernbesucher ins Foyer strömten, blieben sie in ihrer gemütlichen Loge sitzen wie Küken in ihrem sicheren Nest. Rosalie goss Wein in die Pappbecher, und sie stießen auf den gelungenen Abend an.

«Es ist märchenhaft.»

«Absolut», bestätigte Henry begeistert. «So bildgewaltig und trotzdem nicht kitschig oder kindisch.»

«Mich erinnert es an die Filme von Tim Burton.»

«Ja, das ist es! Eine Mischung aus *Alice im Wunderland* und …»

«*Hochzeit mit einer Leiche.*» Sie sagten es fast gleichzeitig und mussten lachen.

«Tim Burton ist exzellent.»

«Ich liebe ihn.»

«*Edward mit den Scherenhänden* …»

«Ihr Lieblingsfilm?»

Er nickte.

Rosalie war verblüfft. Der Doktor-Doktor war ein Filmfan, und wie sich bei einem weiteren Pappbecher voll Rotwein herausstellte, konnte er genauso begeistert über die Regie von Tim Burton reden wie über seine paläographische Arbeit. Überrascht stellte Rosalie fest, dass Henry nicht nur einen bestechenden Sinn für Ästhetik hatte. Er hatte auch, und das verwunderte sie weit mehr, einen Hang zum Verspielten. Er erzählte ihr, dass er Cartoons und Comics sammelte und dass er es außerdem liebte, in Spielzeugläden auf Entdeckungstour zu gehen. Dort fanden sich immer kuriose kleine Dinge.

«Dienstagvormittage zum Beispiel eignen sich hervorragend für Streifzüge durch Spielwarenläden. Es dürfen nur keine Ferien sein und keine Vorweihnachtszeit.» Er grinste, und in seinen grünblauen Augen leuchtete allen sozialen Phobien zum Trotz die Abenteuerlust.

Wenn ich nicht schon längst in ihn verschossen wäre, dachte Rosalie höchst beunruhigt, dann würde es jetzt passieren. Sie spürte das Glück in ihrem Herzen hüpfen wie ein wildgewordenes Kinderballett.

«Erinnern Sie sich noch, wie das anfing, diese Angst vor Menschenansammlungen?»

Henry überlegte. «Irgendwann in der Schulzeit, denke ich. Ich erinnere mich nicht mehr an das erste Mal. Aber ich weiß noch, dass meine Mutter alles Mögliche unternommen hat, um mich zu desensibilisieren. So hat sie es genannt. Sie hat mich ständig zu öffentlichen Veranstaltungen geschleppt und darauf bestanden, dass ich sie samstags zum Einkaufen begleite. Sie hat mich sogar zum Chor angemeldet.»

«Sie können also singen?»

«Ein wenig. Aber Sie werden mich nicht überreden können, etwas vorzusingen.»

Wer weiß, dachte Rosalie, wenn er noch mehr von dem Rotwein trinkt. Die Flasche war fast leer, und sie hatte sich ausnahmsweise zurückgehalten. Sie war schon so beschwipst von Henrys Anwesenheit, dass sie sich vorgenommen hatte, ihre Sinne nicht auch noch durch Alkohol zu verwirren.

Bis zum Ende der auch im zweiten Teil traumhaft schönen Aufführung hielt sie an ihrem Vorsatz fest. Doch wie so viele ihrer vernünftigen Vorhaben wurde auch dieses vom Schicksal durchkreuzt.

Als sie nach dem Schlussapplaus die Oper wieder über die Personalgänge verlassen wollten, begegneten ihnen zwei Sänger aus dem Chor, und Rosalie stellte fest, dass sie beide kannte. Es gab ein großes Hallo, und sofort waren sie zur Premierenfeier in die Theaterkantine eingeladen.

«Ausgezeichnet», meinte Henry, «ich würde gerne auch die anderen Künstler kennenlernen und ihnen zu der gelungenen Premiere gratulieren.»

«Ihnen ist aber schon klar, dass dort sehr viele Menschen sein werden?»

«Sie sind ja an meiner Seite.» Die Leichtigkeit, mit der er das sagte, irritierte Rosalie, und sie fragte sich, ob er vielleicht doch schon zu viel von dem Rotwein hatte.

Der nicht übermäßig große Kellerraum war tatsächlich vollgestopft mit Menschen wie ein angesagter Club, wenn sein bester DJ auflegt. Bloß dass die Leute hier weder hippe Musik noch ein stylishes Ambiente brauchten, um zu feiern. Die Künstler waren noch so voller Adrenalin, dass der nüchterne Raum geradezu vor Energie flirrte. Die beiden Sänger, zwei väterliche, aber äußerst trinkfeste Gesellen, führten Henry und sie von einem zum nächsten Star des Abends und sorgten dabei unablässig für Nachschub eines eigens für die Premierenfeier kreierten Cocktails mit dem zauberhaften Namen *Königin der Nacht*.

«Tintenblau wie der Sternenhimmel bei Mondschein», kommentierte der Tenor, der den Tamino gegeben hatte.

«Und bittersüß wie der letzte Kuss der ersten Liebe», ergänzte seine Pamina.

Nach drei *Königinnen* war man eigentlich tot, so zumindest das Gerücht. Doch Rosalie fühlte sich nach dem vierten lebendiger denn je, und Henry musste es wohl genauso gehen. Sie hatte plötzlich unbändigen Hunger, aber in der Kantine gab es nur Alkohol und Schokoriegel.

«Der Käse wartet auf uns», sagte Henry. «Kommen Sie, ich lade Sie ein.»

Das war verlockend. Sie stand auf guten Käse – und auf Henry.

«Ich denke, ich sollte jetzt lieber nach Hause fahren.»

Gut gemacht, Rosalie. Seine Frau mag weg sein, aber sie kommt wieder.

«Wenn Sie mich den Käse nicht alleine essen lassen, singe ich ein Lied für Sie.»

«Wirklich?»

«Versprochen.»

Rosalie spürte, wie ihre Gehirnzellen gegeneinander Krieg führten. Die eine Hälfte sandte panisch Warnsignale aus, während die andere bereits lustvoll Endorphine verströmte. Ein rettender Gedanke befriedete das Tohuwabohu in ihrem Kopf: Sie konnten doch Freunde sein! Ein bisschen Käse essen und ein Liedchen hören. So etwas taten Freunde. Kein Grund, Panik zu bekommen, und erst recht nicht, sich im siebten Himmel zu wähnen.

Wie man sich täuschen konnte.

Rosalie schmolz dahin. Sie lehnte in Henrys schwarzem Ledersessel und lauschte mit geschlossenen Augen seiner Bassstimme.

Ehrlich gesagt, hatte sie nicht geglaubt, dass er es wirklich tun würde. Noch während er sie durch das überraschend edel gestylte Ambiente seines Einfamilienhauses ins Wohnzimmer geführt hatte, hatte sie gedacht, dass er flunkerte. Aber Henry flunkerte nicht. Er war ein Mann, der sein Versprechen hielt.

Ihr war vollkommen klar, dass Henry selbst mit einer dreiviertel Flasche Rotwein und vier *Königinnen der Nacht* im Blut nicht jedem ein Ständchen darbringen würde. Wahrscheinlich wussten die meisten seiner Mitmenschen nicht einmal, dass er so verdammt gut singen konnte. Auch Rosalie traute ihren Ohren kaum. Sie hatte ein paar Takte eines einfachen Volksliedes, wie *Das Wandern ist des Müllers Lust* oder bestenfalls *Amazing Grace*, erwartet und gekichert, als er sie gebeten hatte, die Augen zu schließen. Und jetzt das: Bob Dylan. *Lay Lady Lay.* Das Herz schlug Rosalie bis zum Hals, auch wenn sie wusste, dass der Song sicher nicht als Aufforderung gemeint war. Oder doch?

«*Why wait any longer for the one you love?*», sang Henry mit rauer, warmer Stimme. «*When he's standing in front of you. Lay, lady, lay across my big brass bed.*»

Sie atmete flach und flacher.

Als Henry die letzte Strophe beendet hatte, wagte sie nicht, die Augen zu öffnen.

«*You can have your cake and eat it too*», wiederholte er eine Liedzeile.

Sie spürte, dass er dicht vor ihr stand. Wollte er sie küssen? Sollte sie das zulassen? Doch Rosalie wartete vergebens darauf, dass Henry sich zu ihr hinunterbeugte. Stattdessen nahm sie einen intensiven Geruch war. Ein wenig säuerlich, um nicht zu sagen: stinkend. Vorsichtig öffnete sie nun doch die Augen.

«Käse.» Es klang enttäuscht, das hörte sie selbst und hoffte inständig, dass Henry es nicht bemerkte.

Er reichte ihr lächelnd eine Platte mit dem Sortiment ihres Käse-Roulettes und ging dann zurück in die Küche, um noch Brot und Rotwein zu holen. Rosalie nutzte die Gelegenheit und atmete einmal tief durch. Sie sah sich im Raum um. An den weißen Wänden hingen monochrome Kunstwerke. Sie vermisste Bücher, Kerzen, Blumen und andere Dinge, die das Leben ausmachten. Wo waren zum Beispiel Henrys Comics? Sein Büro in der Uni war vollgestopft. Ordentlich, aber voll und dadurch gemütlich. Hier war Leere das vorherrschende Prinzip. Wenige, solitäre Möbelstücke, in Szene gesetzte Leinwände. Das naturbelassene Eichenparkett war das einzig Gemütliche hier. Vermutlich machte Patrizia nicht gerne Kompromisse. Patrizia, die große Unbekannte. Rosalie fühlte sich plötzlich schwach. Eine Zigarette wäre jetzt nicht schlecht. Aber sie sah nirgends einen Aschenbecher, und da fiel ihr ein, dass Henry ja Asthma hatte. Sie sollte in seiner Nähe nicht rauchen. Nein, korrigierte sie sich, sie sollte überhaupt nicht in seiner Nähe sein. In diesem Museum, eingerichtet von seiner Frau, war sie wirklich fehl am Platz. Als Henry zurückkam, stand sie auf.

«Du willst doch nicht etwa gehen?» Das war das erste Mal, dass er sie duzte. Und es war das erste Mal, dass ein *Du* ihr weiche Knie machte.

«Es ist schon spät», sagte sie zögernd.

«Bitte bleib.»

Sie hätte ihm in die Arme sinken können. Jetzt, hier, auf der Stelle, schüttelte aber den Kopf.

«Wenigstens, bis wir Brüderschaft getrunken haben.»

Sie sollte wirklich nichts mehr trinken.

«Du duzt mich doch schon.»

«Darum.» Henry füllte die Gläser. «Wie geht das noch? Über Kreuz?»

Sie musste kichern, als sie die Arme miteinander verhakten, und beinahe hätte sie sich am Rotwein verschluckt. Doch Henry blieb ernst und zog sie zu sich heran. Fest umschlang seine warme Hand ihren Nacken. Das war eindeutig kein Bruderkuss. Noch im selben Moment wurde es ihm auch klar, das spürte sie. Fast gleichzeitig rückten sie voneinander ab.

Er lächelte verlegen, prostete ihr zu und sagte, das Ritual vollendend: «Henry.»

«Rosalie», erwiderte sie und hatte das Gefühl, in Flammen zu stehen. Sie musste hier raus. Schnell murmelte sie eine Entschuldigung und flüchtete ins Bad.

Das war ein Kuss! Ein richtiger Kuss! Auf einer designpreisverdächtigen Kloschüssel rang sie um Fassung. Was wäre wohl passiert, wenn sie den Kuss stärker erwidert hätte? Was wäre passiert, wenn es seine Frau nicht gäbe? Und mit einem Mal war er da: der Wunsch, dass Henrys Frau von ihrer Reise nicht zurückkehrte. Ihr Flugzeug könnte doch abstürzen. Heiß schoss der Gedanke in ihr auf.

«Nein, nein, nein!», rief sie erschrocken. «Das habe ich nicht gedacht. Das will ich nicht denken. Verfluchte Scheiße, nein!» Hektisch kramte sie den Rosenquarz aus ihrer Tasche hervor und flehte den Stein an: «Das war kein Wunsch, hörst du? Nur ein dummer Gedanke. Kein Wunsch.»

Naturgemäß regte der Stein sich nicht. Rosalie schaute ihn misstrauisch an. Vielleicht konnte man ihn irgendwie neutralisieren? Sie griff sich die teure, französische Seife, und zwischen gemurmeltem «Oh Gott, was mach ich bloß?» und «Das darf alles nicht wahr sein!» schrubbte sie den hübschen rosa Stein, als wäre er ein verlauster Straßenkater. Sicher war sicher. Auch wenn sie Stella schon lachen hörte.

Als sie endlich wieder einigermaßen gefasst das Wohnzimmer betrat, sah sie Henry ausgestreckt auf der Couch liegen. Sein Rotweinglas stand leer vor ihm auf dem Tisch. Mit verschleiertem Blick lächelte er ihr entgegen. «Komm zu mir. Wir essen den Käse im Liegen wie die Römer.»

«Besser nicht. Wir könnten uns böse verschlucken.» Sie zwinkerte ihm zu, freundschaftlich. Ja, freundschaftlich. Dann nahm sie eine Decke, und noch während sie ihn damit einhüllte, schlief er ein.

Rosalie betrachtete ihn einen Moment. Wenn er der Richtige

wäre, dann wäre er nicht verheiratet. So einfach war das. Wehmütig warf sie einen letzten Blick auf Henry und ging.

Sie hatte die Klinke der Haustür schon in der Hand, als ihr ein gerahmtes Foto auffiel. Ein Hochzeitsfoto von Henry und seiner Frau. Natürlich, das musste ja jetzt sein. Als wollte ihr irgendeine höhere moralische Instanz lobend die Schultern tätscheln und sagen: «Brav, Rosalie. Schau, dieses Glück hättest du beinahe zerstört.» Sie betrachtete die Braut genauer. Das war also Patrizia. Plötzlich stutzte sie. Irgendwoher kannte sie die doch. Aber woher? War sie Henrys Frau schon einmal begegnet? Vielleicht beiläufig? Und dann fiel es ihr ein. Die Erkenntnis war ein Schock. Das Ganze war so unglaublich, dass Rosalie das Bild mit dem Handy abfotografierte.

Sie musste unbedingt Gewissheit haben.

KAPITEL 26

Als Henry am nächsten Morgen erwachte, war sein erster Gedanke *Rosalie*. War sie nicht eben noch bei ihm gewesen? Er blickte sich um und spürte einen stechenden Schmerz in seinem Kopf. Die *Königinnen der Nacht* forderten ihren Tribut. Henry schleppte sich in die Küche, um eine Aspirin in Wasser aufzulösen. Ob Rosalie auch so höllische Kopfschmerzen hatte? Interessanterweise spürte er neben dem Kopfweh aber auch ein angenehmes Hochgefühl. So als könnte dieser Tag nur Gutes bringen. Er blickte auf seine Smartwatch. Seine Werte waren erwartungsgemäß im Keller. Wäre nicht schlecht, wenn er sich zu einer leichten Joggingrunde aufraffen könnte. Spätestens in einer halben Stunde würde die Tablette wirken, dann könnte er bei Rosalie vorbeijoggen. Sie könnten zusammen diesen kräftigen Kaffee aus ihrer Wundermaschine trinken. Ja, und vielleicht war auch der *Dahlstein* schon fertig, und er konnte ihn direkt aus der Buchpresse entgegennehmen. Noch während Henry sich das alles ausmalte, wurde ihm bewusst, dass es ihm weder um guten Kaffee noch um das für seine Arbeit so dringend benötigte Buch ging. Er griff zum Telefon und wählte Caros Nummer.

«Weischt du, wie schpät esch ischt?», lispelte Caro mit Zahnschiene im Mund.

«Ich bin verliebt. Du musst mir helfen. Ich will das nicht.»

«Oh Mann, dasch isch dasch noch erlebe.» Sie war nun hellwach und spuckte die Schiene aus. «Wie geht es dir?»

«Wie es mir geht? Ich stürze in einen Abgrund.»

«Liebt sie dich nicht?»

«Weiß ich nicht, und das ist auch egal. Sag mir bitte, wie ich das stoppen kann.»

«Man kann es nicht stoppen, Henry.»

Wahrscheinlich war das der Grund, warum er diesem Gefühl immer in großen Bögen ausgewichen war.

«Wer ist denn die Auserwählte?»

«Tut nichts zur Sache. Ich werde es stoppen, Caro. Ich muss.»

Er konnte hören, wie Caro in die Kissen zurücksank. «Und dafür weckst du mich?» Sie legte auf.

Henry schaute auf die Küchenuhr. Sieben. In Peking war es jetzt ein Uhr mittags. Sollte er Patrizia anrufen? Wenn er Glück hatte, machte sie gerade Mittagspause. Wahrscheinlicher war, dass sie noch in einem Meeting saß. Unschlüssig wanderte er durchs ganze Haus. Schließlich landete er in seinem Arbeitszimmer und begann von neuem, auf und ab zu gehen. Da der Platz zwischen der Tür, seinem ausladenden Schreibtisch und den Bücherregalen aber nur wenige Schritte zuließ, gab er es bald entnervt auf und pflanzte sich in seinen Sessel.

Die Bahnhofsuhr über der Tür zeigte zehn nach sieben, und das Zucken des roten Sekundenzeigers, der ihn sonst in meditative Stimmung versetzte, hatte jetzt so viel Beruhigendes an sich wie eine Rakete kurz vor dem Abschuss. Entschlossen klappte er seinen Laptop auf und versuchte, Patrizia per Skype zu erreichen. Doch wie so oft in den letzten Tagen reagierte sie auch diesmal nicht. Vielleicht sollte er ihr eine E-Mail schreiben? Eine, in der er seine Gefühle darlegte. Einen richtigen Liebesbrief, in dem er alles aufzählte, was ihm an ihrer Beziehung wichtig war. Er hatte so etwas noch nie gemacht. Aber, bei Zeus und allen Göttern, das war eine gute Idee! Seine innere Unruhe war wie weggefegt, und er war in geradezu feierlicher Stimmung, als er die Tastatur seines Laptops berührte.

«Liebste», tippten seine Finger energisch. Doch dann schaute er das Wort an und fand es unpassend. Eigentlich hatten sie keine Kosenamen füreinander. Zwar nannte Patrizia ihn hin und wieder *Liebling*, aber, wenn er es recht bedachte, nur dann, wenn sie ihn kritisierte. «Liebling, würdest du bitte die Seife nicht neben, sondern in die Seifenschale legen», «Liebling, die braunen Schuhe kannst du unmöglich zu dieser Hose tragen» oder «Liebling, wir hatten diese Woche schon Sex».

Henry löschte «Liebste» und eröffnete seine Mail mit: «Liebe Patrizia». Wieder hielt er inne. Lieb war seine Frau im Moment ja wirklich nicht. Sie hatte das ganze Haus gegen ihn aufgehetzt, antwortete auf keinen seiner Kontaktversuche, und sie traute ihm eine Affäre zu. Kannte sie ihn so schlecht? Sie musste doch wissen, dass er sein Eheversprechen niemals brechen würde. Und tat er nicht gerade in diesem Augenblick alles dafür, um einen Ehebruch zu vermeiden? Vielleicht sollte er ihr genau das schreiben? Er sollte ihr berichten, dass nicht in Tatjana, sondern in Rosalie die Gefahr zu sehen war. Was könnte seine Frau mehr überzeugen als die Offenheit, mit der er schildern würde, welche Herausforderung diese Gefahr für ihn darstellte und wie er sich dagegen wappnete. Das war der richtige Ansatz. Patrizia sollte sehen, dass er alles tat, um ihre Ehe zu retten.

Eine halbe Stunde später las er sich seinen Text noch einmal durch – und löschte ihn von der ersten bis zur letzten Zeile. Er hatte keinen Liebesbrief an seine Frau, sondern einen an Rosalie verfasst.

Wütend klappte er den Laptop zu. *Reiß dich zusammen, alter Junge. Was ist dir wichtig? – Die Arbeit*, lautete postwendend die Antwort in seinem Kopf.

Na, also. Die große romantische Liebe hatte ihn seit seinen ersten schockartigen Erfahrungen im Teenageralter nicht mehr interessiert. Sollte er jetzt mit vierzig noch mal damit anfangen? Er klappte den Laptop wieder auf und tippte abermals: «Liebe

Patrizia». Er überlegte. Nein, er würde nicht über Gefühle schreiben. Gefühle hatte jeder Hamster. Es war der Wille, der den Menschen ausmachte.

«Komm bald zurück», schrieb er. «Ich will nur dich.»

KAPITEL 27

Stellas Morgenkaffee war sicher längst kalt geworden. Unberührt stand er vor ihr auf dem Küchentisch. Sie hatte nicht einmal daran genippt. Dabei hatte Rosalie wirklich alles gegeben, um sie aufzuheitern. Nicht ein einziges peinliches Detail ihrer hirnrissigen Wunschstein-Waschaktion hatte sie ausgelassen. Doch statt sich halb tot zu lachen, starrte Stella unverwandt auf das Handydisplay mit dem Foto, das Rosalie in der Nacht zuvor in Henrys Flur gemacht hatte. Auch sie hatte darauf die Frau erkannt, die in ihrem Ex-Zuhause unter dem Sofa ihres Exmannes einen Ohrring gesucht hatte. Damals, als sie beide von der Terrasse aus alles beobachtet hatten, war Stella wütend gewesen. Jetzt holte sie die Traurigkeit mit voller Wucht ein.

Rosalie beobachtete ihre Freundin bekümmert. Ihre langen rotblonden Haare waren noch nass vom Duschen und hingen in Strähnen vor ihrem Gesicht, das an diesem Morgen ein paar tiefe Falten zeigte. Sanft nahm Rosalie Stella das Handy aus der Hand und stellte ihr einen frischen Kaffee hin.

«Ich glaube, dass diese Affäre bereits lief, als ich noch mit ihm verheiratet war», sagte Stella tonlos. «Er hat mich oft betrogen. Meistens waren es Krankenschwestern.» Stella lachte auf. «Das reine Klischee: der Gott in Weiß und seine süßen Engelchen.»

«Die ist keine Krankenschwester», bemerkte Rosalie.

«Du musst es Henry sagen.»

«Auf gar keinen Fall. Was, wenn alles ganz harmlos ist? Vielleicht ist Henrys Frau mit deinem Ex nur befreundet.»

Stella lachte bitter. «Freundschaften mit Frauen? So was kennt der nicht. Außerdem ist sie genau sein Typ.» Sie trank ein paar

Schlucke von ihrem Kaffee und schüttelte über sich selbst den Kopf. «Ich weiß gar nicht, wieso mir das so viel ausmacht. Ich will den Idioten wirklich nicht wiederhaben.»

«Na ja», überlegte Rosalie, «vielleicht solltest du auch mal an deinem Herzchakra arbeiten.»

Sie mussten beide lachen.

«Sag's ihm», insistierte Stella.

«Nein!»

«Aber es ändert doch alles.»

«Es ändert gar nichts. Henry ist immer noch ein verheirateter Mann.»

«Er ist vor allem ein betrogener Mann», stellte Stella fest.

Rosalie musste zugeben, dass die Vorstellung, Henrys Ehe könnte platzen, verlockend war. Aber sie hatte nicht das Recht dazu, Schicksal zu spielen.

«Nach dieser Nacht seid ihr doch mindestens so etwas wie Freunde.» Stella schüttete ihren Kaffee in den Ausguss und machte sich einen neuen.

Rosalie zuckte vage die Schulter. Waren sie das wirklich? Sie wusste es nicht.

«Willst du einen Freund in der Lüge leben lassen?», bohrte Stella.

«Auf keinen Fall will ich ihn unglücklich machen. Und deshalb halt ich meine Klappe.»

Stella legte ihre Stirn in Falten. Doch sie sagte nichts mehr.

Als Rosalie eine Stunde später die Treppen zu Henrys Büro hochstieg, war sie nervös. Sie hatte den *Dahlstein* dabei. Es war eine gute Arbeit geworden. Und sie zweifelte nicht daran, dass Henry das genauso sehen würde.

Über das Buch wird er sich bestimmt freuen, dachte sie. Aber wie wird er auf sie reagieren? Nach dieser Nacht. Ob er sich erinnert, dass sie sich geküsst haben? Vielleicht hatte er einen Filmriss.

Im Nachhinein kam ihr der Kuss selbst vollkommen unwirklich vor. Sie hätte ihn auch geträumt haben können. Aber sie erinnerte sich noch sehr genau an das Erschrecken danach. An ihr beider Erschrecken. Also war der Kuss wirklich vorgefallen. Eine Tatsache. Die jetzt zwischen ihnen stand? Mit Herzklopfen öffnete Rosalie die Tür zu Henrys Büro.

«Oh mein Gott!», entfuhr es ihr entsetzt, und mit einem rasch gemurmelten «Entschuldigung» schmiss sie die Tür wieder zu.

Auf dem Flur versuchte sie zu verdauen, was sie soeben gesehen hatte. Es war noch unglaublicher als alles, was sie gestern Nacht mit Henry erlebt hatte, und gleichzeitig tauchte es die gestrigen Ereignisse in ein vollkommen anderes Licht.

Henry knutschte mit der Russin in seinem Büro.

Rosalie sah es noch deutlich vor sich: Henry in seinem Sessel, Tatjana Raskolnikow über ihn gebeugt.

Die Tür flog auf. Heraus kam die Russin, warf ihr ein fröhliches «Guten Morgen» zu, garnierte es mit einem triumphalen Lächeln und verschwand.

Gleich darauf erschien Henry in der Tür. «Gut, dass Sie noch da sind, Rosalie. Ich muss Ihnen das erklären.»

«Müssen Sie nicht. Und wir waren beim Du.»

«Wirklich?» Er wirkte verwirrt.

Doch die Zerstreuter-Professor-Nummer zog bei ihr nicht mehr. Rosalie wollte nur noch weg. «Hier.» Sie gab ihm das Buch.

«Oh, fabelhaft, ganz fabelhaft.» Er hielt sie am Arm fest. «Bitte, nur einen Augenblick. Ich möchte Ihnen … ähm, dir das wirklich erklären.»

Was gab es da noch zu erklären? Der schüchterne Doktor-Doktor war ein Weiberheld. Am liebsten hätte sie ihm das auch gesagt. Doch ihre Kehle war wie zugeschnürt, während Henry in seinem umständlichen Philologendeutsch beteuerte, dass die Dinge nicht so seien, wie sie schienen.

«Meine Frau betrügt mich», sagte er schließlich unumwunden. Dabei wies er auf den Schreibtisch, dessen stoische Ordnung von einem Wust durcheinandergewirbelter Fotos bedroht wurde.

Alle Bilder zeigten Patrizia mit einem Mann, Stellas Exmann. Wenigstens kennt Henry jetzt das Geheimnis seiner Frau, dachte Rosalie, und sie musste nicht mehr darüber nachgrübeln, ob es nicht doch fairer wäre, ihn aufzuklären. Sie schaute auf die Bilder. Eines blieb ihr jedoch schleierhaft: Wie sollte das die Knutscherei von eben erklären?

«Tatjana hat mir die Fotos gebracht. Sie hatte ihren Verlobten im Verdacht, dass er sie betrügt.»

«Ihr Verlobter?» Stellas Ex? Rosalie verstand gar nichts mehr. Und vor allem: Auch das erklärte nicht mal ansatzweise, wieso Henry seine Praktikantin küsste.

«Sie hat einen Privatdetektiv auf ihn angesetzt. Und das kam dabei heraus … Unglaublich.» Henry starrte auf die Fotos.

Rosalie wusste weder, was sie denken, noch, was sie fühlen, und erst recht nicht, was sie sagen sollte. Der Drang, einfach wegzugehen, wurde wieder stärker. Vielleicht bemerkte Henry das. Denn er wechselte abrupt das Thema.

«Wir sollten über die Arbeit reden.» Er wischte die Fotografien mit dem Arm beiseite und legte das restaurierte Buch auf den Schreibtisch. «Der *Dahlstein* – großartig.» Er blätterte ihn auf. «Eine ausgezeichnete Arbeit. Er ist wie neu.» Henry lächelte sie an.

Sie lächelte tapfer zurück.

Eine kleine Pause entstand.

Henry kam hinter seinem Schreibtisch hervor. «Ich muss

Ihnen, Entschuldigung, dir etwas zeigen.» Er setzte eine feierliche Miene auf, ging hinüber zu einer Doppeltür und zog sie auf.

Fast hätte Rosalie einen kleinen Schrei ausgestoßen. Was sie sah, war beinahe so schockierend wie Henrys Knutscherei mit der Russin. Jeder Quadratzentimeter des Kabuffs hinter der Tür war mit Hinweisen auf die antike Hypatia und ihr Werk gepflastert. Es sah aus wie im Büro eines Sondereinsatzkommandos. Oder wie am geheimen Zufluchtsort eines Wahnsinnigen.

«Meine Forschung», hörte sie Henry stolz verkünden, während ihre Augen noch damit kämpften, die überbordende Vielfalt der Pinnwände mit ihren regenbogenbunten Puzzles aus Post-its, Informationsschnipseln und Pfeilverbindungen zu verarbeiten. Sie wusste nicht so recht, was sie davon halten sollte. War dies womöglich wirklich das Werk eines Verrückten? Himmel, das wäre ja wieder typisch: Der nette schüchterne Kerl, in den sie sich verliebt hatte, war in Wirklichkeit ein notorischer Ehebrecher, der überdies einer krankhaften beruflichen Obsession erlegen war. Oder hatten alle Paläographen so einen Schrein?

«Der *Dahlstein* könnte der Schlüssel sein», hörte sie Henry sagen. Doch sie nahm seine Worte kaum wahr. Denn nichts war im Moment interessanter als die Frage, warum sie sich immer wieder in den Männern täuschte. Wie konnte sie nur glauben, Henry empfinde etwas für sie? So betrunken, wie er gestern Nacht gewesen war, hätte er wahrscheinlich sogar seiner fünfundsechzigjährigen Sekretärin ein Ständchen gesungen. Oh Gott! Das war alles so erbärmlich. Sie war erbärmlich. Sie hatte nicht einmal die Kraft, einfach zu verschwinden. Ein Reflex, der bisher immer gut funktioniert hatte.

«Könnte ich einen Kaffee haben?», fragte sie matt.

Henry schien begeistert und rief besagte Sekretärin, die sogleich ein Tablett mit Kaffee und Keksen brachte.

«Ich habe dir so viel zu erzählen», sagte er und bot ihr einen Stuhl an seinem Schreibtisch an.

Beunruhigt hielt Rosalie sich an der warmen Kaffeetasse fest. Wollte sie das wirklich hören?

KAPITEL 28

Hypatia war sicheres Territorium. Und das brauchte Henry jetzt. Er war aufgewühlt. In ihm herrschte Chaos, sein Erzfeind. Er hatte diesen Schurken noch nie leiden können, diesen Universalzerstörer, der sich im Menschen gerne mit Wut und Leidenschaft verband und wahre Ungeheuer schuf, die sich nicht mehr an Regeln hielten: Selbstmordattentäter, Flugzeugentführer oder Ehefrauen, die mit ihrem Urologen schliefen, und Praktikantinnen, die küssend über ihren Chef herfielen.

Seine Arbeit war die Waffe und das Schutzschild, mit dem er die wilden und widerstrebenden Gefühle in seinem Inneren bekämpfen konnte. Wut, Schmerz, Rachewünsche und – ja doch! – auch Liebe und Begehren fochten ihn an mit ihren bluttriefenden Schwertern und Streitäxten. Als einsamer Gladiator stand er in der Arena und wusste seinem Schicksal nichts anderes entgegenzuschleudern als Hypatia. Alles Wissenswerte über seine Forschung sprudelte nur so aus ihm heraus und überschwemmte Rosalie. Rosalie, die ruhig ihren Kaffee trank und die es fertigbrachte, heute noch schöner auszusehen als all die Tage zuvor. In all der schrecklichen Unordnung, die in ihm tobte, war sie, so wurde Henry bewusst, mit Sicherheit der verstörendste Part.

Also textete er Rosalie zu. Henry redete, als ob sein Leben davon abhinge. Sogar von seiner Forschungsthese, die so gewagt war, dass er sie im Institut noch niemandem anvertraut hatte, erzählte er. Geröllheimer hätte ihn zweifelsohne als Phantast bezeichnet und kräftig ausgelacht, wenn publik würde, dass es Henrys Überzeugung nach im 7. Jahrhundert einen

Geheimbund von Mönchen unterschiedlicher Ordensgemeinschaften gegeben hatte, dessen Ziel es gewesen war, Schriftstücke aus der Antike vor der Vernichtung durch die Kirche zu retten.

«In den Skriptorien der Klöster», erklärte Henry und wagte kaum noch, Rosalie anzusehen, «erlebten die Mönche es nahezu täglich, dass die als heidnisch angesehenen Texte der antiken Wissenschaftler, Dichter und Philosophen vom kostbaren Pergament abgeschabt und mit christlichen Texten überschrieben wurden. Es genügte, dass das Schriftstück einem römischen Gott gewidmet war, und schon landete es auf dem kirchlichen Index, egal, wie wertvoll und bedeutend sein Inhalt war. Abertausende Werke der griechisch-römischen Hochkultur sind auf diese Weise zerstört worden», schloss Henry. Das war ein historischer Fakt, den niemand bestritt. Aber ein Geheimbund aufklärerischer Mönche? Diese Idee war verwegen und konnte einen leicht den guten Ruf kosten.

Doch Rosalie protestierte nicht. Auch lachte sie ihn nicht aus. Sie war nur ungewöhnlich still und verzog kaum ihr sonst so bewegtes Gesicht, was Henry irritierte und dazu antrieb, noch mehr zu reden. Wie er auf die Spur des ominösen Geheimbundes gekommen war und welche Rolle hierbei der *Dahlstein* spielte.

«Balthasar von Dahlstein war der jüngste Spross eines thüringischen Adelsgeschlechts.» Er füllte Rosalies Tasse mit Kaffee auf, damit sie mindestens diesen Grund hatte zu bleiben. Dann schaute er schnell woandershin. «Schon mit neun Jahren trat er in den Benediktinerorden ein. Keine zehn Jahre später war er bereits ein weitgereister und außerordentlich gelehrter Mann. Dahlstein war äußerst gefragt als Übersetzer griechischer und lateinischer Texte und hatte sich mit eigenen Werken zur Astronomie einen Namen gemacht.» Als er kurz zu Rosalie hinübersah, meinte er, einen Funken Interesse in ihren Augen zu erkennen. Schnell druckte er ihr eines seiner bunten Diagramme aus, auf denen er die Wege Dahlsteins durch halb Europa nachvollzogen hatte.

«Es war so verflixt schwer, diesem Mönch auf die Spur zu kommen», redete er weiter. «Erst durch sein Werk *Astronomia* konnte ich mit Hilfe eines paläographischen Schriftenvergleichs herausfinden, welche Bücher von ihm übersetzt worden sind und in welchen Klöstern er verweilt hat. Es hat Jahre gedauert, bis ich Dahlsteins Biographie nachzeichnen konnte.»

Henry merkte, dass er anfing, sich mit seiner Forschungsarbeit zu brüsten. Angeberei war wirklich nicht seine Sache. Aber Rosalie war so schrecklich still, und er fürchtete, dass sie schlecht von ihm dachte, weil sie diesen Kuss-Unfall mit der Raskolnikowa gesehen hatte. Er wollte es ihr so gerne erklären. Aber er fand keinen Weg, der ihm nicht peinlich gewesen wäre. Also machte er weiter. Um ihrem unbewegten Gesicht endlich eine Reaktion zu entlocken, ließ er auch gleich die Bombe platzen: «Ich habe einen Geheimcode gefunden.»

«Einen Geheimcode? Was soll das heißen?» Sie runzelte die Stirn. Immerhin. Doch hatte er auf etwas mehr Begeisterung gehofft.

«Dahlstein hat im ersten und zweiten Band seiner *Astronomia* Nachrichten hinterlassen, jeweils auf der letzten Seite. Hier, schau.» Er zog Fotokopien der entsprechenden Seiten von seinem Schreibtisch. Die Buchstaben des Codes hatte er rot markiert. Die lateinischen Wörter, die sich hieraus ergaben, übersetzte er für Rosalie: «*Hypatias Mathematica lebt. Sie ist geschützt und geborgen. Die Brüder des Wahren Lichts werden das Buch in einer besseren, verständigeren Zeit der Menschheit zurückgeben.* Die Brüder des Wahren Lichts, das ist der Geheimbund», fuhr er euphorisch fort. «Und ich habe noch etwas herausgefunden. An jedem der Klöster, an denen Dahlstein gelebt und gelehrt hat, haben auffällig viele Werke der griechisch-römischen Antike überdauert. Das kann kein Zufall sein. Auch die Abschrift von Hypatias *Mathematica*, die er hier erwähnt, muss noch irgendwo zu finden sein. Wahrscheinlich wurde das Buch vergessen und liegt noch in seinem ursprünglichen Versteck.»

«Ein Geheimversteck eines Geheimbundes von Mönchen», fasste Rosalie zusammen. Und immer noch zeigte ihr Gesicht kaum eine Regung. Keine ihrer Locken tanzte. Kein Lachen, kein Strahlen. Helios' Sonnenwagen und seine Feuerrösser rührten sich nicht.

Henry spürte, wie er immer unsicherer wurde. Sollte er überhaupt weiterreden?

«Genau», fuhr er nicht mehr ganz so schwungvoll fort, «ein Geheimversteck, und ich will es finden. Ich bin mir sicher, der Hinweis auf das Versteck findet sich hier drin.» Er legte seine Hand auf das Buch, das Rosalie ihm gebracht hatte. Irgendwie nahm er jetzt erst richtig wahr, dass er es endlich hatte. «Der dritte Band der *Astronomia*», sagte er feierlich. Es war einfach phantastisch. Er hatte so lange danach gesucht, hatte unzählige Klöster aufgesucht, ganze Staatsbibliotheken durchforstet, und dann kam es wie von selbst zu ihm, mit der Van-Sanders-Bibliothek und durch die Hände von Rosalie.

Er schaute sie an und hoffte so sehr, das wunderbare Strahlen in ihrem Gesicht wiederzufinden. Aber sie blickte ihn nicht an. Stattdessen starrte sie zweifelnd auf die Fotokopien der beiden Buchseiten mit dem markierten Code.

«Ich versteh ja nichts von deiner Forschung», sagte sie zögernd, «aber könnte es sein, dass du dich da in etwas verrannt hast?»

«Verrannt?» Es traf ihn ins Mark. Genau dieses Wort benutzte auch Geröllheimer, wenn er sich über Henrys Forschung mokierte. Nur: Bei Geröllheimer störte es ihn wenig.

«Ich verrenne mich nicht. Nie.» Es klang harsch. Seine ganze Enttäuschung lag in dem Satz.

Rosalie stand auf. «Tut mir leid. Ich bin da wahrscheinlich nicht die richtige Gesprächspartnerin.»

Sie wollte gehen. Das wollte er nicht.

«Ich habe mich in meinem ganzen Leben noch nicht verrannt. *Verrannt*, was ist das überhaupt für ein Wort? Was soll das heißen? Dass man in die falsche Richtung rennt? Dass man zu schnell rennt?» Die Enttäuschung, eben noch ein Kälteschock, kochte zu heißer Wut auf. Er kannte sich selbst nicht mehr. «Ich weiß nicht, wie du es machst, aber ich benutze bei der Arbeit nicht meine Beine, sondern meinen Verstand.»

«Oh, Gratulation! Wirklich eine gute Entscheidung.» Sie hatte die Arme vor der Brust verschränkt und taxierte ihn mit kühlem Blick. «Vielleicht versuchst du das auch mal in deinem Privatleben.»

«Bitte?»

«Wenn du nicht an deinen Büchern klebst, denkst du mit dem Knie.»

«Was?»

«Muss ich wirklich deutlicher werden?»

«Wäre nett.»

«Verdammt, Henry, du betrügst deine Frau!»

«Ich betrüge meine Frau nicht. Meine Frau betrügt mich.»

«Du hast deine Praktikantin geküsst.»

«Hab ich nicht. Sie hat mich geküsst. Und was das mit meinem Knie zu tun hat, wüsste ich wirklich zu gerne.»

«Das wird mir jetzt zu blöd.»

Die Tür knallte wie ein Donnerschlag. Rosalie war weg.

Erschüttert ließ er sich in seinen Sessel sinken. Den Kampf gegen das Chaos hatte er verloren. Kein Stein stand mehr auf dem anderen. Wenn er wieder Ordnung in sein Leben bringen wollte, wo sollte er da anfangen? Bei Patrizia? Tatjana? Oder bei Rosalie? Nicht mal auf Hypatia konnte er sich verlassen. Was, wenn er sich wirklich irrte? Wenn seine Forschung nicht zum Ziel führte? Wenn er die *Mathematica* nie fand? Wenn er nie beweisen konnte, dass es den Geheimbund der Mönche wirklich gegeben hatte? Henry hatte den Zweifel in Rosalies Augen gesehen. Ihre Blicke waren Stachel in seinem Glauben an sich selbst. Das spürte er schmerzhaft. Automatisch checkte er seine Vitalfunktionen auf der Smartwatch. Wenn er jetzt einen Apfel essen würde, riet ihm die App, wäre alles bestens. Henry riss sich das Ding vom Arm und schleuderte es weg.

KAPITEL 29

«Willst du auch einen Kaffee?», fragte Stella und machte sich an dem chromglänzenden Schmuckstück der Küche zu schaffen. Von den frisch aufgeplatzten Wunden ihrer gescheiterten Ehe schien sie sich schon wieder erholt zu haben. Bewundernswert.

Rosalie schüttelte energisch den Kopf. «Danke, der wurde mir heute schon literweise verabreicht. Vielleicht dachte Henry, dass Koffein auf mich beruhigend wirkt.»

«Du glaubst doch nicht wirklich, dass er was mit seiner Praktikantin hat?»

«Das muss ich nicht glauben. Ich habe es mit meinen eigenen Augen gesehen.» Das Bild verfolgte sie.

«Du hast einen Kuss gesehen. Na und? Das sagt noch gar nichts.» Stella trank ihren Kaffee im Stehen. Käpt'n Kiwi saß auf ihrer Schulter und nippte vom Milchschaum. «Ich glaube, dieses Weib treibt ein böses Spiel.»

«Was meinst du?»

«Dass sie lügt.» Stella stellte ihren Becher geräuschvoll auf den Tisch. Kiwi flatterte auf. «Nie im Leben war sie mit meinem Mann zusammen. Ich wusste über jede seiner Affären Bescheid. Von wegen verlobt! Glaub mir, die hat das erfunden, um eine plausible Erklärung für die Fotos zu haben.»

«Du glaubst, sie hat einen Detektiv engagiert, um sich Henry angeln zu können? Ist das nicht ein bisschen viel Aufwand?»

«Ich bin mir ziemlich sicher, dass sie die Fotos selbst gemacht hat. Und ich bezweifle, dass es ihr dabei nur um Henry geht. Irgendwas führt die Frau im Schilde.»

«Kann mir auch egal sein. Mit Henry bin ich durch.»

Darauf erwiderte Stella nichts. Aber sie grinste übers ganze Gesicht.

«Was denn? Ich meine es ernst.»

Stellas Grinsen wurde noch breiter. Es ärgerte Rosalie. Besonders, weil auch Käpt'n Kiwi, der sich wieder auf ihrer Schulter niedergelassen hatte, zu grinsen schien. Jedenfalls legte er den Kopf sehr schief und machte einen überaus belustigten Gesichtsausdruck.

«Verräter!»

Der Papagei kam sofort zu ihr geflogen. «Rosalie, gib Bützje!», krähte er mehrmals, als zeige er Reue.

«Nun küss ihn schon», forderte Stella.

Es klingelte an der Tür.

«Ein neuer Kunde.» Stella stellte ihren Becher in die Spüle. «Er zahlt den doppelten Satz.»

«Du machst doch nichts Unanständiges?» Rosalie hatte da so ihre Bedenken, seit Stella Ronnies Prostataleiden geheilt hatte.

«Natürlich nicht. Der Mann ist reich, und da muss er ein bisschen tiefer in die Tasche greifen. Spirituelle Gerechtigkeit.» Stella lächelte unschuldig.

«Ich dachte immer, Geld und Spiritualität vertragen sich nicht», rief Rosalie ihrer Freundin nach, die schon auf der Treppe war.

«Erklär das mal dem Vatikan», schallte es von unten hoch.

Rosalie wandte sich Käpt'n Kiwi zu, der an ihrem Ohrläppchen knabberte und dabei leise unverständliches Zeug brabbelte wie ein verliebter Jüngling.

«Mein verzauberter Prinz, wann wirst du dich endlich zu erkennen geben?» Sie gab dem Vogel einen Kuss auf den Schnabel.

Und plötzlich stand Henry in der Tür. Er trat in Begleitung von Stella in die Küche, die entschuldigend die Achseln hob und schnell wieder verschwand.

«Ich brauche deine Hilfe.» Seine Augen flehten sie an. «Ich weiß, du bist sauer auf mich. Du musst mir trotzdem helfen. Bitte.»

«Ich bin nicht sauer auf dich.» Er konnte schließlich küssen, wen er wollte. Rosalie machte den Mund auf und schnell wieder zu. Beinahe hätte sie es laut gesagt.

«Nicht?» Henry war einen Moment sprachlos. «Umso besser. Famos. Das freut mich.» Er hielt ihr den *Dahlstein* hin.

«Was ist damit? Ist was nicht in Ordnung?» Sie drehte sich zur Spüle und füllte sich ein Glas mit Leitungswasser.

«Ich habe eine weitere Botschaft gefunden. Auf der letzten Seite, genau wie in den beiden anderen Büchern.»

Oh Gott, nicht schon wieder! Hielt er sich für Indiana Jones?

Henry legte das schwere Buch auf den Tisch und schlug die Seite auf. Widerstrebend warf sie einen Blick darauf. Eine transparente Folie lag über dem Text. Darauf hatte er die Buchstaben markiert, die dem ominösen Geheimcode zufolge die Botschaft enthielten.

«Die *Mathematica* der Hypatia ist verborgen im Kapitel», übersetzte Henry. «Erst war ich ratlos», fuhr er aufgeregt fort. «Ich wusste nicht, was das bedeuten soll. Meinte Dahlstein, dass Hypatias Werk in einem bestimmten Kapitel seines Buches zu finden ist? Aber in welchem? Und vor allem, wie ist es darin versteckt? Etwa auch in Form einer Codierung? Oder haben die Seiten geheime Zwischenräume, die man aufschlitzen kann?»

«Nein!» Der Schreck durchfuhr Rosalie so heftig, dass Käpt'n Kiwi panisch von ihrer Schulter flog. «Du wirst doch nicht das frischrestaurierte Buch in Stücke schneiden wollen?»

«Nein, nein», beruhigte Henry sie, «das wird nicht nötig sein. Ich war auf einer falschen Fährte.»

«Da bin ich aber froh.» Sie schöpfte Hoffnung. Für Henry. Mit etwas Glück hatte er noch nicht völlig den Verstand verloren.

«Ich habe ein bisschen gebraucht, aber dann fiel es mir wie Schuppen von den Augen.»

Würde er ihr jetzt sagen, dass die ganze Nummer mit Geheimbund und Geheimcode ein Irrtum war? Wahrscheinlich nicht, sie hoffte es trotzdem. Er musste doch einsehen, dass das alles mehr nach phantastischem Abenteuerroman als nach seriöser Wissenschaft klang. Was hatte er schon in der Hand? Ein paar willkürlich aus einem alten Text herausgepickte Buchstaben.

«Du denkst, ich bin verrückt.» In seinem Blick lag Traurigkeit, und obwohl sie sich dagegen wehrte, ging es ihr durch und durch.

«Ich weiß nicht. Der Code …»

«Woher ich ihn habe?»

Sie nickte.

«Ich habe alle Handschriften Dahlsteins studiert. Ich kenne seinen Stil bis in die kleinsten rhetorischen Wendungen. Auf der jeweils letzten Seite seiner astronomischen Werke waren Unstimmigkeiten, merkwürdige Abweichungen. Da bin ich aufmerksam geworden.»

Das war schlüssig. Schließlich kannte sich Henry wie kein Zweiter mit alten Handschriften aus. Trotzdem, sie wusste einfach nicht, was sie von alldem halten sollte. Sie schaute aus dem Küchenfenster, damit er ihre Zweifel nicht sah.

«Was ich herausgefunden habe, ist Folgendes. Das Wort hier …» Er deutete auf die Folie mit den Markierungen.

Rosalie drehte den Kopf und las: *«Caput?»*

«Genau. Das Wort hat im Lateinischen mehrere Bedeutungen. Und ich dachte die ganze Zeit, es müsse *Kapitel* bedeuten. Aber das stimmt nicht. Dahlstein meinte *Kapital.*» Henry strahlte sie an. «Die *Mathematica* ist verborgen im Kapital.»

Offensichtlich sollte jetzt bei ihr ein Groschen fallen. Aber es fiel keiner.

«Kapital, verstehst du? Nicht Kapitel. Das Versteck ist das Kapitalband.»

Sie traute ihren Ohren nicht. «Die Abschrift der *Mathematica* soll unter den kleinen Lederstreifen versteckt sein?» Die Streifen waren an der Ober- und Unterkante des Buchrückens befestigt.

«Ja.» Henry nahm das Buch vom Tisch und hielt es ihr demonstrativ hin. «Würdest du es bitte für mich wieder aufbinden?»

«Das ist nicht dein Ernst.» Sie blieb äußerlich völlig ruhig, aber innerlich sackte sie zusammen. Dieser Mann war leider wirklich verrückt.

Auch Henry rang um Fassung. «In diesem Buch befindet sich vermutlich eine der spektakulärsten Schriften der Antike.» Er sprach zu ihr langsam und gesetzt, so als wäre sie diejenige mit dem Sockenschuss. «Es handelt sich hier um nichts Geringeres als das Werk eines weiblichen Platons. Also, natürlich meine ich es ernst.»

«Tut mir leid. Ich hatte das Buch in allen Einzelteilen vor mir liegen. Wenn da etwas versteckt wäre, wäre es mir aufgefallen.»

«Du hast nichts gefunden, weil du nichts gesucht hast.»

«Und du wirst nichts finden, weil da nichts ist.» Sie war laut geworden. War sie wütend auf ihn? Ja, das war sie. Weil er sich an so einen Unsinn klammerte und weil er die falsche Frau geküsst hatte. Vor allem aber, weil sie ihn nicht so mir nichts, dir nichts aus ihrem Herzen schmeißen konnte, wie sie es gerne wollte. «Du bist unmöglich», blaffte sie ihn an.

«Dann bin ich eben unmöglich. Würdest du jetzt bitte die Güte besitzen und deine Arbeit tun?»

«Nein!»

«Gut, dann schneide ich es selbst auf.» Im Handumdrehen hatte Henry ein Messer aus dem Messerblock gezogen.

Rosalie warf sich schützend über das Buch. «Okay, okay. Ich mach's.»

Sie trug den *Dahlstein* in ihre Werkstatt hinunter. Henry folgte ihr.

Zähneknirschend und in eisiges Schweigen gehüllt, machte sie sich daran, das obere Kapitalband vorsichtig zu lösen. Es waren einige Arbeitsschritte nötig, und um jeden einzelnen tat es ihr leid.

«Da ist nichts», sagte sie, als der Lederstreifen vor ihr auf dem Tisch lag. Was hätte man auch schon groß hinter einem Stückchen Leder, das sechs Zentimeter breit und zwei Zentimeter lang war, verstecken können?

«Hast du mal eine Lupe?»

Sie reichte sie ihm mit einem Seufzer. Warum konnte er nicht einsehen, dass er auf dem Holzweg war?

Doch Henry entdeckte einen haardünnen Spalt. Das Leder bestand offenbar aus zwei Hälften, die aufeinandergepresst waren. Als Rosalie diese mit einer Pinzette vorsichtig voneinander löste, kam tatsächlich ein hauchdünnes Stückchen Pergament zum Vorschein. Es war mit winzigen Zeichen beschriftet. Wieder nahm Henry die Lupe.

«Was steht da?» Rosalie konnte ihre Neugierde und Aufregung nicht verbergen. Henry hatte recht gehabt. Das Buch war ein Geheimversteck.

«Es scheint eine Karte zu sein. Aber sie ist stark beschädigt.» Er reichte Rosalie die Lupe.

«Oje, das sind Ruß- und Wasserflecken. Die Karte muss einen Brand überstanden haben.»

«Bekommst du das wieder hin?» Er sah verzweifelt und gleichzeitig äußerst hoffnungsvoll aus. Sie hatte gar keine Wahl.

«Wenn du das Buch der Hypatia finden willst, muss ich das wohl.» Sie lächelte ihn an.

Er strahlte zurück. Indiana Jones auf der Suche nach dem verlorenen Buchschatz. Die Vorstellung war auf einmal gar nicht mehr so abschreckend.

«Außerdem tut es mir leid.»

«Was denn?»

«Dass ich dich für verrückt gehalten habe.»

Henry grinste. «Dann sind wir ja jetzt quitt.»

Nicht ganz, dachte Rosalie. Da war noch die Sache mit Tatjana Raskolnikow. Sollte sie ihn jetzt fragen, warum er seine Praktikantin küsste? Sie wollte sich gerade trauen, als Henrys Handy klingelte. Es folgte ein kurzes Gespräch, währenddessen er regelrecht versteinerte.

«Was ist los?», fragte sie, als er aufgelegt hatte.

«Meine Frau.» Er starrte sie an, als begriffe er gerade erst, wer am Apparat gewesen war. «Sie ist wieder hier.»

«Das ist doch gut, oder?»

Henry gab keine Antwort.

«Dann könnt ihr miteinander reden», fuhr sie vorsichtig fort, «und alles klären.»

Henry schüttelte den Kopf. «Sie hatte einen Unfall.»

Rosalie stockte der Atem. «Mit dem Flugzeug?»

Natürlich war er sofort da, der Gedanke an den schrecklichen Wunsch, den sie für einen winzigen Moment gehabt hatte. Die Erinnerung durchfuhr sie heiß.

Doch Henry beantwortete ihre Frage nicht. «Kannst du mich in die Klinik fahren?», fragte er stattdessen noch völlig benommen.

«Natürlich.»

Rosalies Herz raste, und die Gedanken blitzten durch ihr Gehirn, als wollten sie einem Jahrhundertunwetter Konkurrenz machen. Wenn Patrizia in einer Klinik war, dann lebte sie. Und wenn sie zudem in einer Frankfurter Klinik war, konnte sie nicht mit dem Flugzeug abgestürzt sein. Davon hätte sie doch etwas mitbekommen. Flugzeugabsturz über Frankfurt, das hätte doch die halbe Stadt in Aufregung versetzt. Sie hätte etwas hören müssen, in den Nachrichten oder beim Bäcker heute Morgen. Kein Flugzeugabsturz. Rosalie klammerte sich an diesen Strohhalm im Sturm ihrer tosenden Gedanken.

KAPITEL 30

Fassungslos starrte Henry auf den Bildschirm, der ihm mit farbigen Kurven zeigte, dass seine Frau lebte. Doch sie atmete nicht selbständig. Eine Maschine pumpte geräuschvoll Sauerstoff in sie hinein. Der Rhythmus des Beatmungsgerätes war so gleichmäßig wie der Verlauf der Kurven auf dem Bildschirm. Sollte ihn das nicht beruhigen, dachte Henry und bemerkte, dass das Gegenteil der Fall war. Die Arbeit der Maschinen verstörte ihn. Besser, er versuchte sich auf Patrizias Hand zu konzentrieren, die er seit Stunden hielt. Sie war warm. Er musste daran denken, wie oft er ihre kalten Hände gewärmt hatte. Patrizia fror selbst im Sommer. Warme Hände waren sicher ein gutes Zeichen.

Und da war noch Rosalie. Ihr hatte er es zu verdanken, dass er nicht einfach lautlos zusammenbrach. Sie versorgte ihn mit Wasser und Kaffee und lief unermüdlich auf den Fluren umher, um endlich eine vernünftige Auskunft zu bekommen. Bisher wussten sie nur, dass Patrizia auf dem Weg vom Flughafen nach Hause einen Unfall mit dem Taxi gehabt hatte. Die Ärzte, die seine Frau behandelt hatten, waren schon bei der nächsten Not-OP. Henry wusste nichts. Weder wie schwer Patrizias Verletzungen waren, noch warum sie beatmet werden musste.

«Ich hab was.» Rosalie kam herein und hielt ihm einen Hefter hin.

«Die Krankenakte? Wo hast du die her?»

«Frag lieber nicht.»

Henry überflog das Blatt. Mit seinen Lateinkenntnissen konnte er sich das meiste zusammenreimen. Ihm wurde schlecht.

«So schlimm?»

Er konnte nur nicken.

«Verdammt», fluchte Rosalie, «ich hol jetzt einen Arzt. Irgendeiner muss doch zu kriegen sein.»

Henry starrte wieder auf den Bildschirm mit den farbigen Kurven. Was, wenn Patrizia starb? Er würde sie nie fragen können, warum sie ihn betrog. Er schämte sich dafür, dass ihm der Gedanke gerade jetzt kam. Aber er musste es wissen. War er ihr wichtig, dieser Urologe? Wollte sie mit ihm zusammenleben? Er schaute auf das schlafende Gesicht seiner Frau, verschlossen und rätselhaft wie das einer Sphinx. Plötzlich stiegen Wut und Enttäuschung in ihm auf. Die Fotos, auf denen sie einen anderen Mann küsste, standen vor seinen Augen. Und hier, im Krankenzimmer allein mit Patrizia, ließen sie sich nicht wegschieben. Hier waren kein *Dahlstein* und keine Hypatia, die ihm dabei hätten helfen können.

Er musste mit Patrizia reden. Dringend.

Die Tür ging auf. Rosalie hatte einen Arzt aufgetrieben. Der Mann sah aus, als ob sie ihn geradewegs aus der Unterwelt heraufbefördert hätte – tiefe Ringe unter den Augen und aschfahle Haut. Wahrscheinlich hatte er tagelang nur das künstliche Licht des OP-Saals gesehen.

«Ich will ehrlich zu Ihnen sein», kam der Arzt gleich zur Sache. «Wir wissen nicht, ob Ihre Frau jemals wieder aus dem Koma erwacht.»

Henry rannte durch die Stadt. Er war direkt losgelaufen, als er aus dem Sportladen in der Innenstadt herausgekommen war. Die neuen Laufschuhe an den Füßen, die Straßenschuhe rechts und links in den Taschen seines Jacketts, hatte er die Fußgängerzone längst hinter sich gelassen. Dann an der Alten Oper vorbei, rüber ins Westend, am Palmengarten vorbei, weiter zum Grüneburgpark. Er rannte und rannte. Sicher hatte er schon mehr als zehn Kilometer zurückgelegt. Trüge er noch seine Smartwatch am Handgelenk, würde die es ihm auf die Kommastelle genau sagen. Und sie würde ihm auch verraten, wie es ihm ging: Herz-Kreislauf-Werte, Pulsfrequenz, Sauerstoffsättigung et cetera pp. Wahrscheinlich ist alles im Optimal-Bereich, dachte Henry sarkastisch. Tatsächlich fühlte er sich auch so, als könnte er noch zehnmal kreuz und quer durch die ganze Stadt rennen. Zu spüren, wie sein Körper sich bewegte, wie er atmete, sich anstrengte, war gut. Die Gedanken ließen sich zwar nicht abschalten, aber sie waren durch die Anstrengung wie abgepuffert. Nur so, im monotonen Rhythmus von einem Schritt und einem Atemzug zum nächsten, konnte er die Bilder in seinem Kopf und die grausame Gleichzeitigkeit der Ereignisse aushalten.

Er sah Patrizia mit der Atemmaske. Patrizia in der Umarmung des Urologen. Er sah den Text der E-Mail, die er ihr heute Morgen geschrieben hatte. *Komm bald zurück. Ich will nur dich.* Er sah die winzige Schatzkarte, die Rosalie mit der Pinzette hochhielt. Er sah die Freude in ihrem schönen Gesicht. Rosalie, die Unerschrockene, die Käse-Roulette spielte und Krankenakten klaute und die am Ende doch erschrocken gewesen war.

Er war es, der sie erschreckt hatte.

Der Arzt hatte gerade Patrizias Krankenzimmer verlassen. Seine katastrophale Botschaft hing noch in der Luft, und Henry hatte für einen Moment das Gefühl, sich selbst in einem melodramatischen Spielfilm zuzuschauen. Einem Film, den er nicht mochte. Rosalie nahm seine Hand und sagte, wie leid ihr das alles tue, als plötzlich diese fixe Idee in ihm auftauchte. Er wollte neue Sportschuhe haben. Er konnte an nichts anderes mehr denken. Und es musste sofort sein. «Könntest du mich in der Stadt absetzen», bat er sie, «ich muss Laufschuhe kaufen.»

«Jetzt?» Sie war kreidebleich.

«Ich muss hier raus. Und ich brauche neue Schuhe.»

Er sah ihn noch genau vor sich: Rosalies erschrockenen Blick. Sie schaute ihn an, als erwarte sie, dass gleich ein Ungeheuer hinter der menschlichen Maskierung hervorbräche. Die Medusa, das war er.

Auf der Fahrt in die Stadt blickte Rosalie ihn immer wieder furchtsam von der Seite an.

«Die Schuhe sind wichtig», sagte er in einem schwachen Versuch und merkte sofort, dass er es nicht erklären konnte.

«Ich weiß», antwortete Rosalie absurderweise. Und nach einer Weile: «Wenn ich irgendwas für dich tun kann, egal, was, sag es mir.»

Er nickte, und sie fuhren schweigend weiter.

Im Laden wich sie nicht von seiner Seite, bis er die Schuhe gekauft hatte. Und als er die Schuhe anzog und vor dem Laden loslief, lief sie mit.

«Du musst das nicht tun», sagte er.

«Ich weiß.»

«Du wirst das nicht durchhalten.»

«Ich weiß.»

Eine Weile rannten sie gemeinsam. Rosalie keuchte schon.

«Ich muss dir etwas sagen.» Sie rang nach Atem.

Er verlangsamte seinen Schritt nicht. Denn er wollte nicht reden. Er wollte rennen.

«Ich bin schuld.»

Er rannte weiter.

«Ich hab mir gewünscht, dass deine Frau nicht mehr zurückkommt. Dass sie … dass etwas passiert.»

Er spürte, dass Rosalie ihn anschaute, aber er konnte ihren Blick nicht erwidern. Er wollte nur nach vorne schauen, sich auf den nächsten Schritt konzentrieren. Und den nächsten und den nächsten.

Rosalie keuchte und hustete. «Ich wollte, dass du frei bist – für mich.» Sie konnte nicht mehr mithalten und fiel zurück. «Es tut mir so leid», rief sie ihm nach.

Er hörte sie noch ein paarmal heftig husten. Doch er blickte nicht zurück. Er musste weiterrennen.

Henry hatte den Grüneburgpark inzwischen zweimal umrundet. Passanten schauten ihm verwundert nach – ein Jogger im Anzug. Es kümmerte ihn nicht. Er lauschte seinem Atem, gleichmäßig, tief und schwer. Ein wogendes Meer in ihm. Es umspülte die chaotischen Bilder und Gefühle des Tages. Aber sie gingen nicht unter. Er würde um den gesamten Erdball rennen können, und es wäre immer noch alles da – alles, was heute passiert war.

KAPITEL 31

Von ihrem Bett aus konnte Rosalie einen Ausschnitt des Nachthimmels sehen. Zwischen zwei Backsteingebäuden im Hinterhof gab es eine Baulücke. In diese Lücke schob sich jetzt langsam der Mond. Er war rund und voll. Da aber seine eine Hälfte noch von rotem Stein verdeckt wurde, sah Rosalie ihn nur als Halbmond. Die Schleierwolken, die ihn umgaben, ließen sich mit einem Taschentuch wegwischen.

Geräuschvoll schnäuzte Rosalie sich in den letzten trockenen Fetzen der Küchenrolle und beschloss, dem Mond so lange bei seiner Wanderung zuzusehen, bis er in voller Gestalt zwischen den beiden Häusern hing und dann wieder verschwand. Auf nichts anderes wollte sie sich mehr konzentrieren. Das würde sie vielleicht endlich einschlafen lassen. Doch es dauerte keine Minute, und die nächste Tränenflut verschleierte die Sicht. Der Mond zerfloss wie ein angestochenes Spiegelei. Es klopfte an ihre Tür.

«Lass mich.»

Stella trat einfach ein. Dankenswerterweise hatte sie eine neue Rolle Küchenpapier dabei.

«Ich will es nicht hören», sagte Rosalie und nahm die Rolle. «Deine ganzen vernünftigen Argumente, die nützen mir nichts.»

«Ich sag doch schon gar nichts mehr.»

«Dass es kein Flugzeugabsturz war, weiß ich selber.» Sie schnäuzte sich erneut. «Auch dass der Taxifahrer den Unfall verursacht hat und nicht ich, ist mir klar. Aber das hilft mir nicht. Denn ich hab es mir gewünscht. Verstehst du? Ich hab mir gewünscht, dass Patrizia etwas zustößt und jetzt … verfluchter Mist …» Sie konnte nicht weiterreden, ein neuer Tränenstrom ließ ihre Stimme brechen.

Stella schlüpfte zu ihr ins Bett und hielt sie fest. Obwohl ihre Freundin eher zart und feingliedrig war, hatte Rosalie das Gefühl, am warmen Herzen einer dicken, runden Matrone geborgen zu sein. Das tat gut, und sie konnte sich ein wenig beruhigen.

«Den Stein hattest du beim Wünschen gar nicht in der Hand», flüsterte Stella. «Er war in deiner Handtasche, hast du mir erzählt.»

«Ist doch egal», flüsterte Rosalie zurück. «Du hast selbst gesagt, ich müsse ihn nicht unbedingt am Körper tragen. Es reiche, ihn dabeizuhaben.»

«Ich weiß. Aber ich glaube auch, du steigerst dich da in etwas hinein.»

Rosalie setzte sich auf. «Sie stirbt vielleicht. Begreifst du das nicht?»

Stella setzte sich ebenfalls auf und schaute sie aus ihren klaren wasserblauen Augen an. «Ich sehe deine Schuldgefühle. Die haben ihre eigene Realität.» Stella reichte ihr die Hand. «Komm, ich möchte dir helfen.»

Wenig später saß Rosalie auf einem Meditationskissen in Stellas Zimmer und atmete den würzigen Duft der Kräuter ein, die Stella in einer Schale verbrannte. Ein Reinigungs- und Vergebungsritual, auf das sich Rosalie besser einlassen konnte, als sie zunächst dachte. Bisher hatte sie noch nie meditiert, doch Stella leitete sie gut an. Rosalie fühlte, wie ihr Atem ruhiger floss, ihre Verspannungen sich lösten und ihr Geist klar wurde.

Nachdem die Meditation beendet war und Stella ihr Sanskrit-Gebet gesprochen hatte, fragte sie Rosalie, wie es ihr jetzt gehe.

«Gut. Ich weiß jetzt, was ich tun muss.»

«Das ist sehr gut.» Stella strahlte.

«Ich werde gleich morgen meinen Job kündigen und Henry nie wiedersehen.»

«Was? Wieso das denn?»

«Weil ich eine verdammte Hexe geworden bin, die ihre Kräfte nicht im Griff hat. Wenn ich noch länger in seiner Nähe bleibe, werde ich ihm nur noch mehr Unglück bringen. Sicher hasst er mich und ist froh, wenn ich ihm nie wieder unter die Augen trete.» Rosalie fühlte ihre Traurigkeit, aber auch ihre Entschlossenheit. In ihrem Kopf hatte sich alles geordnet. Aus Henrys Leben zu verschwinden war die einzige Möglichkeit der Wiedergutmachung. Vielleicht, so hoffte sie, würde es sogar helfen, Patrizia wieder gesund zu machen. Wenn sie auf das verzichtete, was die Ursache ihres gemeinen Wunsches war, käme vielleicht alles wieder in Balance.

«Tu das nicht.»

«Ich muss.»

«Nein, musst du nicht. Du liebst diese Arbeit, du liebst diesen Mann, der definitiv die falsche Frau hat, und du bist absolut nicht daran schuld, dass sie im Koma liegt.»

«Du kannst mich nicht daran hindern.»

«Oh doch. Kann ich.» Stella stand auf. So energisch, dass Rosalie im Sitzen zurückwich.

Stella ging hinüber zu dem kleinen Altar in der Zimmerecke. Der Elefantenmann – Ganesha, wie Rosalie inzwischen wusste – und andere exotische Gottheiten wachten dort über einen Reigen von Opfergaben: Blüten, Steine, Muscheln, Duftessenzen und Räucherwerk.

«Ich liebe diese Dinge», sagte Stella. «Die satten Farben, die sinnlichen Düfte, den Schmuck. Und …», Stella holte tief Luft, «das musst du mir glauben, ich habe nie etwas anderes gewollt, als den Menschen zu helfen. Das gilt ganz besonders für dich.»

«Das weiß ich.» Worauf wollte sie nur hinaus?

«Behalte das bitte im Herzen, wenn ich dir jetzt etwas sage, was du noch nicht weißt.» Stella atmete nochmals tief durch.

Rosalie dagegen hielt den Atem an.

«Ich bin keine echte Heilerin.»

«Bitte?»

«Es gibt keine schamanischen Wunder. Jedenfalls nicht bei mir. Diese Zeugnisse», sie zeigte auf die gerahmten Zertifikate mit den englischen Texten und den schönen asiatischen Schriftzeichen, «ich habe sie alle selber gepinselt.»

«Du hast was?»

«Ich war in Indien, aber an den Partystränden. Ich habe ein paar esoterische Bücher gelesen – das war's.»

«Und die Massagen?»

«Oh, die sind echt. Ich bin Physiotherapeutin mit Abschluss und Zusatzqualifikationen in Manueller Therapie und Osteopathie.»

«Okay …» Nichts war okay. Rosalie begriff es nicht. «Aber du betest, du meditierst, du verneigst dich vor deinen Göttern und bringst ihnen Opfergaben. Ist das alles nur Show?»

«Ich meditiere, weil es mir guttut und weil ich an die Kraft positiver Gedanken glaube und daran, dass Harmonie im Innern auch Harmonie im Außen bewirkt. Der Rest … nun ja. Wie soll ich es erklären?» Stella biss sich auf die Lippe. «Mir ist irgendwann klargeworden, dass die Patienten ihre Selbstheilungskräfte besser entfalten können, je mehr Zauber ich drum herum mache. Wenn du so willst, ist es eine Show, aber eine, die einem gutem Zweck dient.»

«Und die Sache mit dem Horoskop?» Stella hatte ihr auf den Kopf zugesagt, dass sie sich immer Männer aussuche, die schon vergeben seien. Viele Männer. Dabei hatten sie bis dahin noch gar nicht darüber gesprochen.

«Manchmal landet man einen Zufallstreffer.» Stella lächelte sie verlegen an.

«Warum hast du mir das nicht gesagt?» Ihr war wirklich nicht nach Zurücklächeln.

«Wir kannten uns ja noch gar nicht richtig.»

«Aber wir sind Freundinnen geworden. Wir wohnen zusammen. Es gab hunderttausend Gelegenheiten, mich aufzuklären.»

«Ich wollte dich nicht enttäuschen. Du bist so drauf abgefahren.»

«Ich bin so drauf abgefahren? Na, super! Besten Dank auch! Dieser scheiß Rosenquarz hat mich fast in den Wahnsinn getrieben, und du hast seelenruhig zugesehen.»

«Ich hab dir gesagt, dass der Stein nicht zaubern kann. Du wolltest es nicht glauben. Es ist genau wie mit deinen verheirateten Männern. Wenn du erst Feuer gefangen hast, willst du die Wahrheit nicht mehr sehen.»

«Was?»

«Till, zum Beispiel. Wie konntest du ein Jahr lang übersehen, dass er verheiratet ist? Er konnte nicht ein einziges Wochenende mit dir verbringen. Hast du wirklich geglaubt, er müsse arbeiten? Bist du so naiv?»

«Wow! Schön, dass wir mal drüber geredet haben.»

Tief in ihr drinnen machte es knacks. In Rosalies Seelengebäude, ohnehin schon windschief und wackelig, war ein Grundpfeiler eingeknickt. Gut möglich, dass auch der schon lange auf morastigem Boden gestanden und die Katastrophen ihres Lebens ihn bereits zu stark geschüttelt hatten. Stellas Worte hatten ihm wahrscheinlich nur den letzten Stoß versetzt. Und jetzt stürzte er ein und mit ihm das ganze schützende Haus.

Stella stand aufrecht vor ihrem kunterbunten Altar wie ein britischer Wachsoldat vor dem Buckingham Palace. «Die gute

Nachricht ist», Stella lächelte ihr aufmunternd zu, «ich bin keine Hexe. Und du auch nicht.»

Sie schien darauf zu warten, dass sich Erleichterung bei Rosalie breitmachte. «Du bist nicht schuld», half sie nach. «Patrizias Unfall, der Tiger und all die anderen merkwürdigen Dinge – es hat nichts mit dir zu tun.»

«Glaubst du das wirklich?» Rosalie konnte ihren Anblick nicht mehr ertragen. Steif ging sie zur Tür.

«Rosalie.»

Sie drehte sich noch einmal um, es kostete sie enorme Kraft. «Ich wünsche mir …» Sie ließ einen Augenblick verstreichen, bis sie ihre Stimme ausreichend unter Kontrolle hatte. «Ich wünsche mir, dass ich Menschen wie dir nicht mehr begegnen muss. Mal sehen, was passiert.» Sie ließ Stella stehen, ging die Treppe hinunter in ihre Werkstatt und schloss sich ein.

Das Gefühl, niemandem auf der Welt, außer Ronnie, vertrauen zu können und vollkommen allein zu sein, war so übermächtig, dass Rosalie eine Stunde lang nichts anderes tun konnte, als auf ihrem Hocker zu sitzen, eine Zigarette nach der anderen zu rauchen und in die Nacht hinauszustarren. Den Vollmond konnte sie von ihrem Werkstattfenster aus nicht sehen. Er stand zu hoch, und der große Apfelbaum verhinderte, dass sein heller Schein in den Innenhof fiel. Die Dunkelheit war gut. Wie der schwarze Abspann am Ende mancher Filme, dachte Rosalie. Es riss den Zuschauer aus allem, was er gerade noch erlebt hatte, und warf ihn auf sich selbst zurück.

Sie würde Frankfurt verlassen. Wieder einmal war es so weit. Ihr Herz zog sich bei diesem Gedanken in einem fiesen Krampf zusammen. Es tat weh. Richtig weh. Warum nur hatte sie kein Glück? Warum traf sie die falschen Menschen? Warum, verflucht, konnte man sie so leicht hintergehen? Dass Stella ihr etwas vorspielte, hätte sie im Leben nicht geglaubt. Sie hatte gedacht, sie hätte in ihr eine echte Freundin. Nein, *die* Freundin. Ein bisschen verrückt, aber grundehrlich. Doch wie es aussah, war sogar Stellas Verständnis für ihren Kummer mit Männern geheuchelt.

«Verfluchter Mist!», konstatierte Rosalie so laut, dass der schlafende Käpt'n Kiwi ein Augenlid hob. «Entschuldigung, aber es tut genauso weh, wie sich in den falschen Mann zu verlieben.» Damit war der Gedankenstrom beim Epizentrum ihres Elends angelangt.

Henry.

Er war vor ihr weggerannt, als sie ihm ihre Liebe gestand. Zu Recht. Sie würde vor sich selbst wegrennen, wenn sie könnte. Der Gedanke war wie ein Stichwort. Rosalie stand auf, schaltete die Deckenbeleuchtung und die Arbeitslampen an, was Käpt'n Kiwi vollends aufweckte. Er gab empörte Laute von sich.

Die winzige Schatzkarte, die sie für Henry aus dem Kapitalband herausgezogen hatte, musste von ihren Brand- und Wasserflecken befreit werden.

«Auf geht's!», sagte sie laut. «Eine letzte Amtshandlung, bevor wir unsere Zelte hier abbrechen.»

Kiwi war nicht einverstanden. Er drehte ihr den Rücken zu und meuterte.

Die Arbeit an der kleinen Karte war nervenaufreibend und dauerte länger, als Rosalie erwartet hatte. Mehrere Reinigungs- und Trocknungsprozesse waren nötig, tagelang hatte sie damit zu tun. Sie hatte sich in der Werkstatt häuslich eingerichtet, schlief auf einer Matratze am Boden und suchte Badezimmer und Küche nur auf, wenn Stella das Haus verlassen hatte. Zweimal hatte Stella noch versucht, mit ihr zu reden, dann aber eingesehen, dass es keinen Zweck hatte. Einige Male stellte sie ihr etwas zu essen vor die Tür. Aber Rosalie rührte es nicht an. Es war kein böser Trotz, auch nicht die Absicht, Stella zu verletzen. Sie konnte einfach nichts mehr von ihr annehmen.

Als die kleine Schatzkarte endlich ihren letzten Trocknungsprozess durchlaufen hatte und all ihre Geheimnisse gut lesbar offenbarte, bedauerte es Rosalie für einen Moment, dass sie es nicht miterleben würde, wenn Henry mit leuchtenden Augen die lateinische Schrift entzifferte. Aber ihr Entschluss, ihn nicht mehr zu sehen, blieb fest und wurde mit jedem Tag, an dem sie nichts von ihm hörte, fester. Es war höchste Zeit, dass sie Frankfurt verließ.

Ihren Koffer hatte sie bereits gepackt und einen Brief auf den Küchentisch gelegt, in dem sie Stella erklärte, dass sie ihre Möbel dalassen und die Miete zahlen würde, bis sie eine neue Bleibe gefunden hatte. Jetzt musste sie nur noch zum Institut fahren.

Um sicher zu sein, dass sie Henry nicht begegnete, betrat Rosalie um dreizehn Uhr fünf die paläographische Fachabteilung. Wenn Henry seine Gewohnheiten nicht geändert hatte, war er jetzt in der Mittagspause. Rosalie betete, dass es so war, während ihr Herz bis zum Hals schlug, als sie den Flur vor seinem Büro erreichte. Sie hatte vor, sowohl die Karte als auch ihre Kündigung bei Frau Füglein abzugeben. Doch das Sekretariat war abgeschlossen. Dagegen stand die Tür zu Henrys Büro offen. Vorsichtig lugte Rosalie hinein, und als sie sah, dass niemand da war, ging sie hinüber zu Henrys Schreibtisch. Sie hatte den Eindruck, dass die Büchertürme sich noch vermehrt hatten. Auf dem Schreibtisch war gerade noch Platz für ihre beiden Umschläge. Über dem Schreibtischstuhl hing Henrys Jackett.

Ihr Blick blieb daran haften, und der Drang, es zu berühren, wurde unwiderstehlich. Rosalie beugte sich über den Schreibtisch und streckte die Hand aus, als sie plötzlich zusammenfuhr, weil hinter ihr jemand den Raum betrat: die Russin.

«Ein feiner Stoff, nicht wahr? Kaschmir. Seine Frau hat einen guten Geschmack. Die Arme.»

Rosalie fühlte sich ins Mark getroffen. «Wie geht es ihr?»

«Unverändert.»

Schon wollte sie auch nach Henrys Befinden fragen, doch sie unterließ es. Sie schaute Tatjana Raskolnikow zu, wie sie sich in Henrys Büro bewegte, völlig selbstverständlich, als wäre es ihr eigenes. Sie legte Unterlagen auf einem Stapel ab, andere sortierte sie in eine Schublade. Schließlich wandte sie sich wieder Rosalie zu.

«Wollten Sie etwas Bestimmtes?»

Rosalie fühlte sich deutlich fehl am Platz. Sie räusperte sich und erklärte, dass sie nur etwas auf den Schreibtisch gelegt habe.

Die Raskolnikowa ließ ihren Blick über die Umschläge gleiten und nickte. «Soll ich ihm etwas ausrichten?»

Rosalie schüttelte den Kopf und ging. Kampflos überließ sie der Russin das Feld.

In wenigen Stunden würde ihr alter VW-Bus sie raus aufs Land gebracht haben. Bei Tante Babs im Odenwald konnte sie ihre Wunden lecken und sich langsam wieder erholen. Doch vorher hatte sie in Frankfurt noch eine letzte Sache zu erledigen. Sie wollte zu Henrys Frau ins Krankenhaus. Vielleicht war es idiotisch, weil Patrizia es gar nicht mitbekommen würde. Und trotzdem, sie musste zu ihr und ihr sagen, wie leid es ihr tat. Sie musste es aussprechen, an ihrem Bett, laut und deutlich. Sie musste sie um Verzeihung bitten.

KAPITEL 32

Wie jeden Abend der letzten Tage saß Henry an Patrizias Krankenbett. Sie lag immer noch auf der Intensivstation, in diesem unbehaglichen Raum, der so angefüllt mit blinkender Technik in weißen Kunststoffgehäusen war, dass er mehr einer Forschungsstation im Weltall als einem Krankenzimmer glich. Drei Betten in einem hypermodernen Maschinenraum – das Bild hatte etwas Absurdes. Zum Glück waren die anderen beiden Betten noch immer leer. So konnte er ungestört das ruhige Gesicht seiner Frau betrachten, die geschlossenen Lider, den unbewegten Mund. Die Atemmaske brauchte sie nicht mehr. Ein Fortschritt. Wenn sie Glück hatten. Ohne die medizinische Apparatur sah ihr Gesicht friedlicher aus, weniger nach Tod und Verderben. Zum x-ten Mal suchte er es nach Anzeichen irgendeiner Regung ab und fragte sich, was wohl vorging hinter der unbewegten Miene. Träumte sie? Dachte und fühlte sie? Oder war da nur Leere? Vielleicht war Patrizia jetzt angefüllt mit diesem umfassenden Nichts, das sie beim Zen-Bogenschießen immer angestrebt hatte. Er stellte sich vor, wie sie in ihrem schwarzen Kyudo-Gewand den Bogen spannte, ihr Gesicht genau so ruhig und glatt wie jetzt. Ein schönes Bild. Wie Patrizias Pfeil die Zielscheibe erreichte, sah er nicht mehr. Denn da stieg schon wieder die Verzweiflung in ihm auf. Und die Wut. Gut, dass Caro in diesem Augenblick zurückkam und Kaffee brachte.

«Komm, lass uns rausgehen», sagte er und stand auf.

Sie standen auf dem Flur und tranken schweigend ihren Kaffee.

«Lange halte ich es dadrinnen nie aus», sagte er schließlich. «Eine halbe Stunde höchstens.»

«Nimm dir doch etwas zu lesen mit oder deinen Laptop.»

«Es geht nicht.» Er starrte den endlosen Flur hinunter. Einfallslose Fotografien von fernen Landschaften dekorierten die Wände. «Ich kann nicht mit ihr in diesem Raum sein. So schweigend, meine ich. Am liebsten möchte ich den ganzen Tag nur rennen.» Er schaute auf seine neuen Laufschuhe hinunter. Sie sahen schon ziemlich mitgenommen aus. «Ich renne, bevor ich hierherkomme, ich renne, nachdem ich hier war.»

«Dann solltest du es vielleicht mal ein, zwei Tage lassen.»

«Was?» Es war doch das Einzige, was ihm guttat.

«Du betäubst deine Gefühle, statt sie endlich mal zuzulassen.»

«Wie stellst du dir das vor? Weißt du, wie wütend ich auf Patrizia bin? Soll ich sie vielleicht anschreien? Und es im nächsten Moment bitter bereuen, weil sie vielleicht stirbt?»

«Du solltest mit ihr reden. Erzähl ihr alles, was dir auf der Seele brennt.»

«Ich kann doch nicht … Das ist absurd. Sie liegt im Koma.»

Caro zuckte nur die Schulter. «Andere reden offenbar auch mit ihr.»

«Was?»

«Ist dir der große Strauß Rosen am Fenster nicht aufgefallen?»

War er nicht.

Caro umarmte ihn fest und lange, dann ging sie.

Die langstieligen, leuchtend roten Rosen waren in dieser sterilen Umgebung wirklich nicht zu übersehen. Man hätte den Strauß mit zwei Armen kaum umfassen können. Henry öffnete die Karte: *Ich liebe dich, Patrizia. Willst du mich heiraten?*

«So ernst ist es?», rief er laut und drehte sich zu seiner Frau um, die natürlich nicht reagierte. «Wann wolltest du mir das sagen?» Ihr ruhiges Gesicht war jetzt wie ein Affront. «Wieso, Pat? Wieso hast du mir nichts gesagt? Wir waren doch immer ehrlich miteinander.» Er sank in den Stuhl neben ihrem Bett und schüttelte den Kopf. «Ich verstehe das alles nicht. Du musst wach werden, hörst du? Du musst aufwachen und mir das alles erklären.» Er nahm ihre Hand, schloss die Augen und spürte, wie die Tränen kamen. Er ließ sie laufen.

Als Henry endlich aufhören konnte zu weinen, war Patrizias Hand nass. Er holte ein Handtuch und trocknete sie sorgsam, Finger für Finger, ab. Irgendwie beruhigte ihn das.

«Ich will auch ehrlich sein», sagte er nach einer Weile. «Ich weiß gar nicht, wo ich anfangen soll. Es ist kompliziert.» Er überlegte. «Na ja, vielleicht auch nicht. Vermutlich ist es simpel. Du weißt es selbst, die einfachen Dinge liegen mir nicht: Essen einkaufen, einen Stromtarif wählen … sich verlieben.» Er musste lächeln. «*Verlieben* – auch so ein schönes altmodisches Wort. Ich habe es für mich wohl noch nie gebraucht.» Er nahm etwas Lotion aus dem Spender auf Patrizias Nachttisch und cremte ihre Hand ein.

«Sie heißt Rosalie, aber ich habe sie Medusa genannt», sagte er, mittlerweile darauf konzentriert, Patrizias Finger zu massieren. «Wegen ihrer wilden langen Locken. Korkenzieherlocken. Wie Schlangen.» Henry hielt einen Moment inne. «Ehrlich gesagt, hatte ich wohl auch ein bisschen Angst vor ihr.»

Dann fing er an, von seinen ersten Begegnungen mit Rosalie zu erzählen. Wie sie ihn mit ihren dramatischen Auftritten schockiert hatte. Wie er versucht hatte, ihr aus dem Weg zu gehen, weil sie ihn beunruhigte, nervte, auf die Palme brachte.

Während er zu Patrizia sprach, wunderte sich Henry, an wie viele Kleinigkeiten er sich erinnerte. Zum Beispiel, dass Rosalie ihre Haare in einer ganz bestimmten Weise hochband, wenn sie an den Büchern arbeitete. Dieser flinke Griff ins Haar, eine kleine, natürliche Geste, mit der sich nicht nur ihre Frisur, sondern auch ihr ganzes Wesen zu verändern schien. Rosalies wilde Lebendigkeit verwandelte sich dann in pure Konzentration. Er erinnerte sich auch an das smaragdgrüne Kleid, das sie trug, als sie in die Oper gingen. Ein Grün, das ihr Strahlen noch intensivierte.

«Vielleicht war das der entscheidende Abend», sagte Henry, während er sich Patrizias andere Hand vornahm und sie ebenfalls Finger für Finger massierte. «Ich weiß nicht. Kann auch sein, dass es schon viel früher anfing – diese Sache …» Er suchte nach einem passenden Wort, etwas, das seinen Zustand besser beschrieb als Verliebtsein. Verliebtsein, das war eine Laune, eine kurzfristige Änderung auf der Wetterkarte der Emotionen, ein vorbeiziehendes Hoch der Hormone. Was ihm passierte, war größer, umfassender – ein Klimawandel.

Er wollte es gerade seiner Frau erklären, als Patrizia die Augen aufschlug.

«Pat, Pat …», hörte er sich selbst stammeln. Die Tränen schossen schon wieder in ihm auf. «Ich rufe einen Arzt.» Er wollte auf den Alarmknopf drücken, doch Patrizia hielt ihn mit einem sanften Druck ihrer Hand zurück.

Sie bewegte ihre Lippen. Aber es war unmöglich, sie zu verstehen. Er neigte sein Ohr zu ihrem Mund und glaubte, den Namen *Rosalie* zu hören, war sich aber nicht sicher.

«Rosalie? Sagtest du Rosalie?»

Sie nickte und wollte noch mehr sagen, doch stattdessen hustete sie. Schnell füllte Henry einen Becher mit Wasser, stützte mit der Hand ihren Kopf ab und gab ihr vorsichtig zu trinken. In kleinen, überraschend gierigen Schlucken trank sie den Becher leer. Dann ließ sie sich ins Kissen zurücksinken.

«Rosalie», sagte sie noch einmal, diesmal gut verständlich, und lächelte. «Dann gibt es diese Frau also wirklich?» Ihre Stimme war rau, die Stimmbänder mussten erst wieder in Übung kommen.

«Ja.» Auch er klang, als hätte er einen Beutel Nägel verschluckt. Er räusperte sich. «Dann hast du gehört, was ich ...»

«Und ich dachte schon, ich hätte das alles nur geträumt.»

«Nein. Tut mir leid. Es ist wahr.»

«Das meine ich nicht. Sie war hier.»

«Hier, bei dir?» Er verstand nicht. Meinte Patrizia den Tag, als Rosalie ihn ins Krankenhaus begleitet hatte?

«Sie saß an meinem Bett. Da, wo du jetzt sitzt. Und sie hat meine Hand gehalten, genau wie du.»

Vielleicht war Patrizia verwirrt. Vielleicht phantasierte sie.

«Sie hat etwas Seltsames gesagt. Dass sie schuld an meinem Unfall ist und dass sie sich nichts mehr wünscht, als dass ich gesund werde und ihr irgendwann vergeben kann. Wieso ist sie schuld?»

Henry erinnerte sich, dass Rosalie etwas Ähnliches auch zu ihm gesagt hatte. *Ich wollte, dass du frei bist – für mich.* Das waren ihre Worte gewesen. Sie kamen ihm erst jetzt so richtig zu Bewusstsein. Zwar hatte er sie gehört, damals, als sie gemeinsam durch die Stadt gerannt waren, Rosalie keuchend an seiner Seite, schon drauf und dran zurückzufallen. *Ich wollte, dass du frei bist – für mich.* Verflixt, das war ...

«Henry, wieso ist diese Frau schuld? War sie an meinem Unfall beteiligt?»

«Nein. Sie war nicht beteiligt. Sie ist nur ...» Er überlegte. «Sie ist ein bisschen verrückt.»

«Weil sie dich liebt?»

«Ja.» Er lächelte. Rosalie liebte ihn – das war es. Die Ursache des Klimawandels.

Patrizia schwieg.

Henry wartete darauf, dass sie ihn fragte, ob er Rosalie ebenfalls liebe. Aber sie fragte nicht.

«Und du?», fragte er selbst stattdessen. «Liebst du mich noch?»

Patrizia nickte. Dann blickte sie hinüber zu den roten Rosen, als hätte sie die ganze Zeit gewusst, dass sie dort am Fenster standen. «Aber ich muss mich wohl entscheiden.»

Wie ferngesteuert lenkte Henry seinen Wagen durch Frankfurts Straßen. Der Verkehr floss ruhig an diesem Abend. Zum Glück. Er wäre wohl kaum fähig gewesen, auf spontane Verkehrsverstöße angemessen schnell zu reagieren. Selbst die Ampeln hielten sich an die grüne Welle. Während er fuhr, dachte er darüber nach, dass es vielleicht fairer gewesen wäre, Patrizia mitzuteilen, dass er seine Entscheidung bereits getroffen hatte. Wollte er sie nicht aufregen? Vielleicht. War er feige und wollte die Verantwortung auf sie abschieben? Schon möglich. Rachsucht? Sicher nicht. Das Auge-um-Auge-Zahn-um-Zahn-Prinzip hatte er noch nie verstanden. Er löschte den eigenen Schmerz schließlich nicht aus, indem er seiner Frau welchen zufügte. Natürlich war er immer noch wütend. Die Erleichterung darüber, dass Patrizia aufgewacht war und nach Bekunden des Arztes voraussichtlich wieder völlig genesen werde, hatte ihm den Stachel der Kränkung nicht nehmen können. Und dennoch war dies nicht der Grund für sein Schweigen.

Als er aus dem Krankenhaus aufgebrochen war, hatte er noch nicht gewusst, dass er seine Frau verlassen würde. Er hatte nur ständig an Rosalie denken müssen. An ihren Satz, dass sie ihn für sich wolle, und daran, dass er sie seit Tagen nicht gesehen hatte. Er hatte sich ins Auto gesetzt und war losgefahren – zu ihr. Es war ihm konsequent erschienen. Nichts, worüber man lange nachdenken musste. Als er aber jetzt in ihre Straße einbog und sofort einen Parkplatz fand, da kamen ihm plötzlich Zweifel. Oder sollte er besser sagen, ihm rutschte das Herz in die Hose?

Zu Rosalie zu fahren, sie zu sehen, sie zu wollen war immer noch richtig. Natürlich. Trotzdem saß er in seinem geparkten Wagen und stieg nicht aus. Er starrte auf den Autoschlüssel in seiner Hand und wusste minutenlang nicht, ob er ihn nicht besser wieder ins Zündschloss stecken sollte. Ihm wurde schlecht, gleichzeitig kündigte sich ein Asthmaanfall an. Das Ausatmen fiel ihm schwer, und er musste heftig husten. Es war genau wie in seinen Teenagertagen. Doch diesmal würde er nicht kneifen.

Entschlossen griff er nach dem Asthma-Spray im Handschuhfach. Und genauso entschlossen drückte er zwei Minuten später auf die Klingel an Rosalies Haustür.

Aber nicht Rosalie, sondern ihre Freundin öffnete die Tür. «Oh», sagte sie und setzte ein verärgertes Gesicht auf, «hätten Sie nicht einen Tag früher kommen können? Jetzt ist sie weg.»

«Wann kommt sie denn wieder?», fragte er verwirrt.

«Na, gar nicht mehr, sie ist ausgezogen. Und das ist Ihre Schuld.»

«Was?»

«Und meine ist es auch.»

Er verstand nicht das Geringste. Aber Stella bat ihn herein, und so konnte er hoffen, dass sie ihn aufklären würde.

Im Haus sah es gar nicht so aus, als ob Rosalie nicht mehr hier wohnen würde. Alles war unverändert. Sogar die Werkstatt war noch komplett vorhanden, wie ihm ein flüchtiger Blick durch die offen stehende Tür zeigte. Erst oben in der Küche fiel ihm auf, dass es ungewöhnlich ruhig war. Fast jedes Mal, wenn er da gewesen war, hatte aus irgendeinem Lautsprecher klassische Musik getönt. Aber das war es nicht, was fehlte.

Wie, um ihm auf die Sprünge zu helfen, sagte Stella: «Ohne die beiden ist es schrecklich still hier.»

«Die beiden?» Noch während er fragte, fiel es ihm ein. «Der Papagei, natürlich! Käpt'n Kiwi, nicht wahr?»

Stella nickte. «Er ist ihr zugeflogen. Sie wollte ihn erst gar nicht. Wussten Sie das?»

«Äh, nein. Ich dachte, sie sind ein Herz und eine Seele.»

«Jetzt ja. – Kaffee, Cappuccino, Espresso oder Latte?»

«Gerne einen Cappuccino.»

In einer abgegriffenen Blümchentasse kredenzte Stella ihm einen exzellenten Cappuccino mit cremigem Milchschaum und einem Hauch von Zimt. Sie legte einen selbstgebackenen Keks dazu und bot ihm das Du an.

Er wehrte sich nicht. Sie waren ja jetzt so eine Art Schicksalsgemeinschaft – zwei Menschen, die Rosalie in die Flucht geschlagen hatten und sie unbedingt wieder zurückhaben wollten.

«Ich habe ihr sehr weh getan», begann Stella und erzählte ihm ausführlich, was vorgefallen war.

Nach einer weiteren Tasse Cappuccino hatte Henry endlich auch begriffen, warum Rosalie sich für Patrizias Unfall verantwortlich fühlte. Das heißt, er hatte die Schritte nachvollziehen können, wie es dazu gekommen war. Wirklich begreifen konnte er es nicht. In seiner Vorstellungswelt kam Magie nicht vor. Aber es passte zu Rosalie. Ihr Umgang mit Büchern war Magie, und das hatte ihn von Anfang an tief berührt.

«Sie ist überzeugt davon, dass du sie hasst», schloss Stella ihre Ausführungen.

Henry nickte betrübt. «Ich hätte mich viel eher melden müssen.»

«Wir haben sie beide enttäuscht.»

Henry konnte ihr nur beipflichten. Manchmal war er ein solcher Hornochse.

«Aber», sagte Stella sichtlich fröhlicher, «es gibt immer eine Chance.» Sie gab ihm einen Zettel mit einer Adresse. «Rosalie hat mir nicht gesagt, wo sie hinfährt. Aber ich habe ihren Vater angerufen.»

Er hätte Stella umarmen können. Nun ja, wenn er diese Art lockerer Typ wäre, mit dem Stella, so vermutete er, normalerweise Umgang pflegte. So sagte er nur: «Danke. Danke vielmals.»

«Könntest du ein gutes Wort für mich einlegen?», fragte Stella.

«Mach ich.»

«Warte.» Sie flitzte aus der Küche und kam mit einem Brief zurück. In zarter, geschwungener Schrift stand *Rosalie* auf dem schlichten weißen Kuvert. «Den muss sie unbedingt lesen. Sorgst du bitte dafür?»

Er versprach es.

Aufgekratzt und voller neuer Hoffnung verabschiedete er sich.

KAPITEL 33

Schon zwölf Uhr mittags. Rosalie schaute entmutigt auf den Wecker neben dem unglaublich gemütlichen Bett, das Babs ihr hergerichtet hatte. Mit seiner großen, weichen Patchworkdecke und den vielen bunten Kissen, die perfekt auf die Wandfarbe abgestimmt waren, war dieses Bett der ideale Ort, um sich für immer einzuigeln. Normalerweise war sie eine Frühaufsteherin. Doch als sie mit dem sommerlichen Sonnenaufgang um fünf Uhr morgens wach geworden war, hatte sie nur kurz ein Auge geöffnet und gewusst, dass sie nie wieder aufstehen wollte. Käpt'n Kiwi schien ihr Leid zu teilen. Aufgeplustert saß er auf der Vorhangstange und schimpfte leise vor sich hin. Einmal glaubte sie «Verfluchter Mist!» zu verstehen. Das hatte vor kurzem noch nicht zu seinem Repertoire gehört.

Um acht hatte Babs ihren blonden Lockenkopf durch die Tür gesteckt, um sie zum Frühstück zu rufen. Um halb zehn kam sie wieder, diesmal mit ihrem berüchtigten Petit Déjeuner – Kaffee, Croissant und selbstgemachter Aprikosenmarmelade –, eine unschlagbare Kombination, mit der Babs sie schon seit ihren Teenagertagen erfreute. Aber Rosalie winkte nur müde ab. Daraufhin stellte Babs ihr ein Fläschchen mit Globuli auf den Nachttisch. «Gegen Kummer», hatte sie gesagt, ihr einen weichen Kuss auf die Stirn gedrückt und gelächelt.

Tante Babs sah Rosalies verstorbener Mutter überhaupt nicht ähnlich, außer wenn sie lächelte. Das hatte Rosalie auf alten Fotos erkannt. Das letzte gemeinsame Foto war ein Jahr vor der Krebserkrankung aufgenommen worden. Auch Rosalie war darauf zu sehen. Sie konnte gerade erst laufen und ging zwischen den beiden lachenden Schwestern an der Hand. Beide zeigten die gleichen lustigen Grübchen, den gleichen überraschten Blick, als wunderten sie sich, dass das Leben so vergnüglich war. Davon abgesehen waren sie sehr unterschiedlich. Ihre Mutter war groß und schlank gewesen und hatte langes braunes Haar gehabt. Die zehn Jahre jüngere Babara war damals erst ein Teenager gewesen, ein bisschen pummelig, blond gelockt und sommersprossig.

Als Rosalie mit vier Jahren ihre Mutter verlor und in der – besonders für Ronnie – schweren ersten Zeit eine Weile bei ihren Großeltern lebte, wurde Babs für sie zur großen Schwester, und dieses Band war geblieben. Babs wusste immer, wie es ihr ging. Zum Teil natürlich, weil Rosalie ihr alles erzählte. Aber auch, wenn sie über Wochen keine Gelegenheit hatten, sich zu sprechen, wusste Babs Bescheid. Sie hatte einen siebten Sinn dafür, wenn Rosalie in Schwierigkeiten steckte, und ihr Anruf kam immer zur rechten Zeit. So auch vorgestern.

Eigentlich hatte Rosalie vorgehabt, mit ihrem Kleinbus, in dem sie zur Not auch übernachten konnte, einfach ins Blaue zu fahren, der Sonne entgegen, bis zu dem Punkt, an dem ihr das Benzin ausgegangen wäre. Das, so ihr verzweifelter Plan, hätte dann ihr nächster Siedlungsort werden sollen, selbst wenn es ein karger Felsen mitten im Nirgendwo gewesen wäre. Doch dann war der rettende Anruf gekommen, und so war sie zusammen mit Käpt'n Kiwi im lieblichen Odenwald gelandet, auf dem kleinen Hof, auf dem Babs Kräuterkosmetik herstellte und ihr Mann Klaus Bio-Schweine züchtete.

Sie sollte runtergehen, dachte Rosalie, und helfen. Es gab hier immer so viel Arbeit. Sie schaute zu dem Schaukelstuhl in der Ecke, über dem ihre Kleider hingen. Ihr Kopf und ihre Glieder waren schwer. Sie klebte förmlich an der Matratze. Bekam sie womöglich einen Infekt? Den Ich-hasse-mein-Leben-Infekt? Sie unterdrückte ein «Verfluchter Mist!», seufzte stattdessen und nahm eine neue Ladung Globuli. Da klopfte es an der Tür, und Babs kam herein. Wieder hatte sie ein Tablett dabei. Diesmal mit Kräutertee und Zwieback.

«Wie geht es dir?»

«Ich glaube, ich werde krank.»

«Dachte ich mir.» Sie reichte ihr den Humpen mit Tee. «Du musst viel trinken, das ist wichtig. Nachher mache ich dir eine Hühnersuppe.»

«Du bist lieb.»

«Ich weiß.» Sie lachte. «Und ich habe noch etwas für dich. Ich wollte es dir schon gestern Abend geben. Ich wusste nur nicht mehr, wo ich es vergraben hatte.» Babs ging hinüber zu einer Kommode, zog eine Schublade auf und wühlte darin, bis sie ein großes Notizbuch in den Händen hielt. Es hatte einen dunkelblauen Seideneinband, auf den in leuchtenden Farben Blumen und Schmetterlinge aufgestickt waren. Sie gab es Rosalie.

«Es gehörte deiner Mutter. Ich habe es bei den Sachen deiner Großmutter gefunden, als sie Anfang des Jahres gestorben ist. Erst war ich mir nicht sicher, ob es dir guttun würde, darin zu lesen. Aber jetzt weiß ich es.»

«Ein Tagebuch?»

«So was in der Art. Sie hat darin ihre Wünsche aufgeschrieben.» Babs machte eine kleine Pause und grinste verschwörerisch. «Und die Rezepte, wie sie in Erfüllung gehen.»

«Bitte?»

«Alles, was du gestern Abend erzählt hast, hat mich an deine Mutter erinnert. Veronika hatte auch diese Gabe.»

Rosalie bekam eine Gänsehaut.

«Es ist nichts, was dir Angst machen muss. Es sind gute Kräfte, du kannst damit keinen Schaden anrichten.»

«Aber Patrizia, der Tiger ...»

Babs schüttelte sanft den Kopf. «Lies, was deine Mutter geschrieben hat, dann wirst du es besser verstehen.» Sie nickte ihr aufmunternd zu und ging.

Unschlüssig schaute Rosalie auf das Buch. Was würde sie darin erwarten? Mit der Hand strich sie über den seidigen Einband. Die prächtigen Stickereien waren als Erhebungen unter ihren Fingerkuppen zu spüren. Sie hätte die Blumen und Schmetterlinge streicheln können. Rosalie widerstand, stattdessen besah sie sich das Buch von allen Seiten. Die Buchrestauratorin in ihr erkannte sofort die solide Fadenheftung – eine hochwertige Arbeit, ein Stück erstklassiger Buchbindekunst. Aber die private Rosalie konnte nur daran denken, dass ihre Mutter dieses Büchlein in den Händen gehalten hatte, dass sie es berührt hatte, womöglich jeden Tag. Rosalie spürte ihr Herz schneller schlagen, als sie endlich den Buchdeckel aufklappte.

Die vertraute zarte, leicht schräg gestellte Schrift ihrer Mutter, die sie von Briefen und Postkarten kannte, die Ronnie aufgehoben hatte, leuchtete ihr in blauer Tinte entgegen. «Wünsch dich glücklich!», stand da wie eine Überschrift auf dem Vorsatzblatt.

Rosalie schluckte. Die blaue Schrift verschwamm vor ihren Augen. Schnell klappte sie das Buch wieder zu. Sie wollte nicht, dass ihre Tränen die Schrift verwischten. Tief durchatmen, sagte sie sich. Sie würde jetzt erst mal den Tee trinken und sich beruhigen.

In kleinen Schlucken nippte sie an dem großen Becher und schaute hinüber zu Käpt'n Kiwi, der inzwischen einen Platz auf der Rückenlehne des Schaukelstuhls gefunden hatte. Er brachte den Stuhl tatsächlich in Bewegung und wiegte sich im Sonnenlicht, das durch die Lamellen der hölzernen Fensterläden streifenweise ins Zimmer fiel. Er sah zufrieden aus, und das half ihr. Jetzt konnte sie einen zweiten Anlauf nehmen. Kurz überlegte sie, ob sie die Läden ganz öffnen sollte, um besser lesen zu können. Doch sie war für das Licht eines strahlenden Tages noch nicht bereit.

Rosalie knipste die Nachttischlampe an, die unter ihrem kleinen Schirm ein warmes Licht verbreitete. Die bunten Schmetterlinge und Blumen auf dem Einband wirkten jetzt noch lebendiger. Mit neuem Mut schlug sie das Buch auf. Aber sofort loszulegen und zu lesen, das ging immer noch nicht. Also blätterte sie erst einmal durch, ließ das schöne, gleichmäßige Schriftbild auf sich wirken und die kleinen Bilder, die ihre Mutter hier und da an den Rand gezeichnet hatte. Allmählich nahm sie auch einen zarten Duft wahr, der vom Papier aufstieg. Es war nicht nur der übliche Geruch von altem Papier und eingetrockneter Tinte. Da war noch eine andere Note, etwas Blumiges, leicht Holziges. Und plötzlich erinnerte sie sich, dass ihre Mutter genauso gerochen hatte.

Den ganzen Nachmittag vertiefte sich Rosalie in das Buch. Manche Stellen las sie zweimal, wie zum Beispiel die über die Kraft der schönen Gedanken. Ihre Mutter war überzeugt, dass man seinen Geist mit Schönem anfüllen musste, um gute Wünsche wahr werden zu lassen. Die Schönheit überall zu erkennen, auch in den Dingen des Alltags, sie regelrecht zu suchen, selbst im Staub oder im Wesen eines Menschen, den man nicht besonders mochte, wurde ihrer Mutter zur täglichen Übung. Ein schillernder Käfer im Gartenabfall konnte ihr genauso zum Fest werden wie das Aufblitzen eines Lächelns, wo sie es nicht erwartet hatte. Rosalie war das Phänomen nicht fremd. Doch wusste sie auch, dass die Fähigkeit, das Schöne zu sehen, ihr immer dann abhandenkam, wenn Chaos in ihr Leben einbrach. Was ja nun leider regelmäßig der Fall war. Ihre Mutter hatte dagegen ein probates Rezept: Meditation und Yoga. Irgendwie, dachte Rosalie verblüfft, war das gar nicht so weit von dem entfernt, was Stella trieb.

Auch, was ihre Mutter über die «Gabe» sagte, klang ein bisschen nach Stella. Sie zapfe lediglich die guten Energien des Universums an, schrieb sie. Im Grunde könne das jeder. So wie jeder gesunde Mensch laufen lernen könne. Nur müsse man halt üben und in Bewegung bleiben. Das gelte für die Kraft des Geistes genauso wie für die Kraft der Beine. Wer ein Jahr im Bett liegen bleibe, verlerne das Laufen. Was das Wünschen angehe, schrieb ihre Mutter, so habe die Menschheit einige Jahrhunderte lang die bequemen Federbetten nicht verlassen. «Geistig-seelischen Muskelschwund», nannte sie das. Sie hatte eine Reihe rennender Strichmännchen danebengezeichnet, die alle ihre Köpfe und Herzen hinter sich herzogen wie Sträflinge ihre Eisenkugeln.

Also musste sie nur üben, meditieren und ihre Gedanken auf das Schöne richten? Rosalie schien das ein bisschen zu einfach. Doch wenn sie die Erfahrungen ihrer Mutter ernst nehmen wollte – und bei allen guten Mächten, das wollte sie! –, dann war es genau so.

Immerhin hatte auch ihre Mutter einige verstörende Erlebnisse gehabt, die sie an sich selbst zweifeln ließen. Einmal zum Beispiel hatte sie an der Schauspielschule, an der sie später auch Ronnie kennenlernte, einer Lehrerin vor lauter Wut und Verzweiflung eine Krankheit buchstäblich an den Hals gewünscht. Die Lehrerin hatte Rosalies Mutter auf dem Kieker gehabt und bei jeder Sprechübung an ihrem «Odenwälder Bauerndialekt» herumgemäkelt. Ihre Mutter sprach seit ihrer Schulzeit Hochdeutsch, und es war eher ein Zeichen ihres Talents, dass sie quasi auf Knopfdruck in das Platt ihres kleinen Dorfes wechseln konnte. Gleiches gelang ihr mit Sächsisch, Bayrisch und Ostfriesisch. Die Freunde von Rosalies Mutter waren sich einig, dass die Lehrerin, die schon lange an keiner Bühne mehr ein Engagement bekommen hatte, neidisch auf ihre begabte Schülerin war und sie deshalb besonders drangsalierte. Als die

Lehrerin wieder einmal eine Sprechübung unterbrach und sie vor allen Mitschülern als Heumagd beschimpfte, die sich besser beim Bauernstadl bewerben solle, wünschte sich Rosalies Mutter, dass diese Frau keinen Ton mehr aus ihrem bittergalligen Mund herausbringen würde. Tatsächlich bekam die Lehrerin einen Hustenanfall, danach konnte sie nur noch krächzen wie eine alte Krähe. Schließlich war sie für viele Wochen krankgeschrieben. Es hieß sogar, sie hätte Kehlkopfkrebs. Doch das war nur ein Gerücht. Am liebsten wollte Rosalies Mutter ihren Wunsch rückgängig machen. Und als die ungeliebte Lehrerin pünktlich zum Prüfungstermin wieder völlig gesund in der Schule erschien, traten Veronika fast die Tränen in die Augen vor Erleichterung.

Wünsche, die schiefgingen, waren also nicht nur Rosalies Spezialität. Ihre Mutter nannte es «Stolpern», und was sie darüber schrieb, war tröstlich:

Kein Laufenlernen ohne Stolpern. Natürlich wäre es besser, wenn man schon im Kindesalter seine Wunschkräfte trainierte. Wenn kleine Kinder stürzen, tun sie sich meistens nichts. Ein Erwachsener kann sich dabei schon mal das Bein brechen, und das nimmt ihm vielleicht die Freude an weiteren Abenteuern. Aber das wäre dumm. Denn was ist schon ein Gipsfuß gegen den Zauber sich erfüllender Wünsche?

Dann hatte sie sich nur das Bein gebrochen, und es würde wieder heilen? Fast konnte Rosalie sie hören, die vergessene Stimme ihrer Mutter, für einen Moment war sie wieder in ihrem Ohr: *Alles wird wieder gut.*

Es war gut. Doch eben nur diesen einen Moment lang. Dann wurde alles umso schlimmer. Ihre Mutter war gestorben, mit sechsundzwanzig Jahren, und das hatte sie sich ganz sicher nicht gewünscht.

Rosalie legte das Buch zur Seite und rollte sich zusammen wie ein Embryo, die Arme fest um ihre Knie geschlungen. Wie früher, wenn das Fallen kam. Wenn die Nächte lang wurden, weil Ronnie eine Vorstellung hatte. Wenn andere Kinder sie fragten, wo ihre Mama war. Wenn Männer, die sie liebte, ihr sagten, dass es da eine andere gab, immer geben wird. Zusammenrollen, die Knie gegen den Körper pressen, gut festhalten, damit nichts auseinanderflog.

Dass sie die hübschen bunten Kissen von Tante Babs nassgeweint hatte, merkte sie erst, als es an ihrer Tür klopfte.

«Rosalie», hörte sie Babs rufen, «du hast Besuch.»

Stella, natürlich. Ronnie mochte sie einfach zu gerne und hatte sich bestimmt nicht lange bitten lassen, bis er ihr die Adresse im Odenwald verriet.

«Sag ihr, ich möchte sie nicht sehen. Sie soll nach Hause fahren.»

Jemand räusperte sich. Es klang nicht nach Stella.

«Rosalie, ich bin es. Henry.»

Das war jetzt nicht wahr. Es war unangebracht, unpassend, einfach unmöglich. Es war … verflucht … einfach zu viel.

«Rosalie?»

Mit einem Satz war sie an der Tür und drehte den Schlüssel um.

«Hast du gerade abgeschlossen?»

«Ich geh dann mal Abendbrot machen», hörte sie Babs ein wenig verlegen sagen. Ihre Schritte klapperten auf der alten Holztreppe.

Henry stand noch an der Tür. Sie konnte seinen Atem hören. Auch Rosalie blieb an der Tür stehen. Sie musste sich am Rahmen festhalten, so zittrig war sie.

«Ich möchte mit dir sprechen, Rosalie, und ich möchte dich sehen.»

«Das geht nicht. Ich bin krank.» Sie lehnte ihren Kopf gegen das kühle, glatte Holz der Tür.

«Das ist doch kein Grund.» Seine Stimme war so nah, als lägen sie nebeneinander.

«Und ob!» Sie machte einen Schritt zurück. «Ich hab einen schrecklichen Infekt, und du kriegst Panikattacken, wenn du nur an Viren oder Bazillen erinnert wirst.» Passenderweise musste sie heftig niesen. «Siehst du, ich bin total verseucht.»

«Du übertreibst.»

«Tu ich nicht.»

«Du übertreibst ständig.»

«Ach ja?»

«Zum Beispiel eben gerade. Ich krieg doch keine Panikattacken wegen eines Bazillus. Ich bin bloß der Meinung, dass man Krankheitserregern vernünftigerweise aus dem Weg gehen sollte.»

«Dann tu es jetzt.»

«Was?»

«Geh ihnen aus dem Weg. Geh mir aus dem Weg. Ich bin eine Krankheit.»

Er lachte. «Das dachte ich am Anfang auch.»

Sie wusste nicht, ob sie sauer sein sollte oder gerührt. Sein Lachen war voller Wärme. Aber sie war so durcheinander, dass sie sich lieber fürs Sauersein entschied.

«Geh!», rief sie und lehnte sich wieder an die Tür.

«Ich gehe hier nicht weg, und wenn ich mir eine Jahrhundertgrippe hole.»

«Warum bist du überhaupt hier?»

«Das würde ich dir ja gerne sagen.»

«Dann sag es.»

«Nicht so.»

Sie stöhnte leise auf. «Henry, es ist jetzt wirklich kein guter Zeitpunkt. Mir geht's total mies. Versteh das doch bitte.» Tatsächlich wurden jetzt auch noch ihre Beine schwach. Langsam ließ sie sich am Türrahmen zu Boden gleiten.

Eine Weile saß sie reglos da. Auch auf dem Flur war es still geworden.

«Henry?»

Statt einer Antwort wurde ein Brief unter der Tür hindurchgeschoben. Er war von Stella. Sie erkannte ihre Schrift auf dem Umschlag.

«Bist du deswegen hier?»

«Nein. Ich habe meine eigenen Gründe.»

«Was für Gründe?»

«Gründe, die man nicht auf einem Stück Papier durch einen Spalt schieben kann.»

«So groß sind sie?» Sie spürte, wie ihre Stimme weicher wurde. Verflucht, das war nicht zielführend. «Also jetzt sag schon, warum du hier bist.»

«Wenn du die Tür öffnest.»

«Das ist doch albern.»

«Albern ist es, durch eine geschlossene Tür zu reden.»

«Dann lassen wir es eben.»

«Rosalie, bitte, du musst doch nur den Schlüssel drehen.»

«Kann ich aber nicht.» Und das stimmte. Die Tür war ein Schutzwall gegen hereinbrechende Gefühle, die sie im Augenblick auf keinen Fall auch noch haben wollte. Sehnsüchtig schaute sie zum Bett. Ihre Kopfschmerzen waren wieder schlimmer geworden, und flau im Magen war ihr plötzlich auch. Sie wollte nur noch zurück in ihre Höhle aus weichen Decken und Kissen und sich dort verkriechen.

«Du wirst es bestimmt nicht bereuen, versprochen.» Seine warme, feste Stimme klang so anziehend. Verfluchter Mist! Und seine Versprechen hatte er immer gehalten.

«Es tut mir wirklich leid, Henry, aber ich muss mich wieder hinlegen.» Sie krabbelte über den Boden.

«Gut. Aber ich gehe hier nicht weg.»

«Tu, was du nicht lassen kannst.»

Ermattet kroch sie in ihre Bettenburg zurück und wusste, dass sie nur deshalb standhaft geblieben war, weil eine allzu reale Vorstellung sie bedrängte. Nämlich, dass sie gleich den Eimer, den Babs ihr vorsorglich hingestellt hatte, benötigen würde, während Henry an ihrem Bett saß und ihr vielleicht sogar den Kopf hielt. Es wäre ihr persönliches Armageddon. An ihre Bettdecke geklammert, versuchte sie, die Übelkeit wegzuatmen. Er wollte doch nicht etwa wirklich vor ihrer Tür Wurzeln schlagen?

«Abendessen!», hörte sie Babs von unten rufen.

Es war wie ein Stichwort. Rosalie konnte sich noch maximal zwei Sekunden zusammenreißen.

«Kommen Sie, Henry», rief Babs. «Sie verpassen was.»

Die Holztreppe knarrte, seine Schritte entfernten sich. Endlich. Rosalie ließ los.

Danach ging es ihr deutlich besser. Fast augenblicklich schlief sie ein.

KAPITEL 34

Seit den frühen Morgenstunden lag Henry wach und wälzte sich auf der Gästematratze, die Barbara und Klaus ihm netterweise ins Wohnzimmer ihres gemütlichen Fachwerkhauses geschoben hatten. Die Matratze war erstaunlich bequem. Seine Gedanken waren es nicht. War es ein Fehler gewesen herzukommen? Es war ihm durchaus bewusst gewesen, dass es keine leichte Übung werden würde, Rosalie seine Gefühle zu gestehen. Zum einen war er nicht begabt in diesen Dingen. Und zum anderen hatte er sie mehr oder weniger im Regen stehen lassen, als sie ihre Gefühle offenbart hatte. Das war ihm inzwischen klargeworden. Wie musste ihr zumute gewesen sein, als er einfach weitergerannt war?

Schon auf der Fahrt in den Odenwald hatte er sich ausgemalt, wie sie ihn zurückweisen und wegschicken würde. Aber er war sich die ganze Zeit sicher gewesen, dass er es trotzdem versuchen musste. Ihre Kündigung, die er erst kurz vor seiner Abreise auf dem Schreibtisch fand, hatte ihn schwer getroffen. Stella hatte davon nichts erwähnt, und es wäre ihm nie in den Sinn gekommen, dass Rosalie ihre Arbeit an der wunderbaren Van-Sanders-Bibliothek aufgeben könnte. Diese Bücher gehörten in ihre Hände.

Das war das Mindeste, was er erreichen wollte. Dass Rosalie wieder zu ihren Büchern, zu ihren *Patienten*, zurückkehrte. Aber das würde ihm nicht genügen. Er wollte – ja, was wollte er? An diesem Punkt gerieten seine Gedanken ins Schlingern. Er hatte keinen Plan. Er konnte doch nicht einfach vor Rosalie treten und sagen: *Ich liebe dich*. Als würde das alles wiedergutmachen, was er verbockt hatte. Außerdem waren diese drei Wörter eine unzulässige Verkürzung dessen, was er für sie empfand. Da müsste er schon einen Roman schreiben oder noch besser eine Oper. Leider war er kein Mozart. Er war Paläograph, und es war wenig wahrscheinlich, dass ihm die Transkription lateinischer Minuskeln ihr Herz öffnete.

Vielleicht sollte er sie einfach küssen.

Aber dazu musste er sie erst einmal zu Gesicht bekommen. Aus der Küche kamen Stimmen. Rosalies war nicht dabei. Er überlegte, dass es vielleicht nett wäre, ihr das Frühstück zu bringen. Er musste es wenigstens versuchen.

Henry setzte seinen Fuß gerade in den Flur, als Rosalie die Treppe herunterkam. Sie hatte Jeans und T-Shirt an, sah aber noch etwas mitgenommen aus. Ihr Blick aus den geröteten Augen traf ihn wie ein Blitz.

«Wenn es wegen der Kündigung ist, darüber diskutiere ich nicht.»

«Ich auch nicht. Sie ist inakzeptabel.»

«Wieso?»

«Hast du mal in deinen Vertrag geschaut?»

«Willst du mir etwa mit juristischem Kleingedrucktem drohen?»

Sie jetzt zu küssen war vermutlich keine gute Idee. Henry schaute Rosalie ratlos an.

«Was?»

«Geht es dir besser?»

«Ja», sagte sie und klang etwas weniger gereizt. «Ich denke schon. Ich brauch nur einen Kaffee.» Sie lächelte entschuldigend und murmelte: «Ich bin ein Zombie morgens ohne Kaffee.»

«Ich wollte dir gerade einen holen.»

«Das ist wirklich lieb. Wir könnten aber auch …» Rosalie deutete zur Küchentür, hinter der Frühstücksgeklapper zu hören war.

Im selben Moment klingelte sein Handy. Er nahm es ans Ohr.

«Patrizia, hallo.»

«Deine Frau?», stieß Rosalie entgeistert hervor. «Deine Frau ruft dich an?»

«Entschuldige», sprach er schnell ins Telefon, «ich rufe dich später zurück.» Erschrocken sah er in Rosalies empörtes Gesicht.

«Sie ist wach. Sie … sie ist nicht …» Rosalie zitterte. «Sie kann dich anrufen. Ist sie gesund?»

Er bejahte es, und schon spürte er ihre Fäuste gegen seine Brust hämmern.

«Und du Schuft sagst mir keinen Ton davon?»

«Ich wollte ja.» Er hielt ihre Fäuste fest. «Aber du hattest diesen Jahrhundertinfekt.» Er hoffte, mit etwas Ironie die Situation zu entschärfen.

«Du wusstest genau, wie schuldig ich mich fühle.»

«Sie wird wieder ganz gesund. Du brauchst dir keine Sorgen mehr zu machen. Und schuldig bist du sowieso nicht. Das ist der größte Mumpitz, den ich je gehört habe.»

«Mumpitz?»

«Mumpitz! Der Einzige, der hier Schuld hat, ist der besoffene Autofahrer, der das Taxi gerammt hat.»

«Du verstehst das nicht.»

«Das ist wahr.» Er hätte ihr gerne etwas anderes gesagt. Etwas Tröstendes. Vielleicht spürte sie das, denn sie beruhigte sich.

«Ich versteh es selbst nicht.» Rosalie setzte sich auf die ausgetretenen Stufen der Holztreppe. «Noch nicht ganz jedenfalls.»

Nachdenklich schaute sie aus dem kleinen Flurfenster hinaus auf die sattgrüne Wiese vor dem Haus. Die Morgensonne leuchtete ihr direkt in die Augen, und Henry dachte, dass sie dadurch glitzerten wie Opale. Rosalie blinzelte. Dabei legte sie den Kopf etwas schief, wodurch es so aussah, als lauschte sie den Geräuschen in der Küche. Gedämpfte Gespräche, das Glucksen der Kaffeemaschine.

Er setzte sich zu ihr. «Glaubst du, ich könnte es auch irgendwann verstehen?»

Sie schaute ihn überrascht an und nickte. Ihr Gesicht war ganz nah, und die lange vermissten Feuerrösser von Helios' Sonnenwagen tauchten kurz am Horizont auf. Ein schüchternes Aufblitzen warmer Strahlen hinter Wolken. Das war der Moment, in dem er sie hätte küssen können. Doch Henry verpasste ihn.

Rosalie sprang auf, stemmte die Hände in die Hüften und fragte: «Was sagst du zu der Schatzkarte?»

«Schatzkarte?»

«Deine Schatzkarte.»

«Was?»

«Das kleine Ding. Aus dem *Dahlstein*. Hypatia. Spreche ich Chinesisch?»

«Was soll damit sein? Du hast sie.»

«Nein. Du. Ich hab sie dir auf den Schreibtisch gelegt, in einem braunen Umschlag, gleich neben die Kündigung.»

Er schüttelte den Kopf und griff gleichzeitig zum Handy. Die Füglein war sofort am Apparat. Auf seine Bitte durchkämmte sie seinen wohlgeordneten Schreibtisch drei Mal – und fand nichts, auch nicht an irgendeinem anderen Platz in seinem Büro. Als Henry sie bat, ihm die Raskolnikowa ans Telefon zu holen, bedauerte sie. Seine Praktikantin sei seit gestern krankgemeldet.

«Verdammt!», rief Rosalie. «Die Russin will sich die *Mathematica* holen.»

«Was?»

«Sie hat die Schatzkarte.»

«Unsinn.» Seine Super-Praktikantin in Schutz zu nehmen war ein Reflex. Doch Henry spürte den Zweifel. Er rief die Raskolnikowa auf dem Handy an und bekam die automatische Ansage des Telefondienstes zu hören: «Die Nummer existiert nicht mehr.»

Rosalie war nicht überrascht. «Sie war in deinem Büro und hat gesehen, wie ich den Umschlag auf den Schreibtisch gelegt habe. Und ich Idiotin dachte die ganze Zeit, sie wäre hinter dir her.»

«Das dachte ich ehrlich gesagt auch. Selbst Patrizia dachte das.»

«Du musstest sie ja auch unbedingt küssen.»

«Also, das möchte ich bitte ein für alle Mal klarstellen: Sie …» Weiter kam er nicht.

«Dazu haben wir jetzt keine Zeit», unterbrach ihn Rosalie. «Wir müssen los. Vielleicht hat sie das Buch noch nicht gefunden.»

«Aber wir wissen doch gar nicht, wohin.»

«Doch.» Rosalie holte ihr Handy und zeigte ihm Fotos von der restaurierten Karte. «Reicht das?»

«Das ist phantastisch!» Die Karte auf dem herangezoomten Bild zeigte mit deutlichen Tintenstrichen den Grundriss von Burg Dahlstein. In der Krypta seiner Familie, so erkannte Henry, tief unter der Burgkapelle, hatte Balthasar von Dahlstein seinen Schatz vergraben. Henry war hingerissen. Voller Bewunderung strahlte er Rosalie an.

«Und?», fragte sie abenteuerlustig. «Wo müssen wir hin? Kannst du es entziffern?»

«Nach Tschechien. Die Burg liegt im heutigen Tschechien.»

«Worauf warten wir noch?»

«Rosalie, ich möchte dir noch etwas sagen.» Er wollte es endlich loswerden. Ihr alles sagen. Sein Innerstes schien zu bersten, wollte sich verströmen an sie, wollte in tausend schönen Worten erzählen, was er empfand.

Doch sie winkte ab. «Kannst du gleich unterwegs noch. Wir schnappen uns ein Frühstück, sagen schnell tschüs, und los geht's. Gibst du mir deinen Autoschlüssel?»

«Wieso?»

«Weil es mir leichter fällt, alle Verkehrsregeln zu brechen.»

Wohl wahr.

Er musste einsehen, dass der Zeitpunkt für Romantik ungünstig war. Immerhin ging es um Hypatia. Sein Lebenswerk war bedroht, und er dachte ans Küssen und an Liebesschwüre. Offensichtlich hatte Rosalie seine Welt auf den Kopf gestellt. Besser, er ging es langsam an, während sie mit zweihundertfünfzig Sachen über die Autobahn brettern würde.

KAPITEL 35

Es war verrückt. Heute Morgen hatte Rosalie im Bett gelegen und sich gewünscht, dass endlich alles gut werden würde. Und jetzt schien es fast so. Ihr Infekt war wie weggeblasen, Henry wollte sie nicht zum Mond schießen, und das Allerallerbeste: Seiner Frau ging es gut. Vielleicht konnte sie sich sogar wieder mit Stella versöhnen. Ihr Brief war zum Steinerweichen gewesen. Es tat ihr wohl wirklich von Herzen leid, was sie über Rosalies Beziehung zu Till gesagt hatte. Außerdem versprach sie, ihre Kunden nicht länger über ihre Qualifikationen zu täuschen, und versicherte, dass sie die gefälschten Zeugnisse verbrannt habe – in einem Ritual mit Räucherwerk und Gebeten, versteht sich. Rosalie beschlich der Eindruck, dass Stella möglicherweise mehr an ihren eigenen Hokuspokus glaubte, als sie zugab. Der Gedanke war ihr durchaus sympathisch.

Wenn es ihr jetzt noch gelingen könnte, der Russin einen Strich durch die Rechnung zu machen, dann wäre wirklich alles gut. Henry würde seinen Schatz bekommen, und sie würde damit zufrieden sein. Sicher konnte sie eines Tages vergessen, dass sie in ihn verliebt war. Sie würde es sich einfach ganz stark wünschen. Dazu brauchte sie nicht mal einen Rosenquarz. Sie hatte etwas viel Besseres: das Buch ihrer Mutter.

Rosalie drückte das Gaspedal durch und schaute Henry von der Seite an.

«Du solltest deine Augen lieber auf der Straße lassen.»

«Wolltest du mir nicht noch was sagen?»

«Erst, wenn du dich nicht mehr aufs Fahren konzentrieren musst.»

«Ich bin gut im Multitasking.»
«Aber ich nicht.»
«Du machst doch gar nichts.»
«Ich halte die Luft an.»

Sie musste lachen. Henry lachte auch, sah allerdings etwas blass um die Nase aus. Einen kurzen Moment erschrak sie darüber, wie sehr sie ihn mochte und wie glücklich es sie machte, dass er jetzt neben ihr saß. Es würde wahrscheinlich doch verflucht schwer werden zu vergessen, was sie für ihn empfand. Eine Art Masteraufgabe in ihrem persönlichen Wunschdiplom. Vielleicht sollte sie mit etwas Leichterem anfangen. Mit etwas, das sie sich wirklich von Herzen wünschen konnte. Rosalie musst nicht lange überlegen. *Ich wünsche mir, dass Henry seinen Schatz findet.* Das war es. Es war genau der richtige Wunsch. Er fühlte sich gut an.

Stunden später überquerten sie die tschechische Grenze. Rosalie war auf der Autobahn dreimal geblitzt worden, und mindestens ebenso oft hatte Henry sein Asthma-Spray betätigen müssen. Dabei hatte er sie jedes Mal angelächelt und eine Daumen-hoch-Geste gemacht.

In der böhmischen Provinz kamen sie nicht mehr so schnell voran, was weniger an den ländlichen Straßen lag, sondern daran, dass die Schatzkarte sie zu einem Ort führen sollte, den es eigentlich nicht mehr gab.

Die Burg der Herren von Dahlstein, wo der Mönch Balthasar die Abschrift der *Mathematica* vor dem Zugriff der Kirche versteckt hatte, war samt dem dazugehörigen Dorf im Dreißigjährigen Krieg bis auf die Grundmauern niedergebrannt und ausgelöscht worden.

«Das ist auch der Grund, warum ich dort nie nach der Handschrift gesucht habe», erklärte Henry. «Ich dachte, da existiert nichts mehr. Aber wenn Dahlstein die *Mathematica* wirklich in der Krypta der Burgkapelle vergraben hat, so, wie er es auf der Karte beschreibt, dann haben wir eine Chance, dass sie da noch irgendwo unter der Erde liegt.»

«Vorausgesetzt, wir finden diesen Flecken Erde.»

Henry machte ein bekümmertes Gesicht.

Die Gegend, in der die Burg einst gestanden haben soll, war nur dünn besiedelt. Die wenigen Dörfer, durch die sie kamen, bestanden nicht selten aus kaum mehr als fünf Bauernhöfen, mindestens drei davon standen in der Regel leer. Einmal kamen sie sogar durch einen Ort, der völlig verfallen war. Mensch und Maus schienen geflohen, als hätte es in dieser wunderbaren, sanftgeschwungenen Hügellandschaft einen atomaren Fallout gegeben.

«Ehemaliger Todesstreifen», sagte Henry und erklärte, dass nach dem Zweiten Weltkrieg die deutschstämmige Bevölkerung ihre Häuser verlassen musste. «Danach wurde die gesamte Grenzregion zum Sperrgebiet erklärt und für ein halbes Jahrhundert militärisch abgeriegelt.»

«Wir sind in Hitlers Sudetenland», sagte Rosalie verblüfft und erinnerte sich an eine Fernsehsendung über die Vertreibung der Sudetendeutschen.

«In den neunziger Jahren wurden weite Teile der Gegend unter Natur- und Landschaftsschutz gestellt», erläuterte Henry das einsame Landschaftsbild.

«Es darf nichts Neues gebaut werden», erriet Rosalie.

«Nicht mal ein Heuschober.»

Sie hatten gehofft, dass sie sich bei Einheimischen durchfragen könnten. Dass irgendjemand noch etwas wusste über Burg Dahlstein oder wenigstens über Relikte irgendeines alten Gemäuers, das Burg Dahlstein hätte sein können. Nach Henrys früheren Recherchen war der Stammsitz der Dahlsteins hier in der Gegend zu verorten, allerdings in einem Umkreis von circa fünfzig Kilometern – zu viel, um Meter für Meter den Boden abzusuchen. Sie brauchten mehr Informationen. Doch die wenigen Menschen, die sie bisher befragen konnten, wussten nichts von einer verschollenen Burg.

Als sie endlich in das größte Städtchen der Gegend kamen, einen Neunhundertseelenort, schöpften sie neue Hoffnung.

«Lass uns zum Pfarrer gehen», sagte Henry und wies auf den hübschen barocken Kirchturm in der Ortsmitte. «Vielleicht findet sich in alten Kirchenbüchern ein Hinweis.»

Im Pfarrhaus empfing sie ein netter junger Mann, der überraschenderweise ein gepflegtes Englisch sprach und sich als «housekeeper» vorstellte. Der Pfarrer, Pavel, so nannte er ihn, sei gerade beim Hanteltraining. Aber sie sollten doch bitte gerne in der Kirche warten, denn dort pflege er nach seinen «exercises» zu beten. Rosalie fand das Ganze ziemlich schräg. Ein böhmischer Dorfpfarrer mit britischem Butler und Fitnessdrang. Andererseits, wieso sollte ein Priester keinen Sport machen? Und eine Haushälterin gehörte schließlich in jedes ordentliche katholische Pfarrhaus.

In ihrem Inneren war die kleine Kirche ein Schmuckkästchen barocker Kunst, wie man es an einem so entlegenen Ort nicht erwartet hätte. Die üppige Deckenmalerei mit ihrem pastellblauen Himmel, der in ewige Weiten emporzuschweben schien und dabei die ganze bunte Gesellschaft der biblischen Gestalten, Heiligen, Putten und Engel mit in die Höhe trug, kontrastierte wohltuend mit den überwiegend weißen Wänden. Maßvolles Golddekor und wenige gezielt platzierte Gemälde und Statuen fügten sich perfekt ins große Ganze.

Harmonie pur, dachte Rosalie, als sie sich neben Henry in eine Bank setzte und Seite an Seite mit ihm staunte. Leichtigkeit und Leidenschaft in ausgewogener Balance. Dramatische

Lebendigkeit und demütige Stille vereint an einem Ort. Sie hatten beide die Köpfe in den Nacken gelegt, ihre Blicke nach oben gerichtet, vertieft in das gemalte Himmelsgewölbe. Ihre Schultern berührten sich fast. Und fast hätte Rosalie Henrys Hand ergriffen. Aber das durfte sie nicht.

Und dann kam Pavel. Groß, blond, die Augen so blau wie der Himmel an seiner Kirchendecke. Dazu ein so strahlendes Lachen im verwegenen James-Dean-Gesicht, dass sich Rosalie gut vorstellen konnte, wie er damit ganze Schwärme katholischer und nicht-katholischer Frauen köderte und an Bord dieses Kirchenschiffes zog. Pavel, der Fischer des Herrn. Sein athletischer Körper steckte noch in den Sportklamotten, das T-Shirt spannte über der Brust. Kurz überlegte Rosalie, ob sie wieder in die Kirche eintreten sollte, als er ihr die Hand hinstreckte, lässig seinen Vornamen nannte und in radebrechendem Englisch erklärte, dass er leider kein Englisch spreche, Deutsch noch weniger, dafür aber Spanisch.

«Zwei Jahre Mission in Venezuela», erklärte er.

«Fünf Jahre Volkshochschule», entgegnete Rosalie in fast flüssigem Spanisch.

Pavel lächelte.

Henry blickte säuerlich. «Könnte nicht sein englischer Housekeeper für uns übersetzen?»

Rosalie versicherte Henry, dass das umständlich sei und nur unnötige Zeit koste. Bevor er groß protestieren konnte, fragte sie Pavel-Sunnyboy nach den Kirchenbüchern aus dem 17. Jahrhundert. Dem Jahrhundert, in dem Burg und Dorf unter die Räder der Historie kamen.

Die Antwort war deprimierend. «Es gibt keine mehr», übersetzte Rosalie für Henry. «Im Zweiten Weltkrieg sind alle Kirchenbücher verbrannt.»

«Frag ihn, ob er was über die Burg weiß.»

Aus der Frage entspann sich eine nette kleine Unterhaltung. Denn Pavel war in der Umgebung aufgewachsen und wusste einiges über alte Gemäuer und Ruinen zu erzählen. Und je länger das Gespräch auf Spanisch dauerte, und je öfter sie dabei über Pavels unterhaltsame Anmerkungen lachte, desto ungeduldiger wurde Henry – so schien es ihr zumindest.

«Ich dachte, du wolltest übersetzen.»

«Ja doch. Gleich.» Sie lauschte weiter Pavel.

Henry vergrub seine Hände in den Hosentaschen und schaute demonstrativ auf seine Füße. Schmollte er?

Rosalie erlöste ihn. «Eine Burg Dahlstein kennt er nicht.»

Henry runzelte die Stirn. «Worüber habt ihr dann die ganze Zeit geredet?»

«Über dies und das», antwortete sie, weil sein mürrischer Ton sie ärgerte. Was hatte er bloß?

«Über dies und das?», wiederholte er sichtlich sauer.

«Er ist nett, und ich wollte höflich sein, außerdem …» Weiter kam sie nicht.

«Du flirtest mit ihm», stellte Henry fest. «Mit einem katholischen Pfarrer!»

Ein bisschen stimmte das vielleicht. Aber eben nur ein bisschen. Und überhaupt war *er* doch der Grund, warum sie sich ablenken musste. Sie blaffte: «Was geht dich das an?»

«Gar nichts», blaffte Henry zurück.

Pavel schaute verdutzt, und Rosalie erklärte ihm, dass sie so gereizt seien, weil für Henry viel davon abhinge, die Burg, oder besser: ihre Überbleibsel, zu finden. Er sei ein Nachfahre der Dahlsteins, log sie.

Pavel wollte gerne helfen, und er hatte eine Idee.

«Er kennt einen Heimatforscher hier am Ort», übersetzte Rosalie und versuchte ein versöhnliches Lächeln.

Henry nickte nur und hockte sich wieder auf die Bank, auf

der sie noch vor wenigen Minuten zusammen gesessen und in den wundervollen Barockhimmel geschaut hatten.

«Komm. Wir wollen direkt zu ihm.»

«Ich muss nachdenken.» Er machte keinerlei Anstalten aufzustehen.

Das verstand sie jetzt ganz und gar nicht.

Und als er nicht einmal mehr ihren Blick erwiderte, sagte sie: «Okay», und zog mit Pavel ab.

KAPITEL 36

«Herr im Himmel!», stöhnte Henry. Zwar glaubte er nicht an Gott. Aber wenn er die Bilder der Heiligen ringsum betrachtete mit diesem träumerischen Ernst und der frappanten Heilsgewissheit in ihren Gesichtern, als könnten sie ihr künftiges Paradies schon sehen wie unsereins den Sonntagabend-Tatort, dann war es vielleicht gar nicht so verkehrt, an irgendetwas zu glauben. Und sei es nur an sich selbst. An den eigenen Wert, die eigene Überzeugungskraft, die Fähigkeit, wahrgenommen zu werden. Kurz: die Kompetenz, eine Frau zu erobern.

Daran hatte Henry noch nie so recht glauben können. Jetzt zweifelte er sogar an der Bedeutung der Worte *Ich wollte, dass du frei bist – für mich*. Hatte Rosalie das überhaupt so gesagt, wie es im Buch seiner Erinnerung stand? Und wenn ja, meinte sie es so, wie er dachte? Oder hatte sie nur etwas Freundschaftliches im Sinn gehabt? Eine Art intensiverer Freundschaft, an der Patrizia sich hätte stören können? Freundschaft plus Sex vielleicht, aber ohne Verpflichtungen? Oder genau andersherum: eine anspruchsvolle, verpflichtende Freundschaft mit obligatorischen Noteinsätzen, wann immer es brannte (Grippe, Liebeskummer, Tod des Haustieres), aber garantiert ohne den kleinsten kribbelnden Kuss? Verflixt, er verwirrte sich immer mehr im Geknäuel seiner wenig hilfreichen Gedanken.

Um sich zu beruhigen und abzulenken, verließ Henry seinen Platz in der Kirchenbank und schaute sich die Gemälde an den Wänden an. Fast alle entstammten, soweit Henry es beurteilen konnte, der Barockzeit oder noch späteren Epochen und zeigten christliche Märtyrer, die für ihren Glauben Folter und Tod erlitten hatten. Nur ein Gemälde, das Henry in einer Nische neben dem Eingang entdeckte, war deutlich älter. Die flächige Gestaltung und das Fehlen einer Zentralperspektive wiesen es als Kunstwerk des Mittelalters aus. Henry betrachtete es genauer. Auf dem Bild war eine Äbtissin dargestellt, die in ihren Händen eine spielzeuggroße Kirche hielt. Offensichtlich war sie die Stifterin eines Klosters. Im Bildhintergrund erhob sich eine Burg auf einem eigentümlich geformten Hügel, der ihm ins Auge stach. Die Erhebung sah aus wie der Kopf eines gewaltigen Bären.

Henry kniff gerade die Augen zusammen, um eine winzige Inschrift zu entziffern, die das Portal des Kirchenmodells in den Händen der Äbtissin zierte – wahrscheinlich das Gründungsjahr des Klosters –, als Rosalie zurückkam.

«Wir haben eine neue Fährte!», rief sie, und die schönen Korkenzieherlocken flogen ihr nur so um den Kopf. «Circa fünfzehn Kilometer von hier gibt es ein paar alte Steine, die entweder mal zu einer Burg oder einem Kloster gehört haben. Genaueres wusste der Mann nicht.»

«Besser als nichts.»

Rosalie grinste und streckte ihm eine würzig duftende Teigtasche entgegen. «Für dich. Vielleicht bessert das deine Laune.»

«Ich bin nicht schlecht gelaunt.»

«Nein?»

«Nein. Ich habe nur über ein paar Dinge nachdenken müssen.»

Abwartend blickte Rosalie ihn an. Sollte er ihr sagen, was ihm durch den Kopf ging? Er zögerte.

«Lass uns fahren», sagte er schließlich erleichtert darüber, etwas unternehmen zu können, das einfach war. Einfacher jedenfalls, als sich Rosalie zu erklären.

Als sie die Ortschaft schon ein paar Kilometer hinter sich gelassen hatten und schweigend die Serpentinen eines bewaldeten Hügels hinaufkurvten, sagte Rosalie plötzlich: «Er kommt demnächst nach Frankfurt.»

«Wer?»

«Pavel. Irgend so ein Kirchenkongress.»

«Aha.»

Rosalie blickte ihn von der Seite an. Offensichtlich erwartete sie wieder, dass er sich etwas ausführlicher äußerte.

«Schön.»

«Ich hab ihm angeboten, dass er bei mir übernachten kann. Vorausgesetzt, ich bleibe in Frankfurt.»

Henry fühlte sich hilflos. Etwas lauerte hinter diesem Gespräch. Etwas Gefährliches, das sich noch nicht zeigen wollte. Wie ein mythisches Seeungeheuer, das sich noch in den Tiefen des Ozeans verbarg. Die Seefahrer wussten, dass es jeden Moment in die Höhe schießen und sie alle zermalmen konnte, taten aber lieber so, als würden sie das Brodeln des Wassers nicht bemerken.

Henry kannte den Namen dieses Ungeheuers. Eifersucht. In seiner Kindheit hatte es die Ehedramen seiner Eltern beherrscht. Und er brauchte nur einen Blick in den Seelenschlamm seines eigenen inneren Ozeans zu riskieren, um es dort verborgen hinter den meterhohen Deichen seiner Vernunft schlummern zu sehen. Rosalie konnte diese Hydra wecken, und das hatte ihm Furcht eingeflößt, von Anfang an.

«Er ist übrigens schwul.»

«Pavel?»

Rosalie nickte. «Der Engländer ist nicht sein Butler, sondern sein Lebensgefährte.»

«Ach.»

Wieder traf ihn Rosalies prüfender Blick von der Seite. Ob sie seine Erleichterung bemerkte?

«Schön für ihn. Ich meine, dass er jemanden hat.»

«Ja, das ist schön. Finde ich auch.» Rosalie richtete ihren Blick wieder auf die Straße.

Schweigen.

Plötzlich drehte sie den Kopf und lächelte ihn an. «Wolltest du mir nicht noch was erzählen?»

«Hm?»

«Heute Morgen, bevor wir losgefahren sind», half sie nach. «Du spannst mich schon den halben Tag damit auf die Folter.»

«Ach das.»

«Und?»

«Ich hab's vergessen.»

Sie runzelte die Stirn, und er versank wieder in Betrachtungen seines Inneren, das ihm gar nicht gefiel. Wäre er Herkules, könnte er die Hydra mit einem einzigen Keulenschlag vernichten. Er wäre frei von Ängsten und könnte Rosalie einfach an sich reißen und küssen. Die Pavels dieser Welt, ob schwul oder nicht, wären ihm egal.

Konnte es sein, dass das, was er für Rosalie empfand, zu groß war für ihn? Er baute die Dämme aus und verstärkte die Hafenmauern, statt die Segel zu setzen und das Ungeheurer herauszufordern und zu besiegen. Er musste an Caro denken. Sie hatte einmal gesagt, in Sachen Liebe sei er ein spießiger Kleinbürger, der jedes Risiko mit der passenden Versicherungspolice parierte.

Sie hatte wohl recht. Henry sank der Mut.

Eine mit düsteren Gedanken angefüllte Weile später parkten sie den Wagen am Fuß eines bewaldeten Steilhangs. Oben auf dem Plateau sollten laut den Berichten des Heimatforschers die historischen Überreste von Burg Dahlstein liegen. Henry stieg aus und ließ seinen Blick über den dichten Wald gleiten. Von hier unten konnte man keine Anzeichen einer Ruine oder Ähnlichem entdecken.

«Was ist los?» Rosalie hatte sein Zögern bemerkt und trat zu ihm.

«Ich denke, es ist sinnlos.»

«Was?»

«Wir werden dort oben nichts finden.»

«Wieso? Wir haben einen Hinweis.»

«Den Hinweis eines sechsundneunzigjährigen Hobbyhistorikers, der, deinen eigenen Angaben zufolge, nicht mehr richtig hören und sehen kann und sogar vergisst, wie seine Tochter heißt, obwohl er unentwegt ihre Teigtaschen mampft.»

«Er hat einen gesunden Appetit.» Rosalie lachte.

«Er ist senil. Ich würde so jemandem noch nicht mal die Wegbeschreibung zum nächsten Supermarkt abkaufen.»

Rosalie schaute ihn irritiert an.

Er fand sich selbst zum Kotzen. Und es ärgerte ihn, dass er Rosalies Enthusiasmus nicht teilen konnte. Das ganze Projekt *Schatzkarte* war ihm von Stunde zu Stunde sinnloser erschienen. Wie sollten sie ohne exakte Ortsbezeichnung und ohne jeden anderen profunden Hinweis eine Burg finden, die bereits Anfang des siebzehnten Jahrhunderts ausgelöscht worden war? Die Karte selbst zeigte ja nur den Platz in der Krypta der Burgkapelle, wo Dahlstein die *Mathematica* vergraben hatte.

Rosalie trat näher an ihn heran und schaute ihm ernst in die Augen. Einen Augenblick hoffte er, sie würde seine Hand nehmen.

«Mag sein, dass der Mann senil ist, aber irgendwann in seinem Leben war er Geschichtslehrer. Und einen anderen Hinweis haben wir nicht.» Auffordernd boxte sie ihm in die Seite. «Los, komm schon! Oder willst du, dass die Russin das Buch vor uns findet?»

«Sie wird es genauso wenig finden wie wir. Da müsste sie schon den ganzen Böhmischen Wald umgraben.»

Rosalie schüttelte energisch den Kopf. «Wir sind ganz nah dran. Ich spür das.»

«Du spürst das?» Wieder so ein Rosalie-Rätsel.

«Ich weiß auch nicht. Es kribbelt halt. Los jetzt! Du rennst doch so gern.»

Und dann stürmte sie los. «Wer zuerst oben ist.»

Wirklich, sie verblüffte ihn immer wieder. Der Weg hatte eine fünfundvierzigprozentige Steigung, und vermutlich musste er Rosalie gleich tragen. Grinsend holte er sie ein. Die miese Laune verflüchtigte sich mit jedem schnaufenden Atemzug, den sie tat.

«Kannst du noch?»

Sie nickte und biss dabei die Zähne zusammen.

Gnädig ließ er sich in einen langsamen Trab fallen.

Rosalie hielt durch, bis sie oben waren, und – wieso wunderte es ihn überhaupt noch? – gab dann noch mal Gas, um an einem jäh auftauchenden Steinhaufen abzubremsen und «Erste» zu jubeln. Keuchend setzte sie sich hin und lehnte sich an das rudimentäre Gemäuer, das laut den Vermutungen eines klapprigen Opas Burg Dahlstein sein konnte: drei riesige übereinandergeschichtete Granitblöcke, die einem Torbogen glichen. Erhaben und trutzig standen sie auf der kleinen Lichtung, und so märchenhaft mit Moos und Efeu überwachsen, wie sie waren, ließen sie wohl jedes Romantikerherz höher schlagen.

Aber Henry erkannte mit einem Blick, dass der beeindruckende Steinhaufen nur eine Laune der Natur war. «Das ist keine Ruine, weder von einer Burg noch von einem Kloster. Das sind nur Felsen. Ein Naturdenkmal.» Er befühlte den Granit mit seinen Händen und blickte zu Rosalie. Die Enttäuschung in ihren Augen tat ihm körperlich weh, zugleich fühlte er sich überrumpelt von einem aufrührerischen Gedanken: Wenn er jetzt einen Wunsch frei hätte, dann wäre es nicht, das Buch der

Hypatia zu finden, sondern er würde sich wünschen, Rosalie niemals mehr enttäuschen zu müssen.

«Es tut mir leid, Rosalie. An diesen Steinen ist wirklich nichts von Menschenhand gemacht.»

«Das kann nicht sein», widersprach sie. «Der alte Mann hat mir Fotos von einem Kruzifix aus Bronze gezeigt, das er als Junge hier ausgegraben hat. Archäologen haben es auf das elfte Jahrhundert datiert. Irgendwas muss hier gewesen sein.»

«Und warum haben die Archäologen dann nicht weitergegraben?»

«Erst war Krieg, dann gab's kein Geld.»

Er schaute sich um in der Hoffnung, irgendetwas zu sehen, das diese These stützen konnte. Das Gemälde von der Äbtissin fiel ihm ein. Das Gründungsjahr ihres Klosters war 1060.

«Vielleicht war hier ja wirklich mal was», sagte er und ließ sich neben Rosalie auf dem Boden nieder. «Aber um das herauszufinden, müssten wir mit einem ganzen Trupp Helfer anrücken und Schicht für Schicht den Boden abtragen.»

Rosalie nickte verdrossen und schaute dabei in die Ferne. Über sanftgeschwungene Hügel konnte man von hier oben weit in die satte, sommerliche Landschaft blicken.

«So sind wir immerhin zu einem schönen Ausflug gekommen», sagte Henry, um Rosalie aufzumuntern.

«Du willst doch nicht etwa aufgeben?»

«Ich weiß nicht, vielleicht …» Er stoppte mitten im Satz. Etwas in nicht allzu weiter Ferne fesselte seine Aufmerksamkeit. «Siehst du den Berg da?»

«Der aussieht wie ein großer Bärenkopf?»

«Exakt. Ich hab ihn auf einem Gemälde in der Kirche gesehen, und es stand eine Burg darauf.»

Sie schauten sich an mit einer Mischung aus Euphorie, tiefster Dankbarkeit und höchster Spannung. Ein magischer Moment an einem magischen Ort, an dem wahrscheinlich einst das Kloster der Äbtissin gestanden hatte mit Blick auf Burg Dahlstein. Jetzt würde er es tun. Wann, wenn nicht jetzt?

«Rosalie.»

«Ja?»

In seiner vor Freude flirrenden Phantasie konnte Henry den Kuss schon schmecken, köstlich und leicht wie Amors Flügelschlag, aber auch gepfeffert mit der festen Durchschlagskraft seiner Pfeile. Henry wollte Rosalie an sich ziehen, seine Hände waren schon fast bei ihr, als sie unversehens aufschreckte.

«Was war das?»

«Was?» Er ließ seine Hände sinken.

«Da hinter den Büschen.» Sie sprang auf. «Da ist jemand!»

Der Jemand rannte weg. Sie hörten das Rascheln und Knacken im Unterholz.

«Das ist sie!», rief Rosalie voller Empörung.

«Sicher?»

«Ich kann ihr giftiges Parfüm riechen.»

So schnell sie konnten spurteten sie hinterher, mitten hinein in den dichten Böhmischen Wald. Auch Henry erkannte jetzt seine Praktikantin. Das wäre doch gelacht, wenn er sie nicht einholen könnte. Doch da hatte er noch nicht den Jeep gesehen, der auf einem schmalen Forstweg parkte. Die Raskolnikowa, sein trügerischer dienstbarer Geist, erreichte den Wagen mit wenigen Schritten, sprang hinein, zündete und entmaterialisierte sich in einer gewaltigen Staubwolke, als wäre sie tatsächlich ein Dschinn. Und wie ein echter Dschinn hatte sie ihn aufs Kreuz gelegt.

«Das Miststück!», hörte er Rosalie hinter sich fluchen. «Die hat uns belauscht.»

Das *Miststück*, dachte Henry, hat mir vor allem diesen einzigartigen Moment mit Rosalie genommen.

KAPITEL 37

Wütend starrte Rosalie der Staubwolke hinterher. Die Russin war nicht nur so clever gewesen, sich in diesem unwegsamen Gelände einen passenden Wagen zu beschaffen, sie hatte auch noch eine Abkürzung ausfindig gemacht. Das würde ihr mindestens eine halbe Stunde Vorsprung geben, während sie noch dabei wären, zu ihrem Auto zurückzurennen. Aber sie hatten keine andere Wahl. Zurück zur Lichtung, an der vermeintlichen Ruine vorbei, wieder hinein in den Wald, den abschüssigen Fußweg hinunter.

Bergab ging es zwar schneller, aber schon nach wenigen Metern spürte Rosalie ihre Knie. Außerdem steckte ihr noch der übermütige Spurt von vorhin in den Knochen, von ihrem gerade überwundenen Infekt ganz zu schweigen. Sie bekam Seitenstechen. Japsend fiel sie hinter Henry zurück.

Er blieb stehen und drehte sich um. «Komm, steig auf!»

«Was?»

Er beugte seinen Rücken. «Ich nehme dich huckepack. Dann geht's schneller.»

«Besser, du gehst ohne mich.» Nach Luft ringend, stützte sie ihre Hände auf die Oberschenkel und ließ buchstäblich den Kopf hängen.

«Auf gar keinen Fall! Ich lass dich doch nicht hier alleine zurück.»

«Ich könnte Pavel anrufen.»

«Nein.»

«Wieso nicht? Das wäre die vernünftigste Lösung.»

«Daran ist rein gar nichts vernünftig. Pavel glaubt an Engel und Teufel und einen gütigen alten Mann, der die Welt erschaffen hat. Ich denke, wir können gut auf seine Hilfe verzichten.»

«Er soll mich doch nur hier abholen.» Ganz offensichtlich war Pavel ein rotes Tuch für Henry. Man hätte meinen können, er wäre eifersüchtig. Aber Rosalie verbat sich diesen Gedanken.

«Steigst du jetzt endlich auf, oder willst du noch mehr Zeit vertrödeln?»

Rosalie gab nach. «Aber ich fahre!»

Im Galopp ging es bergab. Rosalie hätte sich eine romantischere Art vorstellen können, von Henry getragen zu werden. Aber auch diesen Gedanken wies sie zurück.

Als sie endlich am Auto ankamen, fühlte sie sich durchgeschüttelt wie ein Cocktail im Shaker. Ihr war schlecht, aber sie riss sich zusammen und startete den Motor, während Henry sich auf den Beifahrersitz fallen ließ.

«Alter Schwede», stöhnte er. «Wie viel wiegst du eigentlich?»

«Was soll das denn heißen?»

«Dass du schwerer bist, als ich dachte.»

«Na, vielen Dank.»

«Nein», verbesserte er sich, «ich meine, du siehst viel schlanker aus ...»

«... als ich bin», vollendete sie den Satz. «Das heißt also, ich bin dick.»

«Verflixt, nein! Das sollte ein Kompliment werden.»

Rosalie sah ihn zweifelnd an. «Wirklich?»

«Wirklich.»

«Vielleicht solltest du das noch üben.»

Er lächelte.

Sie lächelte zurück.

Schweigend fuhren sie weiter.

Der Bärenkopfhügel war zum Glück nicht schwer zu finden. Es war die nächste Erhebung in der Landschaft, und sie fuhren geradewegs darauf zu. Viehweiden und Blumenwiesen bedeckten seine Flanken. Nur das obere Drittel war bewaldet. Eine Weile konnten sie einem sandigen, von Schlaglöchern fast zerstörten Feldweg folgen. Kurz unterhalb des Wäldchens endete der Weg, und sie mussten den Wagen abstellen.

«Kein Jeep weit und breit», stellt Rosalie erleichtert fest.

«Hoffen wir, dass sie nicht wieder eine Abkürzung gefunden hat.»

Das Wäldchen, das vor ihnen lag, schien vollkommen sich selbst überlassen zu sein. Kein Weg, nicht mal ein Trampelpfad führten hindurch. Und auch sonst störte nichts seine stille Wildheit. Über Wurzeln, Steine und umgestürzte Bäume hinweg stiegen sie nach oben. Denn eins war sicher: Wenn hier je eine Burg gestanden hatte, dann oben auf der Kuppe.

Ohne zu reden und so geräuschlos wie möglich bewegten sie sich voran. Falls die Russin doch schon da war, wollten sie nicht von ihr bemerkt werden.

«Da», flüsterte Henry und zeigte zwischen zwei niedrigen Fichten hindurch.

Rosalie erkannte eine kleine Kapelle. Ihr Dach war zur Hälfte eingestürzt. Aus seiner Öffnung erhob sich eine mächtige Buche, die mit ihren kräftigen Zweigen und dem grünen Laub das alte Gemäuer besser zu schützen schien, als es die verbliebenen Dachbalken und Ziegel konnten.

Wie die Indianer schlichen sie sich an das Gebäude heran. Niemand war zu sehen. Nichts war zu hören. Lautlos ins Innere zu gelangen war nicht schwer, da sowohl die Türen als auch die Fensterscheiben fehlten. Die Kapelle war leer. Dieses Gotteshaus war schon vor langer Zeit all seiner Reichtümer beraubt worden. Die Menschen hatten es vergessen, und seine mittelalterliche Substanz würde eines Tages ganz der Natur gehören.

Als sie den Einstieg zur Krypta entdeckten, spürte Rosalie,

dass Nervosität sie erfasste wie ein akutes Fieber. Würde ihr Wunsch in Erfüllung gehen und Henry seinen Schatz finden? Sie hoffte es so sehr.

Henry schaltete die Taschenlampe seines Handys an und leuchtete die verfallenen Steinstufen hinab. Dann nahm er sie bei der Hand. Rosalie traute sich kaum zu atmen. Als könnte das in irgendeiner Weise ihre Wunschkraft verstärken.

Nach ungefähr zwanzig Stufen standen sie in einem kleinen, gedrungenen Gewölbe. Mehr Erdhöhle als Raum. In früheren Zeiten mussten mehrere Sarkophage in den Boden und in die Wände eingelassen gewesen sein. Jetzt sah man nur noch die Aushöhlungen. Wie die Kapelle, so war auch die Krypta vollkommen ausgeräumt.

Mit seiner Taschenlampe leuchtete Henry jeden Winkel aus. Er suchte den Eingang zu einem Nebengemach, das auf der Schatzkarte eingezeichnet war. Dort sollte unter einer kleinen Wandnische, die einst einen Heiligenschrein beherbergt hatte, die *Mathematica* vergraben sein.

Als der Schein der Taschenlampe den Eingang fand, wussten sie mit einem Blick, dass sie zu spät waren. Auf der Schwelle lag ein Spaten. Nagelneu, das Preisschild klebte noch dran.

Schweigend betraten sie die Kammer und fanden frischausgehobene Erde neben einem etwa einem Meter tiefen Loch, exakt unter der Wandnische.

«Das ist nicht fair», sagte Rosalie. Sie sagte es laut und wütend.

Henry legte ihr die Hand auf den Mund.

Sie hörten schnelle Schritte. Sofort folgten sie dem Geräusch. Es kam aus einem Gang, der immer tiefer in den Berg hinabführte und dabei leider auch immer niedriger wurde. Zum Schluss krochen sie auf allen vieren im Staub. Kleine Steinchen und Sand bröckelten von der Decke. Rosalie kam sich vor wie lebendig begraben. In der stickigen Luft fiel ihr das Atmen schwer. Auch Henry, direkt vor ihr, stöhnte und griff nach seinem Asthma-Spray. Doch in einiger Entfernung war ein schwaches Licht zu sehen.

Mit jedem Meter, den sie vorwärtskrochen, wurde das Licht heller. Sie konnten schon die frische Luft spüren. Rosalie sog sie gierig ein. Doch kaum hatte Henry seinen langen Körper aus dem von Wurzeln und Brombeerzweigen überwucherten Höhlenausgang gewunden, gab über Rosalie die Erde nach. Steine stürzten auf sie ein, sie schrie und schluckte Dreck. Die Angst zu ersticken war übermächtig. Aber schon spürte sie Henrys warme, kräftige Hände, die sie herauszogen.

Rosalie konnte wieder atmen, spuckte Staub und Erde aus und blinzelte ins Licht der goldenen Abendsonne. In ihrem sanften Schein sah sie zwei Dinge.

Erstens, Henrys totenbleiches und gleichzeitig vor Erleichterung geradezu verführerisch strahlendes Gesicht. Und zweitens, die in einiger Entfernung über die Wiese rennende Russin, deren Hände ein schweres, altes Buch umklammerten.

«Worauf wartest du? Renn ihr hinterher und hol dir deine Hypatia!»

Aber Henry schüttelte den Kopf.

«Wieso nicht? Das schaffst du locker.»

«Ich weiß.»

«Dann los!»

Wieder schüttelte er den Kopf.

«Willst du mich verarschen?» Der Schmerz in ihrem Unterschenkel, den sie jetzt erst bemerkte, befeuerte ihre Wut. «Wochenlang machst du mich fast wahnsinnig mit diesem Buch, und jetzt willst du keine fünfhundert Meter rennen?»

Henry schaute in Richtung seiner ehemaligen Praktikantin. «Sind eher tausend Meter.»

«Ist doch egal!» Am liebsten hätte sie Henry geohrfeigt. War er denn bescheuert? Der Durchbruch zu seinem ganz großen Erfolg war nur einen Kilometer von ihm entfernt, und er rührte sich nicht. Er schaute sie nur immerzu an und strahlte. «Lauf jetzt!», rief sie und schubste ihn mit dem kläglichen Rest ihrer Kraft.

«Ich lasse dich nicht alleine.»

Das war zu viel. Der Schock, das Adrenalin, der Schmerz im Bein, der Schmerz im Herzen. Der-Henry-ist-verheiratet-Schmerz. Sie fing an zu heulen. Laut, klagend und haltlos.

«Was ist?», fragte Henry erschrocken. «Tut dir was weh?»

Sie schüttelte den Kopf, obwohl ihr fast alles weh tat. «Ich hab es mir so gewünscht», presste sie unter Tränen hervor.

«Was hast du dir gewünscht?»

«Dass du ihn bekommst, deinen Schatz.»

«Aber ich hab ihn doch!»

Sie wischte sich die Augen. «Du hast ihn?»

Henry lächelte verlegen. «Na ja, ich hoffe, dass ich ihn habe.»

Sie verstand rein gar nix.

Aber plötzlich lagen seine Lippen auf ihren, und der Groschen fiel.

«Du bist verheiratet», begehrte sie kurz auf.

«Aber nicht mehr lange», erwiderte Henry und drückte sie mit einem weiteren Kuss ins Gras. Zwischen immer neuen Küssen murmelte er: «Falls du dir immer noch vorstellen könntest, dass du mich für dich alleine willst.»

«Ich möchte mir gar nichts anderes mehr vorstellen», hauchte sie völlig entkräftet.

Eine warme rosa Wolke umfing sie. Dann wurde ihr schwarz vor Augen.

Rosalie musste die Geschichte wieder und wieder erzählen. All ihre Freunde und Bekannten bekamen nicht genug von Burg

Dahlstein, der Krypta unter der verfallenen Kapelle und den einstürzenden Geheimgängen. So sprachen sie auch jetzt davon, beim gemütlichen Sonntagsbrunch in Rosalies und Stellas Küche. Ronnie, Caro und Stella kannten mit Sicherheit die ausführlichste Variante der Story. Und doch fielen ihnen immer wieder neue Fragen ein, während sie Brötchen schmierten, Wurst- und Käseplatten herumreichten und Käpt'n Kiwi mit Obst fütterten.

«Wie konntest du nicht merken, dass dein Bein gebrochen war?», fragte Stella und köpfte mit einem schwungvollen Hieb ihr Ei.

«Das war die Macht der Liebe», behauptete Ronnie.

Rosalie sah zu Henry, auf dessen Knie ihr geschienter Unterschenkel ruhte. Er strahlte sie an, und sie strahlte zurück.

«Zu dem Zeitpunkt, wo die Steine auf sie niederprasselten, wusste sie aber noch gar nichts von Henrys Liebe», wandte Stella ein.

«Jetzt sei doch nicht so kleinlich», entgegnete Ronnie. «Ein bisschen Übertreibung hat noch keiner guten Geschichte geschadet.»

«Mich würde ja eher interessieren, wie es weitergeht», fragte Caro.

«Was glaubst du?», stellte Henry die Gegenfrage.

Caro, die Rosalie bisher äußerst clever und schlagfertig vorgekommen war, hatte ausnahmsweise keine Antwort. Rosalie grinste in sich hinein. Auch Henry lächelte. Mit einem kurzen Blick holte er ihr stummes Einverständnis ein.

«Ich heirate Rosalie selbstverständlich.»

Den Antrag hatte er ihr gestern Nacht gemacht, nachdem er ihr den Brief seines Scheidungsanwaltes gezeigt hatte – für Rosalie der Inbegriff eines romantischen Höhepunkts.

Ronnie klatschte in die Hände. «Bravo!»

Caro und Stella fielen ihnen um den Hals, während Ronnie weiter «Bravo, Bravissimo!» rief und nach Sekt verlangte.

«Kommt sofort!», rief Stella und holte eine Flasche Schampus aus dem Kühlschrank.

Nachdem sie angestoßen und einander wegen der verstohlen weggewischten Tränen aufgezogen hatten und nachdem auch Käpt'n Kiwi seinen sinnigen Kommentar dazu gekräht hatte – «Schrä-häg-und-sex-yyy!» –, setzte Caro noch einmal mit ihrer Frage ein:

«Ich meinte eigentlich, wie es mit deiner Arbeit weitergeht, Henry. Wenn Hypatias *Mathematica* existiert, dann ist das doch der Beweis, dass es den Geheimbund der Mönche wirklich gab. Mönche, die ihr Leben riskierten, um Werke aus der Antike zu retten. Das ist doch eine wissenschaftliche Sensation.»

«Stimmt schon», antwortete Henry, «aber leider besitze ich die *Mathematica* nicht.»

«Aber du hast Dahlsteins Schatzkarte und den Geheimcode in seinen Büchern», beharrte Caro.

«Nur ein Foto von der Karte», verbesserte Henry. «Als wissenschaftlicher Beweis ist das zu dünn. Aber das macht nichts. Ich werde einfach nach einem anderen antiken Schriftstück suchen, das von den *Brüdern des Wahren Lichts* gerettet wurde.»

«Und er wird mich wahrscheinlich damit wahnsinnig machen», ergänzte Rosalie. «Aber ich hab es ja so gewollt.»

Alle lachten, Rosalie küsste Henry, und Stella hob ihr Glas.

«Auf Rosalie, die endlich gelernt hat, wie man richtig wünscht!»

«Hat sie?», fragte Henry. Er wollte sie damit nur aufziehen, das wusste sie.

«Du kannst dir ja mal was ganz Verrücktes ausdenken, und dann sehen wir, ob ich es mir für dich wünschen kann oder nicht.» Sie dachte an den Rosenquarz, der in ihrem Zimmer lag, zusammen mit dem Notizbuch ihrer Mutter. Die buntbestickte blaue Seide und der zartrosa Stein bildeten ein schönes Arrangement auf ihrem Nachttisch. Sie war ihrer Mutter so dankbar.

«Wünsch dir, dass du die *Mathematica* doch noch bekommst», sagte Caro.

«Oh ja», rief Stella, und alle anderen stimmten fröhlich mit ein.

Es war nur ein Spaß, trotzdem fühlte Rosalie den Wunsch tief in ihrem Inneren. *Henry soll die* Mathematica *der Hypatia bekommen.* Sie ergriff seine Hand und drückte sie. «Alles klar, Leute. Schauen wir, was passiert.»

Alle lachten. Im selben Moment klingelte es an der Tür. Stella rannte die Treppe hinunter, und noch bevor sie mit dem Besucher zurückkam, wusste Rosalie, wer es war. Sie konnte es an dem Parfüm riechen, das in die Küche schwebte.

«Tatjana!», rief Henry geradezu entsetzt.

Die Russin hielt sich nicht mit langen Entschuldigungen auf. In knappen Sätzen erklärte sie, dass sie in Wahrheit als Kunstscout arbeite. Für einen reichen Sammler, dessen Namen sie nicht nennen wolle, spüre sie auf der ganzen Welt verschollene Kunstschätze auf.

Allen im Raum fiel die Kinnlade herunter.

«Leider», fuhr sie fort, «ist die *Mathematica* in einem miserablen Zustand. Deshalb habe ich meinem Auftraggeber empfohlen, den Kodex in Ihre Hände zu geben.» Sie nickte Rosalie zu. «Sie sind die Beste.» Mit einem betörenden Lächeln übergab die Russin ihr das in Packpapier gehüllte Buch.

Rosalie faltete das Papier auseinander, öffnete die von Würmern zerfressene Holzkladde und sah gebannt auf die erste Seite. Das von Schmutz und Feuchtigkeit schwer beschädigte Pergament ließ den Titel gerade noch so erkennen.

«Deine *Mathematica*», flüsterte Rosalie ergriffen.

«Dein neuer Patient», antwortete Henry mit der gleichen Ergriffenheit.

Tatjana Raskolnikow räusperte sich. «Mein Auftraggeber möchte der Universität, das heißt dem Paläographischen Institut, eine Geldsumme in Höhe von einer Million US-Dollar spenden. Das Geld soll Ihrer Forschung zugutekommen, Henry.» Der plötzliche intime Unterton in ihrer Stimme gefiel Rosalie ganz und gar nicht.

«Hab ich nicht immer gesagt, sie ist ein Dschinn, ein guter Geist?»

Rosalie wollte einwenden, dass ein Dschinn immer auch ein Dämon sei. Doch bevor sie den Mund aufmachen konnte, verschloss Henrys Kuss ihr die Lippen.

Er hielt sie fest umarmt und flüsterte: «Danke für alles, meine zauberhafte Wunschfee. Meinst du, ich habe noch einen Wunsch frei?»

«Auch drei.»

«Ich wünsche mir erstens, zweitens und drittens, mit dir glücklich zu sein bis ans Ende unserer Tage.»

«Gewährt», flüsterte Rosalie zurück. Sie kuschelte sich an ihren Mann und wusste, dass sie selbst wunschlos glücklich war.

Weitere Titel von Kerstin Engel

Ameisen küssen nicht

Wünsch dich glücklich

MIX
Papier aus verantwortungsvollen Quellen
FSC® C083411

Das für dieses Buch verwendete Papier ist FSC®-zertifiziert.